T0243290

Pregúntame lo que quieras

Elissa Sussman

Pregúntame lo que quieras

Traducción de
Anna Valor Blanquer

SUMA
de letras

Papel certificado por el Forest Stewardship Council®

Penguin
Random House
Grupo Editorial

Título original: *Funny You Should Ask*

Primera edición: junio de 2024

© 2022, Elissa Sussman
Publicado por acuerdo con Dell, un sello de Random House,
una división de Penguin Random House LLC.
© 2024, Penguin Random House Grupo Editorial, S. A. U.
Travessera de Gràcia, 47-49. 08021 Barcelona
© 2024, Anna Valor Blanquer, por la traducción

Printed in Spain – Impreso en España

ISBN: 978-84-9129-960-8
Depósito legal: B-7811-2024

Compuesto en Mirakel Studio, S. L. U.

Impreso en Rodesa,
Villatuerta (Navarra)

SL99608

Para John.
Por ti, todas mis historias son historias de amor

Esto es el amor…
… hasta que se acaba.

Historias de Filadelfia

Prólogo

Quiere que seas tú —dice Alexandra.

Menos mal que estamos hablando por teléfono, porque juraría que a la editora jefa de la revista *Broad Sheets* no le gustaría la mirada asesina que le estoy lanzando a la pantalla. Y estoy segura de que no entendería el porqué.

—No me lo trago —contesto.

Tengo cierta esperanza de que me convenza de que no tengo razón y me avergüenza darme cuenta de que aguanto la respiración mientras espero su respuesta.

—Vale, vale —reconoce—. Su equipo quiere que seas tú.

Eso ya tiene más sentido. El artículo que escribí sobre Gabe Parker hace diez años fue el sueño húmedo de cualquier equipo de relaciones públicas. Le dio a Gabe una publicidad por la que la gente pagaría si pudiera, lo cual es, en esencia, lo que intentan hacer ahora.

Y no me extraña. Coño, si estoy segura de que mi publicista estará tirándose de los pelos ahora mismo por no haber pensado en ello antes. Se han alineado los astros y todas esas cosas.

Ese artículo es el motivo por el que, diez años después, sea cual sea el proyecto que esté promocionando, me hacen exactamente la misma pregunta.

Y yo siempre doy exactamente la misma respuesta.

—No, no pasó nada —digo con una amplia sonrisa—. Ojalá, ¿sabes?

Todavía me hiere el ego que la gente acepte esa respuesta con un asentimiento relajado, aliviado, aunque lo entiendo. Es mi marca. Ser de esas mujeres que pasan un fin de semana casto con un rompecorazones de Hollywood en su mejor momento. Las lectoras no tenían por qué sentirse amenazadas por mí, sino que podían empatizar conmigo, una «chica normal» que había tenido una oportunidad con alguien como Gabe Parker y la había cagado.

También ayudó que la reacción inmediata de Gabe a la publicación del artículo —ir corriendo a casarse con su despampanante compañera de reparto y antigua modelo— dejase claro que yo no era su tipo.

Un rechazo público hiriente pero necesario que me vino de maravilla en lo laboral.

Me volvió entrañable. Accesible. Cercana.

Hizo que se vendieran revistas.

Hizo que se vendieran libros.

Consolidó mi carrera profesional.

—Quieren que recreéis en lo posible el fin de semana que pasasteis juntos —dice Alexandra—. Él llega a Los Ángeles dentro de unas horas.

Reprimo una risa sarcástica. Nunca he hecho una entrevista de estas cuando se supone que tengo que hacerla. Hasta la primera la retrasaron por lo menos dos veces. Aun así, me sorprende lo rápido que están intentando montar todo esto. No me deja nada de tiempo para investigar, para prepararme.

Supongo que dan por hecho que, en cierto modo, llevo diez años preparándome.

No van mal encaminados. Lo cierto es que me he pasado esos diez años sacando beneficio de aquella entrevista a Gabe Parker y, a la vez, huyendo de ella.

De Gabe Parker.

—A ti van a publicarte el libro —continúa— y él va a sacar una película.

No hacía falta que me recordara ni lo uno ni lo otro.

Las ganancias profesionales están más que claras.

Las personales…

Es imposible ignorar a Gabe y su trayectoria profesional. Lo que dicen de que no puedes apartar la vista cuando ves un accidente en la carretera ha sido cierto en lo que a él respecta estos últimos cinco años, más o menos. Todo el mundo sabe que lo echaron después de rodar la tercera de James Bond. Todo el mundo sabe que su matrimonio con Jacinda Lockwood tuvo un final vergonzante y de lo más ordinario. Todo el mundo sabe que ha estado ingresado varias veces en centros de rehabilitación.

Todo el mundo dice que su nueva película podría resucitar su carrera o enterrarla del todo.

—Puedo mandarte el avance de la peli —me propone Alexandra—, a ver qué te parece.

Me muerdo la lengua y me callo lo que seguramente habría sido una respuesta amarga e inoportuna. Sé que Alexandra intenta ayudar. Sé que quiere que esta entrevista tenga tanto éxito como la anterior.

Sé que soy una desagradecida por pensar siquiera en negarme.

Pero la idea de sentarme delante de Gabe Parker después de todos estos años y fingir que no he vuelto a aquel fin de semana en mi cabeza una y otra vez y que no sigo pensando todavía en los momentos que compartimos, que lo que le digo a todo el mundo es cierto y que no pasó nada entre nosotros…

En fin, me desestabiliza bastante, la verdad.

—Dicen que es buena —sigue Alexandra.

Es un *remake* de *Historias de Filadelfia*. Mi película favorita. Una de tantas cosas de las que Gabe y yo hablamos.

Entonces, Gabe habría sido un Mike Connor perfecto, el personaje que lucha por abrirse camino como periodista y por ganarse el corazón de Tracy Lord, una mujer de la alta sociedad. Ahora, con cuarenta años, hará el papel del exmarido exadicto C. K. Dexter Haven.

Ya ha habido unos cuantos artículos de opinión que hablan sobre la decisión, que dicen que la vida del personaje se parece tanto a la de Gabe que a eso no se le podrá llamar actuar. Que no es más que un truco publicitario. Que Gabe está acabado y no se merece otra oportunidad.

Nadie pensaba que se mereciera hacer de Bond tampoco.

No me hace falta ver la película para saber que Gabe estará impecable. Igual que sé que intentar ir contra mi editora, los agentes de Gabe y (si se lo contase) mi psicóloga sería inútil.

—Te estará esperando en el restaurante a la una —dice Alexandra—, pero, si de verdad no quieres, puedo mandar...

—Iré.

En toda mi vida solo me he echado atrás por miedo en una entrevista y no pienso volverlo a hacer.

En lugar de eso, trago para quitarme de la boca el sabor a catástrofe inminente. También me sabe a una hamburguesa muy buena y una cerveza ácida perfecta. A chupitos de gelatina y palomitas.

A pasta de dientes mentolada cara.

Sé que, aceptando el encargo, tendré respuesta a todas las preguntas que me han quedado por hacer estos últimos diez años.

Pase lo que pase, todo lo que Gabe y yo empezamos aquel fin de semana de diciembre de hace una década por fin tendrá el final que merece.

Viernes

BROAD SHEETS

GABE PARKER:
Mezclado, no agitado - Primera parte

—

CHANI HOROWITZ

Gabe Parker va descalzo, sin camiseta y lleva un perrito en brazos. «Disculpa», me dice. «La casa es alquilada. ¿Te importa cogerla un momento mientras lidio con esto?».

Con «cogerla» se refiere a la cachorrita mil leches negra de diez semanas que ha adoptado. Y con «esto» se refiere al estropicio que ha hecho en el suelo y que él está secando con la camiseta.

Yo estoy de pie en la cocina, con una perrita peluda retorciéndose entre mis brazos y viendo cómo el mayor rompecorazones de todo Hollywood limpia pis de perro.

No es una fantasía. Es la vida real.

Normalmente tendría que pagar veinte dólares (y cuarenta más por las palomitas y el refresco) para tener tan buenas vistas de los abdominales y los dorsales de Gabe Parker. Sin embargo, hoy me pagan a mí por pasar un par de horas con esas partes del cuerpo (y con el resto de su persona).

«Gabe es majísimo», opina según varios medios Marissa Merino, su compañera de reparto.

«Un colega de sus colegas», afirma Jackson Ritter, otro de sus compañeros de reparto.

Esa es la versión oficial: Gabe Parker es tan sociable y encantador como parece en la gran pantalla.

Sé que estáis leyendo esto deseando en secreto que os diga que es todo mentira, que es la maquinaria de Hollywood trabajando a pleno rendimiento, que Gabe Parker es un mujeriego pervertido con un equipo de relaciones públicas de una efectividad excepcional que le ha creado la imagen de un hombre tan bueno que no puede ser real.

Pero es real. Y es espectacular.

Termina de limpiar lo que ha ensuciado su perrita y tira la camiseta a la basura antes de acercárseme, cogerle la cara a la perra y hablarle con cariño: «No pasa nada, bonita. No es culpa tuya. Te quiero mucho».

¿He mencionado que sigo teniéndola en brazos? ¿Y que él sigue sin camiseta? Huele de maravilla, por cierto. A leña y a menta y al asiento de atrás del Ford Focus en el que acabas de darte tu primer beso con el chico del campamento de verano para judíos que sabes que ya ha besado a todas tus amigas, pero que lleva un piercing en la ceja y ha resultado ser muy muy bueno con la lengua.

Solo llevamos cinco minutos de entrevista y ya estoy en inferioridad de condiciones.

Por desgracia, Gabe se pone una camisa y los tres —él, la perrita y yo— salimos a comer. Cerca de allí hay un sitio que le gusta mucho. No hay demasiada gente, según me cuenta, y nadie lo molesta. Le recuerda un poco a su casa.

Yo me preparo para lo que viene a continuación: una superestrella recreándose en hablar del pueblecito donde se crio y diciendo que le encanta Los Ángeles, pero —oh, vaya— echa mucho de menos su pueblo, donde a nadie le importaba la fama ni el dinero.

Al fin y al cabo, ya tengo algo de experiencia en esto de entrevistar a famosos o, como a mí me gusta llamarlo, de ser la mujer que susurra a los famosos.

Y me dice todas esas cosas, claro, pero el poder que tiene Gabe Parker es que a él lo creo de verdad.

Y hablando de susurrar a los famosos…, digo, a los caballos: me sabe mal deciros que, mientras vamos a comer, el mismo Gabe rompe parte de la fantasía del hombre de Montana informándome de que nunca había montado a caballo antes de su papel en *Cold Creek Mountain*, la primera vez que los espectadores lo vimos sin camiseta.

«Ni ranchos ni caballos» me dice. «No me crie en el campo, sino en un pueblo».

Gabe tiene pinta de ser de esos que están hechos para ser estrellas de cine. Las cabezas se vuelven cuando pasa y no es solo porque mida uno noventa y lleve un cachorrito monísimo en brazos. Tiene esa cualidad inefable que, si pudiéramos, todos embotellaríamos y pondríamos a la venta.

Y sí, señoras, mide uno noventa de verdad. No es la versión hollywoodiense de uno noventa, que mide más bien uno setenta y tantos, sino un tiarrón alto y enorme. Lo sé seguro porque la versión hollywoodiense de uno noventa soy yo.

Nos dan una mesa en la parte de atrás, donde tienen una terraza, por la perrita. Tardamos un cuarto de hora en llegar hasta allí y es sobre todo porque el mismo Gabe no deja de pararse a hablar con los camareros.

Lo conocen todos. Es un cliente habitual.

«Madison, estás preciosa», dice cuando nuestra camarera viene a atendernos. Está embarazada y radiante y le quita importancia al halago con un gesto de la mano.

«Lo digo en serio», replica Gabe. «Tu marido debería decírtelo. Todos. Los. Días. De rodillas». Estoy bastante segura de que, si la embarazada fuera yo, habría roto aguas ahí mismo.

Pero Madison se ríe, nos pregunta qué queremos y le toca la cabeza a la cachorrita antes de irse flotando hacia la cocina con más gracia de la que yo podría tener en la vida, estuviera embarazada o no.

Los dos pedimos cerveza y una hamburguesa.

Hablamos de su infancia en Montana. De lo bien que se lleva con su familia, sobre todo con su hermana, Lauren. Le saca un año a él y es su mejor amiga. «Sé que es un topicazo, pero es mi mejor amiga de verdad», afirma.

Hablamos de la librería. La que le compró a Lauren y a su madre tras su primer gran éxito. «Es librería y tienda de manualidades», se asegura de añadir. «Lauren se enfada si no lo digo».

Se llama La Acogedora. Tiene web. Gabe me recomienda algunos libros, a pesar de que en otras entrevistas ha dicho que no era muy lector de niño.

«Mi madre era profesora de lengua, por lo que tener un hijo al que no le gustaban los libros era un poco vergonzoso», cuenta. «Pero lo que pasa es que el gusto por la lectura me llegó tarde. Ahora leo mucho. La librería era su sueño. Y siempre se le ha dado bien hacer cosas con las manos: cocinar, manualidades y todo eso. Todavía me regala algo hecho a mano todos los años por Navidad».

Me muerdo la lengua para no hacer la broma fácil: «¿Y qué material usa, madera de novio? Porque se ve que tienes mucha».

Por si os lo preguntabais, está soltero.

«Son rumores», asegura cuando le pregunto por Jacinda. «Somos compañeros de reparto y amigos».

Jacinda Lockwood, la última chica Bond del último Bond. A Gabe y a ella los han fotografiado numerosas veces saliendo de restaurantes, muy cerca del otro en callejones de París y hasta cogidos de la mano en alguna ocasión. «Es buena chica, pero no hay nada entre nosotros», afirma Gabe.

Pide otra cerveza. Yo no tengo aguante, así que prefiero no imitarlo.

Recordad este detalle más tarde, amigos. Cuando llegue el momento de elegir el camino correcto y esas cosas.

Le pregunto cómo se siente al ponerse en la piel de un personaje tan icónico y al ser el primer estadounidense en hacerlo.

«Nervioso», me dice. «Ansioso. Casi digo que no».

Es el relato que su equipo y los productores de la película han estado divulgando y yo me lo tomé con escepticismo, pero a Gabe le cambia el semblante cuando le pregunto. Ha estado abierto y alegre, respondiendo a las preguntas con entusiasmo.

Ahora, Bond impone una pausa sombría en la conversación. Gabe no me mira, tiene los ojos fijos en la servilleta, que ha enrollado hasta formar un nudo apretado. Se queda en silencio un rato largo.

Le pregunto si le ha molestado la indignación del público.

«Soy muy afortunado», dice. «Lo único que me importa es hacerle justicia al papel». Se encoge de hombros. «¿Quieres saber si me preocupa que tengan razón? Pues sí, claro. ¿A quién no le preocuparía?».

Quienes teme que tengan razón son los fans que escriben artículos y entradas de blog iracundas en los que detallan todos los motivos por los que Gabe es la peor elección posible para el papel de Bond. Porque es estadounidense. Porque no es Oliver Matthias. Porque el público está acostumbrado a verlo hacer de tío bueno con pocas luces.

Y luego está todo el tema de *Ángeles en América*.

Pide una tercera cerveza.

«Mi publicista me cortaría la cabeza si me viera. Se supone que tengo que parar en la segunda, pero ¡es viernes!», dice. «Oye, ¿qué haces luego?».

Al cabo de veinte minutos, con la perrita detrás, vamos de camino a una casa en Hollywood Hills.

Quiero preguntarle más por Bond, en concreto por si ha tenido algo que ver con la filtración del vídeo del casting en internet, pero me avergüenza deciros, queridos lectores, que más o menos en este punto la entrevista se me va de las manos.

Es el momento en el que Gabe empieza a entrevistarme a mí.

«Tú eres de aquí, ¿no? Eso tiene que ser muy fuerte. Ni me imagino lo que debe de ser criarse en Los Ángeles. Eres de Los Ángeles, ¿verdad? Sé que mucha gente dice que es de aquí, pero en realidad lo que quieren decir es que son del condado de Orange o de Valencia o de Anaheim y los verdaderos angelinos no consideran que nada de eso sea Los Ángeles. ¿No?».

Tiene razón en ambas cosas. En que soy de Los Ángeles y en que nos cabrea mucho cuando la gente de ciudades vecinas intenta ponerse el pin de angelina.

«Todavía me parece un lugar mágico. Llevo aquí cerca de cinco años, he hecho casi ocho películas y aún me resulta mágico. Seguro que parezco tonto diciendo esto».

Para nada. Parece inhumanamente encantador.

La perrita ya duerme en su regazo.

Me cuenta que aún no le ha puesto nombre: «Espero que me venga por inspiración».

Paramos delante de una preciosa mansión de piedra blanca.

Gabe deja que la perrita explore el jardín trasero mientras a nosotros nos hacen un tour por las instalaciones. La agente inmobiliaria se está herniando por conseguir la venta, pero, por desgracia para ella, Gabe ha decidido que mi opinión es muy importante.

Y, aunque la casa es bonita, no es muy de mi estilo. Lo cual significa que hoy tampoco es del estilo de Gabe.

Nos despedimos de la agente inmobiliaria y empezamos a despedirnos nosotros también. Gabe me ha regalado varias horas de su tiempo y, sin embargo, no estoy lista para decirle adiós todavía. El futuro James Bond me ha cautivado. Esa es la única excusa que tengo para lo que pasa a continuación.

Gabe comenta que tiene un estreno al que ir la noche siguiente y, mientras le devuelvo la monísima cachorrita dormida, no sé cómo, consigo que me invite a la posfiesta.

Hace diez años

1

Llegué pronto y empapada. La blusa de algodón azul que parecía profesional y favorecedora en el espejo de mi piso ahora tenía unas medialunas oscuras y mojadas que se me pegaban a las axilas. Levanté los brazos y puse a tope el aire acondicionado del coche esperando secar la camisa y, al mismo tiempo, templarme los nervios.

Ya había entrevistado a famosos.

Ya había entrevistado a famosos de una belleza sobrenatural.

Pero esto era diferente.

Gabe Parker no era un famoso cualquiera. Era el famoso que hacía que me palpitara el corazón, me sudaran las manos y se me tensaran los músculos. Mi mayor crush. Había fantaseado con él de forma frecuente, continuada y detallada. Había hecho numerosas búsquedas de las fotos que le hacían los paparazis. Hasta esa mañana, la imagen de la pantalla de bloqueo de mi teléfono había sido una foto suya sin camiseta.

Era una fan loca de Gabe Parker.

Si Jeremy y yo siguiéramos juntos, es muy probable que hubiera intentado impedirme hacer la entrevista. Sabía lo que sentía por Gabe. Cuando él insistió en que nos dijéramos cuál sería el famoso con el que tendríamos libertad para acostarnos si surgiera la oportunidad, aunque estuviésemos juntos, elegí a Gabe. Jeremy hizo un puchero.

Era absurdo, claro.

Seguramente Gabe sería encantador y amable y agradable. Y no porque yo le gustara ni porque pensara que soy interesante ni porque tuviéramos ninguna especie de conexión emocional profunda, sino porque su trabajo consistía en ser encantador. Y mi trabajo era dejar que me encantara.

Sus representantes habían dejado clarísimo el tipo de perfil que esperaban que entregase, lo que querían a cambio de proporcionar a *Broad Sheets* acceso a Gabe antes de que empezara a rodar.

Querían una historia que contrarrestara la mala prensa que había provocado su elección para el papel. Querían una historia que convenciera a sus detractores de que él era la mejor opción para hacer de Bond. Querían que se lo vendiera a Estados Unidos. Al mundo.

Yo quería una historia que me diera más trabajo.

Había escrito entradas de blog y había mandado relatos a las revistas literarias como quien tira piedras al mar.

Solo había conseguido que me publicaran uno de los relatos y, entonces, cuando estaba dándole vueltas a que, tal vez, debería dejar de intentar dedicarme a escribir, me dieron el trabajo en *Broad Sheets*.

Me había recomendado una antigua profesora de la universidad que una vez había tildado mis textos de «comerciales», todo un insulto en un reputado máster de letras, pero, al parecer, justo lo que *Broad Sheets* buscaba.

Jeremy decía que lo que escribía para la revista eran «publirreportajes», pero, aun así, lo celebramos cuando me dieron el trabajo: nos gastamos una parte considerable de la primera paga en una barra libre de patatas fritas y en tomar cervezas en la *happy hour*.

Parecía que a los editores de *Broad Sheets* les gustaba lo que escribía —al menos siguieron dándome trabajo— y cada mes que podía pagar las facturas con el dinero que había ganado escribiendo me sabía a logro.

Era consciente de que la entrevista sería una oportunidad de demostrar que podía encargarme de artículos mejor considerados y mejor pagados. Tenía que salir bien.

Aunque lo había comprobado hacía cinco minutos, volví a repasar el bolso para asegurarme de que tenía un boli, la libreta con las preguntas que había escrito la noche anterior y la grabadora, que llevaba pilas nuevas. Estaba todo lo preparada que podía estar.

Ahora tenía las axilas frías además de empapadas. Me di cuenta, horrorizada, de que no estaba cien por cien segura de haberme puesto desodorante. Me olí, pero no pude sacar conclusiones.

Ya era demasiado tarde.

Me miré en el retrovisor una última vez, agradecida de que al menos mi flequillo hubiera decidido comportarse.

Gabe vivía en una casa alquilada en Laurel Canyon. Yo esperaba algo imponente, con una verja enorme y un sistema de alta seguridad, pero me habían mandado a una modesta casa de una planta, algo alejada de la calle, con nada más que una valla hasta la altura de la cintura para que la gente no pasara.

De todos modos, aunque la casa era pequeña, yo sabía que costaba por lo menos cuatro veces más que el piso que compartía con una desconocida y una medio amiga.

Noté cómo se me subía el corazón a la garganta al cruzar la puerta de la valla y avanzar por el camino. Me parecía muy probable que me estuviera dando un ataque al corazón, un ataque de pánico o algún otro tipo de ataque.

«Es una persona más. Es una persona más», me decía a mí misma.

Levanté la mano, pero antes de poder siquiera llamar, la puerta se abrió de pronto y ahí estaba él.

Gabe. Parker.

Ya había hecho suficientes entrevistas como esa para saber lo diferente que puede ser el aspecto de alguien gracias a la presencia de una cámara y un equipo de imagen. Los actores solían ser más bajos de lo que parecía y tener las manos más grandes. Unos mofletes redondos podían hacer que alguien aparentara estar más rellenito, igual que unos rasgos marcados, en la vida real, podían darle un aspecto demacrado.

Una parte de mí había deseado que el atractivo de Gabe Parker fuera, en su mayoría, artificial.

Enseguida vi que no.

Era espectacular.

Alto, de un guapo de los que hacen que te fallen las rodillas e iluminado desde atrás por los mejores rayos de sol que California podía ofrecer en un día fresco de invierno. Tenía el pelo castaño oscuro revuelto y un mechón ondulado le caía por la frente de un modo que parecía a la vez infantil y masculino. Tenía un hoyuelo en la mejilla izquierda, que yo ya conocía, pero que estaba a plena vista cuando me saludó con una sonrisa que hizo que se me parara el corazón tan de repente que me llevé una mano al pecho.

Era guapísimo.

Y yo estaba jodidísima.

—¡Eres tú! —dijo.

Como si me hubiera estado esperando. La verdad era que lo había estado esperando yo. Y lo digo en el sentido literal. Habían atrasado y vuelto a atrasar la entrevista varias veces.

Pero en ese momento daba igual.

Sentía mariposas por todo el cuerpo.

No me gustaba.

Era muy poco profesional y todo un cliché. El mundo ya daba por hecho que todas las periodistas se acostaban —o intentaban acostarse— con sus entrevistados. Yo estaba allí para hacer mi trabajo, no para ponerme perrísima por un famoso sexy.

Eso me bastó para mantener a raya las sensaciones de cosquilleo.

Gabe seguía lanzándome esa sonrisa deslumbrante a máxima potencia. Era tan fuerte que tardé por lo menos diez segundos en darme cuenta de que tenía un cachorrito en brazos. Me encantaban los perros.

—¿Puedes cogerla un momento? —me preguntó.

Al parecer, yo era incapaz de articular palabra, así que me limité a asentir y tendí los brazos. Sus dedos rozaron los míos cuando me pasó aquella bolita peluda e inquieta. Volvió a parárseme el corazón y reapareció el cosquilleo.

Mierda.

A ese paso, si me daba la mano, era probable que terminara desmayada a sus pies.

Después de darme a la perrita, se giró y volvió a entrar en la casa. El animalito se revolvió en mis brazos y levantó la cabeza para poder pasarme por la barbilla su lengua rosa y suave de cachorrita. Yo respiré hondo e inhalé su aliento de bebé. Puro. Sin filtros. Bueno.

Me estabilizó.

—¡Pasa! —dijo Gabe desde dentro.

Seguí su voz y observé lo bonita que era la casa de alquiler, con sus paredes con laminado de madera y la sensación cálida que transmitía de estar en una cabaña. La parte de atrás de la casa estaba abierta —las puertas correderas de cristal estaban echadas a un lado— y se veía un jardín grande cubierto de césped con piscina y jacuzzi. Puede que la casa tuviera solo dos dormitorios, pero el terreno era grande. Parecía justo el tipo de casa de Laurel Canyon en la que resultaba fácil imaginarse a The Mamas and the Papas o a Fleetwood Mac en los setenta, dándole a las drogas y al sexo y componiendo música.

Entré en la cocina y me encontré a Gabe a gatas. Sin camiseta.

—Perdona —se disculpó mientras limpiaba el suelo con la camiseta de algodón—. Todavía no tengo ni idea de dónde están los trapos. Y nos está costando aprender a esperar a salir de casa.

Me miró desde abajo y me di cuenta de que yo estaba sosteniendo a la perrita como si fuera un escudo.

Ya de pie, Gabe miró la camiseta manchada de pis que tenía en la mano e hizo una mueca antes de tirarla a la basura. Luego vino hacia mí.

—No pasa nada —le dijo a la perrita—. Te quiero igual.

—Unngg —dije yo.

Me la cogió de las manos y se la apretó contra el pecho desnudo. Lo tenía liso y sin pelo, con todos los músculos definidos a la perfección, igual que en la gran pantalla. Bueno. Igual igual, no. Estaba algo más delgado de lo que me esperaba.

Aunque tampoco es que me importara.

Seguía estando bien. Más que bien.

Entrelacé los dedos detrás de la espalda para evitar tender las manos y tocarlo, pero mi imaginación no dudó en visualizar cómo podía ser el tacto de esa piel bajo las palmas de mis manos. Porque, si lo tocaba, aunque solo fuera en una fantasía, le pondría encima la mano entera. Y puede que la boca también.

Si había tiempo, tenía una larga lista de partes de mi cuerpo que quería que tocaran partes del suyo.

Era un pensamiento muy inapropiado, pero solo estaba en mi cabeza, ¿qué daño podía hacer?

—Disculpa, ¿eh? —insistió Gabe.

Los dos nos quedamos ahí plantados un momento. Él no hizo ademán de ir a ponerse una camiseta y yo no iba a darle la idea.

Por lo que a mí respectaba, tenía la oportunidad única de comerme con los ojos a una de las estrellas emergentes más atractivas del momento y no pensaba desaprovecharla. En silencio. Sin que se diera cuenta.

Sabía que estaba justificando mis pensamientos poco profesionales, pero lo cierto era que no estaba segura de ser capaz de evitarlo. Era guapísimo y yo tenía el pulso acelerado como si estuviera en una persecución.

—Qué fuerte —dijo casi en un susurro—. Qué ojazos.

Parpadeé.

—Son enormes —aclaró.

Era lo último que me esperaba que dijera. Lo había dicho como si nunca hubiera visto unos ojos. Parecía que iba a cogerme la cara e intentar examinarlos de cerca, como un arqueólogo con un fósil. Levanté la frente y mis ojos —mis enormes ojos— miraron directamente a los suyos.

Sentía mi corazón como un cable suelto, dándome tumbos por el pecho, lanzando descargas eléctricas. ¿Las sentiría él también? ¿Creería que era cierto el estereotipo sobre las periodistas? ¿Pensaba que iba a intentar acostarme con él? ¿Quería que lo intentara?

—¿Puedo preguntarte algo? —dijo.

«Lo que quieras», pensé.

—Mmmhmumf —dije.

Ladeó la cabeza, el pelo le cayó por la frente. Quería apartárselo a un lado. Quería pasarle los dedos por la mejilla y recorrerle el contorno de la mandíbula. Quería lamerle...

—¿Alguna vez te ha dicho alguien que te pareces a uno de esos relojes que son un gato y mueven los ojos de un lado a otro? —me preguntó.

Cuando no le contesté, Gabe se puso las manos a los lados de la cara y abrió mucho los ojos.

—De esos de... ¿Tictac, tictac?

Miró a un lado y a otro.

Sabía a qué se refería —la representación no había estado mal— y sentí una especie de alivio raro porque me comparase con un reloj de plástico algo hortera. Eso tenía más sentido que Gabe Parker, estrella de cine, me hubiera hecho un halago. O quisiera acostarse conmigo.

Fue un jarro de agua fría muy necesario para mi libido desenfrenada.

—¿Cómo se pronuncia tu nombre? —me preguntó, pero no esperó respuesta.

Yo apenas había dicho una palabra entera desde que había llegado, pero parecía que no se daba cuenta.

—Mi agente me ha dicho que se pronuncia «haani», pero quería estar seguro.

Mi nombre confunde a mucha gente. Durante mi última entrevista —con una alegre y joven aspirante a estrella—, la entrevistada se pasó el rato alternando entre «Hannah» y «Tawney». Y tenía cierto sentido, porque mi nombre es, en pocas palabras, una combinación de esos dos, por lo que no me preocupé por corregirla.

—Así está bien.

Me miró con el ceño fruncido.

—Pero lo estoy pronunciando mal, ¿no?

—No me molesta —dije.

—A mí sí —me contestó—. Es tu nombre, quiero poder decirlo como toca.

Ah.

—Es «jani» —dije emitiendo el sonido justo en la garganta para que no fuera demasiado aspirado, pero tampoco muy agresivo.

Al hacerlo, una gotita de saliva se me escapó de la boca y dibujó un arco entre nosotros. Por suerte, cayó antes de entrar en contacto con ninguna parte de la persona de Gabe y él fue lo bastante amable para no comentarlo.

Quería morirme.

—Chani —dijo—. Chani. Chani.

Lo dijo bien la segunda vez, pero yo podría haber estado escuchándolo decir mi nombre todo el día. Porque lo decía como si lo estuviera saboreando.

—Mi maquilladora en *Tommy Jacks* se llamaba Preeti —empezó a contarme—, pero todo el mundo decía «preti» en lugar de «priti».

Le dio a la perrita una buena rascada debajo del mentón y ella se acurrucó contra él y le acercó la cabeza al pecho. Qué suerte.

—Me dijo que antes corregía a la gente, pero nunca parecía quedárseles, así que se cansó de intentarlo. —Gabe se encogió de hombros—. Siempre me acuerdo de eso. Tiene que ser una mierda que pronuncien mal tu nombre todo el rato.

No se equivocaba. Yo, como Preeti, había comprendido que a la gente le daba igual.

En cambio, estaba claro que a Gabe no.

Nos quedamos así un momento: él sin camiseta y con un cachorrito en brazos, yo con un cuelgue por él que crecía cada segundo. E incapaz de hacer nada al respecto. Volvía a sentirme adolescente, incapaz de controlar las hormonas. Estaba desorientada.

—¿Qué estabas diciendo antes? —me preguntó.

—¿Sobre mi nombre?

Negó con la cabeza.

—No, cuando venías por el camino... Parecía que estabas diciendo algo.

Sentí comezón y calor en la cara. Que me hubiera pillado hablando sola no era precisamente la primera impresión que quería dar.

—Perdona —dijo—. Supongo que acabo de confesar que te estaba medio espiando por la ventana.

Me lanzó una sonrisa tímida a pesar de que era yo la que estaba avergonzadísima.

—No pasa nada —contesté—, estaba... eh... hablando sola.

Ni loca pensaba decirle lo que estaba diciendo. Entre eso y que me hubiera comparado con un reloj, la entrevista ya estaba siendo bastante incómoda.

Gabe se me quedó mirando mucho rato.

—¿Lo haces mucho? —me preguntó.

—¿Hablar sola?

Asintió.

—Pues ¿a veces? —Me encogí un poco bajo su mirada penetrante—. ¿Supongo que me ayuda a ordenar las ideas? A veces me pasa cuando me atasco con algo. Es como si decirlo en voz alta lo volviera real. Como si así pudiera ordenar las ideas mejor que solo teniéndolas en la cabeza. ¿Como una lista? O, bueno, una lista no, ¿una documentación de mis ideas? Para la posteridad.

Estaba divagando sobre hablar sola. Genial.

Gabe levantó las puntas de los pies y soltó un silbido, como si acabara de decir algo profundo.

—Una documentación de tus ideas —repitió—. Se nota que eres escritora.

De pronto, tuve la horrible sensación de que había habido un enorme y extraño error y que no sabía que estaba allí para entrevistarlo. O que me estaba gastando una broma.

—Eh... ¿Soy periodista? ¿Me manda *Broad Sheets*? —Qué asco, no dejaba de subir el tono al final de las frases como si fueran preguntas.

—Ya lo sé —dijo, como si la que dijera cosas sin sentido fuera yo—. Pero también escribes otras cosas, ¿no? Ficción.

—¿Sí?

Me sonrió como si le acabara de decir que tenía la cura del cáncer.

—Genial —dijo—. Me encantan los libros.

No sabía qué pensar. Por un lado, parecía que todas las personas que opinaban que Gabe era demasiado paleto de pueblo para hacer de Bond podrían estar en lo cierto. Sin embargo, por otro lado, era tan mono que resultaba imposible que su «me encantan los libros» no me pareciera de lo más encantador.

—¿Empezamos? —Me había dado cuenta de que llevaba en su casa casi diez minutos, lo había visto sin camiseta y seguía sin haberle hecho ninguna pregunta seria—. ¿Cuál es el mejor sitio para hablar?

—Había pensado que podríamos salir a comer —contestó—. Hay un bar muy bueno en Ventura. ¿Te importa conducir?

—Eh...

—Pero, primero —dijo pasando por mi lado— déjame enseñarte una cosa.

No tuve más remedio que seguirlo.

Broad Sheets me dijo que tendría una facilidad de acceso mayor que otros entrevistadores. El equipo de Gabe estaba decidido a contrarrestar el discurso anti-Parker de los fans de James Bond.

Pero, cuando Gabe me llevó a su habitación, me detuve en la puerta, sabiendo que había facilidad de acceso y había «facilidad de acceso».

—Mira qué vistas —dijo Gabe descorriendo las cortinas.

Menudas vistas, sí.

La perrita estaba a los pies de Gabe en una preciosa estampa de película, ambos bañados por el sol de diciembre. Él seguía descamisado. Tenía una espalda increíble. Toda músculos lisos y líneas pulidas. Quería ponerme detrás de él, rodearle la cintura con los brazos y apretar la mejilla contra una de sus escápulas.

El deseo de hacerlo era tan fuerte que casi podía sentir su piel cálida contra la cara. O puede que eso fuera solo porque mi propia piel estaba caliente. Muy caliente. Me puse las manos frías en el cuello y aparté la mirada.

Ya estaba bien.

En lugar de observarlo a él, me puse a mirar su habitación buscando algo que poder usar en el artículo.

Era un buen dormitorio: grande y simple. Agradable pero impersonal. Era evidente que se trataba de una vivienda temporal.

Los muebles eran de madera clara; los accesorios, todos neutros. Había suficiente espacio para que cupiera casi toda mi habitación entre la cama de Gabe y la chimenea empotrada.

Los únicos signos de individualidad visibles eran los montones que había en casi todas las superficies disponibles. No me había mentido cuando me dijo que le encantaban los libros. O su publicista se había herniado para que yo me tragara ese nuevo enfoque.

Vi unos cuantos lomos reconocibles desde mi refugio a la altura de la puerta. Ficción. No ficción. Poesía. Muchos de los últimos best sellers y libros de clubes de lectura, pero también algunos que me sorprendieron.

bell hooks. Katherine Dunn. Tim O'Brien. Aimee Bender. James Baldwin. Alan Bennett.

Libros que yo tenía en la estantería de mi casa. Sentí un hormigueo en las manos por las ganas de acariciarles el lomo, algo familiar que pudiera centrarme en un entorno desconocido en el que me sentía del todo fuera de lugar.

En vez de eso, metí la mano en el bolso para volver a comprobarlo todo. Boli. Libreta. Grabadora. Tenía todo lo que necesitaba para la entrevista y sin embargo…

Igual no podía.

Desde que Jeremy y yo habíamos roto, ese pensamiento había estado rondándome como una mosca a la que no podía matar. Tampoco me había ayudado que, al parecer, mi motivación hubiera salido por la puerta justo detrás de él.

Hacía semanas que no escribía nada.

Mientras todos mis compañeros del máster estaban por ahí fichando para agentes literarios y publicando relatos o firmando contratos de edición, yo terminaba a duras penas encargos que ellos hubieran mirado por encima del hombro.

Y con razón. No porque me avergonzara el trabajo que tenía, sino porque sabía que lo que estaba escribiendo era, en el mejor de los casos, aburrido.

Y, en el peor, directamente malo.

¿Y si ese era el tipo de escritora que era? ¿El tipo de escritora que siempre sería?

Pero ese no era el momento de tener una crisis existencial.

Aparté a un lado las dudas y me centré en la habitación. En las pilas de libros. También había películas. Un montón de DVD encima de un aparador, al lado de la pantalla plana de dimensiones absurdas, aunque de lo más esperables.

Aunque sabía que lo más profesional sería no pasar de la puerta, me aventuré hacia los DVD. Uno que me resultaba familiar me miraba desde arriba del montón.

«No quiero que me adoren, sino que me quieran».

—¿Cómo?

Gabe se giró hacia mí y me di cuenta de que lo había dicho en voz alta.

Me sonrojé y levanté la película. *Historias de Filadelfia*.

—Es de la película —expliqué.

—Ah, sí, eso quería enseñarte. Me las mandó Ryan el otro día. Para que investigue.

Ryan Ulrich, el director de *El extraño Hildebrand*.

Miré el resto del montón. Todo películas antiguas, casi todas en blanco y negro. *Arsénico por compasión*, *La cena de los acusados*, *Vivir para gozar* y *Al servicio de las damas*.

—Solo he visto una o dos —me dijo Gabe—, pero tengo que verlas todas antes de que empiece el rodaje.

Asentí.

—¿Es buena? —preguntó.

—¿Que si es buena? —Miré la carátula, al íntimo trío formado por Katharine Hepburn, Cary Grant y Jimmy Stewart, todos sonriéndome—. Es una de las mejores comedias románticas que se han hecho. Una de las mejores comedias que se han hecho.

Me la sabía casi de memoria.

—«No quiero que me adoren, sino que me quieran» —repitió Gabe. Tenía buena memoria—. ¿Hay alguna diferencia?

—¿Supongo? —respondí—. Puedes adorar a alguien a quien no conoces, pero no puedes quererlo.

Gabe me miró. Y yo a él.

Yo misma me sorprendí por la sinceridad de mis palabras. Si Gabe también se sorprendió, la verdad es que superó la incomodidad deprisa.

—Creo que Ryan quiere que nuestro Bond sea una combinación de Cary Grant y William Powell —me dijo.

No lo veía mal. Entendía el punto que le querían dar.

Porque, aunque en la gran pantalla —y, al parecer, en la vida real— Gabe no era conocido necesariamente por ser sofisticado, había demostrado tener talento para el humor. Si Ryan Ulrich era capaz de canalizarlo hacia el humor frío y seco por el que se caracterizaban Powell y Grant, el Bond de Gabe podía terminar siendo especial.

—Es buena idea —dije, más para mí misma que para él.

Gabe vino hacia mí y me cogió el DVD de las manos. Una vez más, las puntas de nuestros dedos se rozaron y, una vez más, hice todo lo posible por ignorar la sensación tensa y áspera que el contacto me producía.

—Entonces es buena.

—Es fantástica.

Tendría que haberme parado ahí, pero no paré.

—Menos por la trama asquerosa que casi me la destroza cada vez que la veo.

Gabe levantó una ceja.

—No quiero destripártela —dije.

—Mi hermana ya me ha contado el argumento —repuso—. Estaba tan indignada por que no la hubiera visto que me estropeó el final. Ya sé quién termina con quién. ¿Qué trama es la que te da tanto asco?

—No es para tanto —respondí—. Son solo cosas que hoy en día no se pasarían por alto.

«Cállate, cállate, cállate».

—¿Como qué? —quiso saber Gabe.

Una vez Jeremy describió mis diatribas como «un monólogo feminista huracanado». Cuando empezaba, podía no parar nunca. «Soplan vientos abrasadores —dijo—. Que todo el mundo se ponga a cubierto».

Menudo capullo.

Pero en eso no se equivocaba, porque abrí la boca y dejé que saliera el huracán.

—Es solo que el acontecimiento que hace que todo el argumento arranque es que el padre de Katharine Hepburn engaña a su madre con una corista. Y Tracy Lord, el personaje de Hepburn, es la única que piensa que su padre ha hecho algo malo. Y, como critica a su padre por ser infiel, se la considera fría e insensible y una hipócrita por una noche que se emborrachó y subió desnuda al tejado de la casa.

Gabe de pronto miraba el DVD con interés.

—¿Katharine Hepburn sale desnuda en la película?

—No —dije—, es solo algo que se menciona.

Seguí hablando, en gran medida porque Gabe parecía curioso, no aburrido a más no poder ni horrorizado. Todavía.

—Su padre tiene un monólogo horrible sobre que, en resumen, el único motivo por el que fue infiel fue que su hija no lo idolatraba de forma incondicional y tuvo que buscar aprobación de otra mujer joven. Y Katharine Hepburn, en lugar de llamarlo viejo verde, ¡termina pidiéndole perdón por no haber sido lo bastante buena hija! Ella le pide perdón a él. Es un curso intensivo de luz de gas y es asqueroso.

Para cuando terminé, estaba jadeando como hacía siempre que me enganchaba a hablar de algo que me ponía rabiosa.

Gabe se quedó en silencio un rato.

—O sea, que no soportas la película.

—¡No! —Tiré el DVD a la cama—. La película me encanta. Es graciosa y romántica y el toma y daca entre los personajes es increíble, pero no es perfecta, creo que se puede mejorar.

Jeremy me había dicho que eso era absurdo.

«Ya existe —me dijo—, está hecha. No puedes mejorar algo que se creó hace más de cincuenta años. Tienes que aceptarlo tal y como es».

Puede que tuviera razón.

Gabe estaba pensativo.

—Mi hermana no mencionó nada de eso.

—En la película pasan muchas otras cosas —le expliqué—. Y muchas son buenas.

Él parecía dudar.

—Te gusta la película, aunque tenga una subtrama horrible.

—Supongo que se podría decir que la quiero, pero no la adoro —dije.

En mi cabeza había sonado increíblemente inteligente, pero al decirlo en voz alta no tenía sentido. Lo cual, en cierta manera, era la historia de mi vida.

—Es una buena peli —aclaré.

Gabe parecía patidifuso. Y no me extrañaba. Jeremy decía muchas veces que ni en los mejores días tenía sentido lo que decía.

Y la verdad es que tenía razón. A veces.

La cara de Gabe parecía indicar que se arrepentía de haberme enseñado los DVD.

Aquello no estaba yendo bien. No había ido allí a aleccionar a Gabe sobre tramas misóginas del cine clásico, sino a preguntarle lo que pensaba de la película de gran presupuesto que estaba a punto de rodar.

Sin embargo, antes de que pudiera preguntarle nada, Gabe dio una palmada y yo un respingo.

—Me muero de hambre —dijo—. Vamos a comer.

SERIOUS_CINEPHILES.COM

CINCO MOTIVOS POR LOS QUE GABE PARKER SERÁ EL PEOR BOND DE LA HISTORIA

Ross Leaming

No sorprenderá a nuestros fieles lectores que en el equipo de *Serious Cinephiles* nos hayamos llevado una enorme decepción con las últimas noticias sobre Bond. En este artículo desgranamos todos los motivos por los que pensamos que el director, Ryan Ulrich, está cometiendo un gran error al darle el papel protagonista a este actor.

1. Es estadounidense. Sí, ya sé que se ha confirmado que Parker se aventurará con un acento británico, pero ¿por qué hacerle pasar por eso cuando se puede contratar a alguien de un origen más adecuado?

2. No es Oliver Matthias. No sé vosotros, pero yo no me creo ni por un segundo la patraña esa de que Parker fuera la primera y única opción que contemplaron los productores. Se dice que lo vieron en *Tommy Jacks*, una película que no está mal, pero que, desde luego, no es ningún alarde de capacidades por parte de Parker. Y menos en comparación con su compañero de reparto QUE SÍ QUE TIENE ACENTO BRITÁNICO, PORQUE ES BRITÁNICO. Que alguien elija a Parker antes que a Matthias deja claro que esa persona no debería estar a cargo del reparto de Bond. Nunca.

3. Es un paleto de pueblo. A ver, estoy seguro de que Gabe Parker es un tío de lo más majo, puede que hasta sea algo inteligente, pero todos sabemos que su personalidad en pantalla (y en entrevistas) es el polo opuesto de lo que esperamos de un Bond. El hombre del martini tiene que ser la sofisticación personificada. El papel no debería dárcele a alguien cuyo momento más célebre en un programa de la tele sea jugar al *beer pong* con otro invitado. Y ganar.

4. Ya se acuesta con su compañera de reparto. No lo han confirmado, pero cualquiera que haya visto esas fotos con Jacinda Lockwood en París sabe que esos dos le dan al metesaca. «Pero, Ross», puede que digáis, «¿ese no es un argumento a favor de que pueda ser un buen Bond? Ya ha demostrado que puede conseguir a la chica». «Sí, exacto», os diría yo. «¿Dónde queda la emoción? ¿La caza? ¿La anticipación?». Simplemente da la impresión de que Gabe Parker es otro tío que no sabe tener la bragueta subida. Además, es solo una muestra más de que Parker siempre es el segundo plato respecto a su compañero de reparto.

   NOTA: ¿A alguien le sorprende que Lockwood dejara tirado a Matthias por Parker? La modelo afrobritánica tiene la reputación de hacer lo que sea necesario para conseguir que despegue su carrera como actriz.

5. Es demasiado blando. Y no hablo de su cuerpo —todos hemos visto ya las imágenes de Parker sin camiseta en *Cold Creek Mountain*, que es una sesión de fotos de un tío mazado disfrazada de película seria—. Tiene una ternura innegable. Y Bond NO es tierno. Es un tipo duro. Puede que toda esa ternura venga de la experiencia de Parker en el teatro y, en especial, de su papel protagonista en *Ángeles en América*, ya me entendéis.

2

Conduje hasta el restaurante. Puede que otra entrevistadora hubiera podido aprovechar aquel tiempo extra en un espacio cerrado, pero ser una conductora nerviosa en el día a día y, además, llevar a una estrella de cine y a su nueva perrita en el asiento del copiloto hicieron que me centrara en la carretera. Eso le dio a Gabe la oportunidad de ir preguntándome cosas a mí, lo cual hizo casi sin parar, como si la entrevistada fuera yo y él el entrevistador.

—Entonces eres de Los Ángeles, ¿no? Pero ¿de Hollywood Hollywood? Guau. Debió de ser genial criarse aquí.

—¿Supongo? —Qué asco, no podía dejar de responder en tono interrogativo—. Quiero decir que para mí fue normal.

—Qué locura.

Tamborileó con los dedos la parte superior de la guantera.

Tenía cierta cualidad frenética que se volvía más perceptible en el coche, como si literalmente lo desbordara la energía sobrante.

—Y has vivido aquí toda la vida, ¿no?

Asentí, con los nudillos blancos mientras bajaba por las estrechas calles de las Doñas rezando para que no nos encontrásemos con un coche de cara.

Él bajó la ventanilla, lo cual pareció moderar sus ansias, pero no ayudó demasiado a tranquilizarme a mí. Ahora, lo único en lo que podía pensar era en la posibilidad de que la perra, que en ese momento tenía dos patas en su regazo y dos sobre el reposabrazos, saltase del coche en marcha y yo me convirtiera en la persona que había matado al cachorrito de Gabe Parker.

—Se está bien aquí en invierno —dijo—. Yo suelo estar en Montana con mi familia en esta época del año o filmando en otro sitio, pero tú al final debes de aburrirte de tanto sol, ¿no? Siempre echo de menos las estaciones cuando estoy aquí. El otoño, la primavera... ¿Las echas de menos?

—Puede —respondí—. Supongo que estoy acostumbrada a esto.

Asintió y todo su tren superior se inclinó hacia delante.

—Ya, ya, ya, tiene sentido —dijo—. ¿Alguna vez has estado en Montana?

—No —contesté—, pero dicen que es muy bonito.

—¿Bonito? Qué va. Es precioso. No se parece a ningún otro sitio —repuso—. Algún día tendré que convencerte para que vayas.

Asentí, como si fuera algo que pudiera pasar.

El bar estaba bien, con paredes de ladrillo y simples bombillas que bajaban desde arriba en cada mesa, que tenía asientos con respaldo a uno y otro lado. Gabe me llevó por el lado de la barra y salimos a la terraza de atrás, donde teníamos una mesa esperándonos con un cuenquito de agua para la perra.

—Debe de encantarte esto —dijo.

Miré a mi alrededor.

—Nunca había estado aquí.

—No me refería a esto —me explicó tocando la mesa—. Sino a todo esto. —Hizo un gesto amplio—. A Los Ángeles. Debe de encantarte si volviste al terminar la universidad.

—La verdad es que sí.

—No es lo que yo esperaba —dijo él.

Yo me tensé.

—Sí, bueno, es que mucha gente piensa que Los Ángeles es solo Hollywood, que es una ciudad insípida y superficial llena de gente insípida y superficial, pero es mucho más que eso. La gente dice que en Los Ángeles no hay cultura, pero nos sale por las orejas la cultura. Y de todo tipo. Están Chinatown, Little

Armenia, Little Ethiopia y Alvarado Street. Tenemos unos museos maravillosos y jardines y parques. Es precioso. A veces, por la mañana, las montañas tienen tonos de rosa y dorado, y parecen recortes perfectos superpuestos al cielo. Tiene mucha historia y no solo de Hollywood. Hay arquitectura, arte y música. Es un muy buen lugar en el que criarte. Un muy buen lugar para vivir. Y los tacos son insuperables.

Parecía que estuviera haciendo una campaña de marketing muy agresiva, pero no podía evitarlo. La gente no dejaba de difamar a mi ciudad —Jeremy, por ejemplo, había dejado muy claro que pensaba que Los Ángeles era una mierda—, por lo que, cuando me ponía a la defensiva, me ponía a la defensiva.

Gabe se recostó en la silla.

—Muy de acuerdo —dijo—, los tacos están buenísimos.

No estaba segura de si se estaba riendo de mí, pero antes de que pudiera descubrirlo, apareció nuestra camarera.

Gabe enseguida se puso en pie y le dio a la preciosa pelirroja un abrazo y un beso en la mejilla.

—¿Cómo te encuentras? —le preguntó—. Parece que estés a punto de explotar.

Estaba embarazadísima. Se acarició la barriga.

—Me chivaré a tu madre de que le has dicho eso a una embarazada —bromeó.

Él le guiñó un ojo.

—No tendrías valor. —Me miró—. Madison, esta es Chani.

Dijo mi nombre a la perfección.

—¿Qué, sabéis lo que queréis? —preguntó Madison.

Tenía un marcado acento sureño encantador.

—Danos un segundito para mirar la carta, ¿vale, cielo? —le pidió Gabe imitando su acento mientras volvía a sentarse delante de mí.

Madison se sonrojó y estaba guapísima.

—Bueno, cuando lo tengáis, me llamáis, ¿vale?

—Las hamburguesas están muy bien —me dijo Gabe en cuanto se fue—, pero, si pides una, tienes que pedir una cerveza. Es la norma.

Yo sabía que era poco profesional beber trabajando, pero con una cerveza podía. De hecho, la necesitaba, porque, hasta el momento, la entrevista había consistido en mis diatribas sobre el sexismo intrínseco de *Historias de Filadelfia* y los supuestos estereotipos sobre Los Ángeles. En lo que no había consistido, en cambio, era en hacer el trabajo por el que me pagaban.

—¿Cuál es la mejor cerveza ácida que tienen? —le pregunté.

Gabe arqueó las cejas y me miró a los ojos.

—Conque ácida, ¿eh?

—Sí —respondí como si estuviera retándolo—. ¿Sugerencias?

La sonrisa volvió a su cara y, con ella, mis sensaciones de cosquilleo impropias.

—¿Por qué no pido yo? ¿Confías en mí?

—Sí —dije.

Él repasó la carta con la alegría infantil de un niño la noche de Jánuca, que es cuando por fin te dan los regalos de verdad y no calcetines o monedas de chocolate.

—Ya está —dijo—. Te va a encantar.

Madison volvió y él le hizo un gesto para que se le acercara. Levantó la carta entre nosotros con la mirada alternando entre lo que iba señalando y yo. Mientras lo hacía, la perrita echó a andar y me rozó la mano con el hocico húmedo. Yo me agaché y la rasqué, lo cual, al parecer, fue una invitación para que se echara de espaldas y me enseñara la barriga. Se la rasqué disfrutando de la suavidad aterciopelada de su piel.

—Le gustas —dijo Gabe cuando Madison se fue con nuestra comanda.

—A los cachorritos les gusta todo el mundo.

Negó con la cabeza.

—A esta no. Le dan miedo hasta su sombra, los pájaros del jardín y las bolsas de papel.

—A mí también.

Gabe se rio. Me gustaba hacerlo reír.

La perrita sacaba la lengua. La cinta rosa —que destacaba sobre su pelaje negro— parecía casi demasiado larga para volver a caber en su boca.

—¿Debería preocuparme? —le pregunté—. Por lo que has pedido, digo.

—No lo sé. —Se recostó en la silla y juntó los dedos tras la nuca—. ¿Eres de las que les gusta correr riesgos?

Me quedé mirando el sorprendentemente íntimo camino de músculos que iba de su bíceps a su axila y desaparecía dentro de la camiseta.

—No —respondí.

Se rio.

—Entonces, puede que debas preocuparte. —Subió y bajó las cejas algunas veces—. Pero solo un poco.

¿Estaba... tonteando conmigo?

Claro que estaba tonteando. Igual que había tonteado con Madison. No era algo personal. Puede que no supiera hablar con una mujer sin tontear con ella de algún modo. Madison y yo solo éramos personas que estaban en su órbita y, por lo tanto, teníamos que quedar encantadas por su mera existencia.

Esa era la naturaleza de los famosos. De la fama.

A veces me imaginaba cómo sería ser famosa. Pensaba que podría gustarme. Cuando deseaba la atención y el interés que daba la fama. Cuando ansiaba la validación que comportaba.

Tal vez a Gabe se le daba bien ser encantador como a mí se me daba bien observar. Eran habilidades hacia las cuales los dos teníamos una inclinación natural, pero que, sin duda, habíamos ido puliendo con los años porque eran un requisito para nuestra profesión.

Y eso era un buen recordatorio de que el único motivo por el que yo estaba ahí en ese momento, sentada delante de Gabe Parker intentando no mirarle la maravillosa axila, era porque mi trabajo me lo exigía. Un trabajo que necesitaba desesperadamente hacer bien.

Saqué la grabadora.

—¿Te importa si te hago algunas preguntas? —le pregunté, y la coloqué encima de la mesa.

Él se quedó quieto un segundo. Durante un abrir y cerrar de ojos, su cuerpo se quedó tan quieto que me pareció un error de Matrix. Y, luego, como si se hubiera reiniciado, me sonrió. Una sonrisa superficial y vacía.

No me lo esperaba.

—Claro —dijo—, para eso has venido, ¿no?

Casi daba la impresión de que se le había olvidado.

Pero, con la misma fugacidad que había aparecido, aquel fallo técnico se esfumó.

—Vale. —Se crujió los nudillos—. Vamos allá.

Miré la libreta.

Me había pasado todo el día anterior preparándome. Había leído perfiles anteriores que le habían hecho y había visto entrevistas suyas.

Sin embargo, me di cuenta, ahí sentada delante de Gabe y mirando mis notas, de que lo único que había hecho era investigar sobre él.

Mis preguntas —todas escritas— las podía responder yo sin su ayuda.

Me quedé con la mirada baja, puesta en la libreta, y el peso del miedo en el estómago.

Gabe carraspeó.

—O podríamos hablar y ya está —dijo.

No sabía distinguir si estaba siendo amable o condescendiente. Sea como fuera, estaba dejando claro que no pensaba que yo fuese capaz de hacer mi trabajo.

Me dije a mí misma que todo iría bien. Cuando entrevisté a Jennifer Evans, empecé la entrevista preguntándole por su pueblo y terminó hablando sin parar casi veinte minutos.

—Cooper, Montana —dije.

Gabe arqueó una ceja.

—De ahí soy, sí.

—Un buen sitio para crecer.

—Sip.

—Fuiste a la universidad en Montana.

—Sip —dijo.

—Estudiaste teatro. En el JRSC.

—Sip —repitió.

Había una ligera curva en sus labios, un indicio de sonrisa, como si lo estuviera disfrutando. Como si estuviera disfrutando con mi intento de entrevista, más que incompetente. Porque, de momento, no le había hecho ni una dichosa pregunta.

Puede que esa táctica hubiera funcionado con Jennifer Evans, pero estaba claro que en ese momento no estaba surtiendo efecto.

Mi barco se hundía y necesitaba algo que lo mantuviera a flote. Y rápido.

La perrita se movió debajo de la mesa y soltó un suspiro propio de alguien que está reflexionando sobre el sentido de la vida. Era justo el tipo de suspiro que tenía yo en la garganta queriendo salir.

—¿Cómo se llama? —pregunté.

Gabe miró hacia abajo y afloró una sonrisa plena en su boca.

—Todavía no lo he decidido —me dijo—. Voy a esperar a que me venga un nombre.

—Parece de peluche —señalé.

—Sí. —Levantó la vista para mirarme—. ¿Tú eras de las que dormía con un peluche de pequeña?

Me puse roja sin motivo.

—Puede.

Se echó atrás.

—Lo sabía —dijo—. ¿Cómo se llamaba?

—Peluche —respondí.

Arqueó una ceja.

—No era una niña creativa —me justifiqué.

—No me lo creo.

La sensación cálida de tener dentro un cable suelto del que saltaban chispas había vuelto.

—¿Y tú? ¿Eras de los que dormían con su peluche?

Era la primera pregunta decente que le hacía y, técnicamente, se la había robado a él. Por desgracia, antes de que Gabe pudiera responder, Madison volvió con la bebida.

Gabe esperó a que le diera un sorbo a la cerveza.

—¿Qué? —preguntó—. ¿He acertado?

La cerveza en general no me entusiasmaba, pero las ácidas me gustaban bastante. Y la verdad era que me había pedido una riquísima.

—Creo que es mi nueva cerveza favorita —le dije con sinceridad.

Él me dedicó una sonrisa radiante y mi corazón perdió el ritmo.

—Salud —dijo, levantó el vaso y lo chocó contra el mío.

Entonces, vi cómo vaciaba casi un tercio de un solo trago.

—¿Tenías sed?

Sonó mucho más acusatorio de lo que pretendía.

—Responder preguntas te deja seco.

Touché.

Puede que Gabe Parker fuera un poco paleto de pueblo, pero era un paleto de pueblo con un sentido de la ironía muy fino.

—¿Por qué te presentaste al casting de *Ángeles en América*? —le pregunté.

Esta vez fue Gabe el que se quedó algo pasmado.

«¡Ajá! —pensé triunfante—. Una pregunta. Una buena pregunta».

—Porque era un requisito para clase —dijo—. Había cogido teatro porque pensaba que sería un diez fácil. No sabía que parte del trato era presentarse al casting de la obra de final de trimestre.

Me deshinché.

Era casi lo mismo que había dicho en la entrevista que le habían hecho en *Vanity Fair* cuando salió *Tommy Jacks*.

—Debió de sorprenderte que te dieran el papel principal.

—Sip.

Bebió cerveza.

Yo quería darme cabezazos contra la mesa. Gabe sabía por qué estaba ahí, por qué estábamos haciendo esa entrevista. Se suponía que el artículo tenía que ayudarlo a arreglar su imagen pública después del anuncio de que sería el nuevo Bond. Se suponía que tenía que ayudarlo.

—¿Te resultó incómodo? —le pregunté—. El contenido.

—No.

—¿Y a tu familia?

—No —repitió.

—¿No les importó que besaras a un hombre en el escenario?

—A mi hermana le pareció tronchante —dijo Gabe—, pero solo porque soy su hermano pequeño. Todo lo que hago le parece tronchante. Y casi nunca es intencionado.

—Se nota que tenéis una relación estrecha.

Gabe remató el vaso e hizo una señal para que le trajeran otra. Se me detuvo el boli encima de la libreta. ¿Dos cervezas?

Gabe era un tío grande y dos cervezas, para algunos, no eran nada, pero empecé a ponerme nerviosa. Por él. No tenía sentido, claro. No era mi trabajo protegerlo de sí mismo. Era un hombre adulto. Conocía sus límites. Además, si así se ponía más hablador, mejor para mí.

¿No?

—Es mi mejor amiga —dijo—. Solo nos llevamos un año, así que es como si fuéramos gemelos.

Era, casi palabra por palabra, lo que había dicho en una entrevista para *Entertainment Weekly*. Y para *The Hollywood Reporter*.

—¿Y tienes una sobrina? —pregunté, aunque ya sabía la respuesta.

—Tiene tres años —contestó Gabe—. Y es el amor...

—De tu vida. —Terminé la frase por él antes de poder pensármelo mejor.

Eso también lo había dicho en el artículo de *Vanity Fair*.

—Has investigado —me dijo.

No era un cumplido.

—Es mi trabajo —repuse.

Sabía que no estaba haciendo muy buenas preguntas, pero él era actor. No esperaba que me contara nada sorprendente o impactante, pero sí que me contara algo.

Se hizo el silencio al otro lado de la mesa. Durante un momento.

—Yo también he investigado —dijo—. Tus padres son ambos profesores. Tienes un hermano y una hermana pequeños. Todos viven aquí. Sueles ir a cenar con ellos el *sabbat*. Fuiste al Sarah Lawrence College a estudiar la carrera y luego seguiste en Iowa. Allí conociste a tu novio. En la librería del campus.

—Exnovio.

Gabe me ignoró.

—Empezaste escribiendo ficción, pero ahora escribes sobre todo no ficción. Dicen que tu estilo es ingenioso. Eres de Los Ángeles. Odias Nueva York.

—No odio Nueva York. —Me había enervado.

Sí odio Nueva York.

Lo miré. Él me devolvió la mirada.

—Es raro, ¿a que sí? —me preguntó sin levantar la voz—. Que alguien crea que te conoce.

Todo aquello me recordaba a la vez que intenté aprender a montar en monopatín por una desacertada apuesta para llamar la atención de un chico que conocía del instituto. Iba como la seda cuando, de repente, me eché demasiado atrás y el monopatín salió disparado de debajo de mí. Estuve en el aire medio segundo antes de caer al suelo con fuerza, con el coxis por delante. Lloré de dolor y las lágrimas hicieron desaparecer al chico.

La sensación era parecida, como si Gabe me hubiera quitado el monopatín de debajo de los pies. Había sido arrogante pensar que podía montarme en él.

Estaba acostumbrada a hacer una pregunta sencilla y limitarme a dejar que el sujeto soltara un monólogo hasta tener algunas frases decentes que citar. Estaba acostumbrada a que los famosos estuvieran encantados de hablar de sí mismos.

—Es mi trabajo —repetí sin convicción.

—Lo sé —dijo.

«Hazlo mejor» era lo que se sobreentendía.

Pasé hojas de la libreta como si fuera a aparecer de pronto un bote salvavidas.

—¿Siempre te ha gustado Bond? —le pregunté, esforzándome.

—Sí, bueno, ¿a qué hombre no?

—¿Viste las películas con tu padre?

La cara de Gabe se volvió inexpresiva.

Si aquella entrevista era un barco que se hundía, yo acababa de reventar el casco.

Porque había una sola cosa de la que me habían pedido que no hablara.

Hacía años, un periódico amarillo online de mala muerte hurgó en la basura metafórica de Gabe y publicó un artículo sobre la persona de la que nunca hablaba.

El artículo se titulaba «Gabe Parker: sin figura paterna».

Estaba mal escrito, escatimaba en detalles y, a pesar de todo, contaba más de lo que Gabe o su equipo habían contado nunca. Me avergonzaba haber sido una de los millones de personas que lo habían leído y habían descubierto que su padre había muerto cuando él tenía diez años.

Puede que todo hubiera quedado olvidado pronto si el equipo de Gabe no hubiese amenazado con denunciar al periódico. Con eso solo consiguieron que la gente tuviera más curiosidad todavía. Al fin y al cabo, si Gabe y su padre hubieran tenido una buena relación, no habría habido nada que esconder. Estaba claro que había algo que no querían que se supiera. Maltrato o abandono o algo así de horrible y jugoso. Justo el tipo de información que parecía que la gente se sentía con derecho a conocer.

El tipo de información por la que mataría cualquier entrevistador.

Al mirar a Gabe, podía adivinar lo que estaba pensando. Que era de esas entrevistadoras que harían lo que fuera por conseguir lo que quería. Que era capaz de rebajarme a aguijonearlo para conseguir una reacción, una historia que contar.

Y quería una historia, pero no así.

—Lo siento —dije—, conozco las reglas.

Si tenía que currármelo, lo haría.

—No quería...

Le quitó importancia con un gesto de la mano.

—Vamos a pasar a otro tema y ya está, ¿vale?

«Mierda». Cuando había pensado en todas las formas en las que podía estropear esta entrevista, no había pensado que, sin querer y sin pensar, podía hacerle una pregunta «zasca».

—Eso no lo incluiré —le dije, consciente de que era probable que no me creyera.

—Ajá —dijo—. ¿Y a tu padre?

—¿A mi padre?

—¿Le gusta Bond?

Tenía los brazos cruzados.

—Sí, bueno, ¿a qué hombre no?

Intentaba hacerle una broma devolviéndole sus palabras. No tenía ni idea de si a mi padre le gustaban las películas de James Bond o no. Lo único que lo había visto ver eran los partidos de los Lakers.

Gabe no dijo nada, solo le dirigió una mirada cínica a mi libreta. Yo puse la mano encima de la página, como si él fuera a leerla del revés y desde el otro lado de la mesa.

—Yo...

Pero antes de que pudiera terminar la frase, Gabe se levantó de pronto.

Se me cayó el alma a los pies.

—¿Me disculpas un momento? —dijo, y cogió a la perrita del suelo.

Habló en un tono frío y educado.

Yo asentí.

Se fue de la terraza y yo lo vi marcharse, esa espalda ancha maravillosa, esa cintura estrecha, ese culo espectacular. Estaba segura al cien por cien de que aquella era la última vez que iba a ver a Gabe Parker, así que, ¿por qué no darle un buen repaso?

Cuando desapareció de mi vista, dibujé una raya en la condensación de mi vaso, consciente de que la comida llegaría pronto e iba a morirme de vergüenza cuando Madison viniera a nuestra mesa con dos hamburguesas y encontrara a una sola persona.

El barco se había hundido hasta el fondo.

Agaché la cabeza y apoyé la frente en la libreta.

Pensé en las historias que quería escribir. Pensé en Jeremy y en su contrato de edición. Pensé en los préstamos de estudios que tenía que devolver.

Pensé que tal vez pediría que me pusiesen la segunda hamburguesa para llevar, porque a saber cuándo me darían otro trabajo.

De pronto sentí el tobillo mojado.

Miré hacia abajo a través del cristal de la mesa y vi a la perrita lamiéndome la piel que quedaba al aire entre el zapato y los vaqueros. Al levantar la cabeza, descubrí que Gabe estaba sentado delante de mí con una expresión neutra. Tenía otra cerveza delante. Y el vaso ya estaba medio vacío.

—¿Qué? —preguntó—. ¿Seguimos?

PUNTO_POR_PUNTO_COM. BLOGSPOT.COM

ROMPER/ROMPERSE

Se ha terminado. El Novelista vació su cajón anoche y esta vez no lloré.

Se va a vivir a Nueva York, donde la gente es creativa y alocada e interesante. No como aquí, que solo importan los smoothies, hacer ejercicio y ver programas malos en la tele.

Estoy bastante segura de que en Nueva York también se ven programas malos en la tele. Solo que en pisos más pequeños.

Le dije que nunca me iría a vivir a Nueva York. Él respondió que ese era el problema. Que por no ser alguien que se mudaría a Nueva York con él, no era alguien que pudiera estar con él.

Dependiendo de a quién le preguntes, puede que te digan que hemos hecho esto más de diez veces desde que estamos juntos, pero estoy segura de que esta vez es la definitiva.

Principalmente porque eso fue lo que dijo el Novelista cuando cerró la puerta del coche de golpe, antes de arrancar y marcharse.

Vuelvo a estar soltera.

No lloré, pero comí mucho helado.

Se supone que tener el corazón roto es bueno para la inspiración, pero, aparte de esta entrada, no he conseguido escribir nada de nada. Esta última riada se ha llevado por delante todos mis planes y mis objetivos.

El Novelista siempre decía que me costaba centrarme. Sin duda, él estará sentado delante de su máquina de escribir con su vaso de ginebra tecleando como un loco, convirtiendo esta cuestión de crecimiento personal (palabras suyas) en fertilizante creativo (palabras mías).

Albergaré un resentimiento profundo si traslada esta experiencia a un libro y resulta ser un best seller.

Besos,

Chani

P. D.: Antes de todo esto, escribí un artículo sobre la estrella emergente Jennifer Evans. Podéis leerlo en la *Broad Sheets* de este mes.

3

Oye, tienes algo aquí… —me dijo Gabe señalándome el lugar en su cara—. Creo que es tinta.

Noté que me subía el calor a la cara al bajar la vista y darme cuenta de que las palabras de la libreta estaban emborronadas. Cómo no. Con mi suerte, seguramente tenía «Bond» impreso en la frente.

Empecé a frotármela con furia.

—Madre mía —soltó Gabe—. Espera.

Cogió su servilleta y la mojó en su vaso de agua. Esperaba que me la diera, pero tendió la mano hacia mí. Me incliné y me limpió la frente con cuidado. No respiré en todo ese rato y me puse bizca en un intento por no mirarlo fijamente.

—Ya está —dijo, y se retiró.

Por suerte, antes de que pudiera hacer algo para seguir avergonzándome a mí misma, llegó la comida y la tercera cerveza de Gabe.

Además de su hamburguesa, también había pedido una sin pan ni condimentos para la perrita, que se la comió con entusiasmo e intercaló los bocados con ronquidos de felicidad. Mientras él la observaba, yo me preparé la hamburguesa como me gusta: mojando las patatas fritas en el kétchup y colocándolas entre la hamburguesa y el pan en dos capas en direcciones opuestas.

Levanté la vista y me encontré con Gabe estudiándome.

—Creo que nunca había visto a nadie comerse así una hamburguesa.

—Llevo haciéndolo desde que era niña.

—Ah —dijo, y abrió su hamburguesa para hacer lo mismo—. ¿Así?

Asentí, sin palabras, y observé cómo daba un bocado.

—Mmm, sí —dijo, y se le escapó un leve gemido—. Joder, qué rico.

El calor se expandió por mi cuerpo como si me hubiera tragado algo picante y maravilloso.

Me quedé mirando cómo comía un momento. Saboreaba cada bocado, se chupaba los dedos, los labios y hasta la palma de la mano, en un momento dado. Estaba claro que era de los que disfrutaban de la comida.

Guau. Hasta en plena crisis de autosabotaje de mi carrera profesional Gabe seguía poniéndome cachonda perdida.

—Se va a enfriar —me avisó.

«Ni de coña», pensé.

Tardé un momento en darme cuenta de que hablaba de la comida.

—He leído tus artículos —dijo Gabe mientras yo le daba un mordisco a la hamburguesa.

—¿Ah, sí?

—Claro.

Era como si la metedura de pata con lo de su padre no hubiera pasado. Estaba claro que, después de un golpe, Gabe Parker sabía levantarse y seguir.

Mojó una patata frita en kétchup.

—Me gusta tu blog.

Me atraganté con la bebida.

Que Gabe hubiera leído mis artículos era una cosa, una cosa rara, pero, bueno, eran textos bien documentados, bien editados y aprobados por la revista. No distaban tanto del tipo de entrevista que estábamos teniendo en ese momento.

Sin embargo, mi blog...

Al menos ahora sabía de dónde había sacado esa información

sobre mí, como dónde fui a la universidad y que no soporto Nueva York. Para bien o para mal, en la práctica, mi blog se había convertido últimamente en un diario. Sobre todo porque pensaba que nadie lo leía.

—Me haces gracia —dijo Gabe—. Tus textos. Me hacen gracia.

El cerebro me iba a mil por hora intentando recordar qué putas historias personales vergonzantes había vomitado ahí hacía poco.

Jeremy leyó mi blog una vez.

«¿Hay algo más triste que mirarse el ombligo? —me había preguntado en una pelea—. Porque eso es lo que haces tú».

Me pregunté lo que pensaría Jeremy de que Gabe Parker dijera que mis textos le «hacen gracia».

—¿Cómo está la hamburguesa? —quiso saber Gabe.

—Buena —contesté—. Parece que vienes mucho por aquí.

Asintió.

—Sí, la gente es amable y la comida está muy buena.

Miró lo que quedaba de las patatas fritas compartidas con anhelo en los ojos.

Las empujé hacia él. Vaciló.

—Yo ya me he comido bastantes —le dije.

Como no se había ido a media entrevista, ya no tenía por qué hacer acopio de provisiones como si fuera una ardilla. De momento.

—No es eso —me dijo, aunque cogió unas pocas y las mojó en kétchup—. Se supone que no debo comer nada de esto.

Ladeé la cabeza inquisitiva.

—James Bond no puede tener michelines —explicó, recostándose en el respaldo y dándose unas palmaditas en la barriga.

—Estoy segura de que eso no te supondrá ningún problema —contesté con una carcajada, pensando que estaba de broma.

Enseguida quedó claro que no.

Yo sabía que los actores y las actrices hacían sacrificios para estar como estaban, pero nunca le había dado demasiadas vueltas. Me limitaba a disfrutar del resultado. Gabe apartó las patatas y yo me sentí algo culpable por las miradas que le había echado.

—Mi entrenador se cabreará.

Parecía tan triste que me quedé sin palabras por un momento.

—¿Cuándo podrás volver a comerte una hamburguesa con patatas? —quise saber.

Miró la grabadora como si fuera una serpiente a punto de atacar.

—Después de Bond —respondió—. A no ser que empecemos a rodar la segunda justo después. En ese caso, me tocará vivir a base de batidos de proteínas y lechuga hasta que terminemos. —Levantó el vaso de cerveza casi vacío y lo miró con cariño—. Adiós, amiga mía —dijo antes de terminársela.

Hubo un silencio largo y luego sonrió, pero no fue una sonrisa de verdad. Era curioso que pudiera distinguirlas ya.

—Tampoco me quejo —aclaró.

Lo dijo con la voz más grave, más lenta. No borracho, pero en camino.

—¿Te hace ilusión? —pregunté—. Lo de Bond.

—Soy afortunado —me contestó como si fuera lo mismo.

—Para cualquier actor sería el papel de su vida.

—Fui su segunda opción —dijo Gabe—. Querían a Ollie.

Me quedé de piedra.

Por fin. Eso era lo que me hacía falta —para lo que había ido allí—, aunque no era capaz de ignorar la incómoda sensación de poder estar aprovechándome de que Gabe estuviera más bebido de lo que debería.

Pero aquello era un trabajo, tanto para mí como para él y, en todo caso, se había equilibrado un poco la balanza. Además, si yo fuera hombre, puede que ni siquiera tuviera ese sentimiento de culpa y mucho menos lo reconocería. Seguramente le estaría pidiendo otra ronda o estaría intentando invitarlo a chupitos.

No podía permitir que estar enchochada me impidiera escribir una buena historia.

—Ah —dijo Gabe echándose hacia atrás—. Tú también prefieres a Ollie.

—No.

—¿No?

—No tengo preferencia.

Era mentira, porque claro que tenía preferencia. En la vida —en mis fantasías—, siempre elegía a Gabe.

Pero sabía lo que habían dicho los críticos, porque, aunque Gabe tuviera un cuerpazo, no encajaba de forma natural en el papel de Bond. No como Oliver.

Oliver Matthias era sofisticado. Culto. En parte era cosa del acento británico, claro, pero también era un intelectual. Había estudiado en Oxford. Había actuado en el West End, haciendo Shakespeare y Beckett. Tras haber protagonizado la versión de *Orgullo y prejuicio* de la BBC en formato de comedia para adolescentes cuando tenía dieciséis años y luego haber vuelto a la pequeña pantalla para hacer una miniserie de *Cyrano de Bergerac* al terminar la universidad, tenía años de experiencia. Ni la prótesis de nariz había conseguido atenuar su atractivo para las fans, entre las cuales me encontraba yo. Puede que hasta hubiera tenido en la habitación un póster suyo haciendo de Darcy cuando era preadolescente.

Había demostrado ser un buen protagonista.

Pero, según las entrevistas, Ryan y los productores de Bond ni siquiera se habían planteado a Oliver para el papel. Ahora el cosquilleo me lo provocaban mis instintos periodísticos, por inmaduros que fueran.

—Mi madre también lo prefiere a él —dijo Gabe.

—No, qué va.

Me arqueó una ceja.

—A mi madre le encanta Bond —explicó—. Me dijo literalmente: «¿Es que Oliver no estaba disponible?».

Me estremecí.

—Sé lo que dice la gente —continuó—. A pesar de lo que muchos creen, sé leer.

—Nadie piensa que no sepas leer.

—Piensan que no sé leer bien —repuso arrastrando las palabras para que su acento pareciera más rural.

No sabía qué responderle, porque decirle que no era verdad sería mentir. Lo cierto era que la gente sí que pensaba que era un poco palurdo. No ayudaba que su equipo hubiera potenciado esa imagen hasta el momento en el que consiguió el papel de Bond.

Las entrevistas contribuían a difundir sus cualidades de «buen chico de pueblo»; podía ser que se hubiera graduado en una universidad de poco renombre y no fuera muy inteligente, pero su talento era casero, como él. Mientras que Oliver era alguien cualificado y cultivado, Gabe era natural. Era real.

Sin embargo, eso también suponía convencer menos en papeles que no encajaban con esa marca personal.

La verdad era que lo de Bond había sido una sorpresa.

—No pasa nada —dijo Gabe—. He estado trabajando con una profesora de dicción que me ha prometido que mantendremos a raya el número de «catetadas».

—Creo que lo harás genial.

—Pues eres la única.

Estaba claro que ahí había gato encerrado. Todo el mundo daba ya por hecho que había cierta rivalidad entre los dos antiguos compañeros de reparto. Se había relacionado a Jacinda Lockwood con Oliver antes de que surgieran los rumores de que salía con Gabe. ¿Acaso todo aquello era parte de una competición más antigua y enquistada entre ellos? Si de verdad Oliver había sido la primera opción, ¿por qué no le habían dado el papel?

—¿Has visto su última película? —pregunté—. La de Oliver.

Era una película de época —romántica y épica— y la niña de trece años enamorada de Oliver Matthias que había dentro de mí se moría de ganas de verla.

—Voy al estreno mañana —respondió Gabe—. Me hace ilusión.

—Qué envidia —dije sin pensar.

No era que quisiera ir a ese estreno en concreto, sino que me daba la impresión de que los estrenos de películas en general seguían teniendo cierto factor mágico. Había entrevistado a suficientes famosos para haber oído muchas historias sobre las fiestas a las que iban y me costaba no sentir cierto pinchazo de celos cuando pensaba en pasar la noche toda arreglada y rodeada de gente guapa.

—Los estrenos son bastante aburridos.

—Igual para ti —repuse con la intención de volver a encaminar la conversación antes de que alguno de los dos pudiera distraerse—. ¿Oliver y tú seguís en contacto?

—Somos amigos.

Se estaba callando algo, pero, antes de que pudiera preguntarle, llamó a Madison con un gesto.

—¿Me pones otra? —dijo señalando el vaso vacío.

—Claro, cielo —respondió ella—. ¿Y tú? —me preguntó.

Negué con la cabeza. Esa iba a ser la cuarta cerveza de Gabe y ya estaba algo más que contentillo. Se repantigó más en la silla. Tenía los párpados algo caídos y su mirada revoloteaba por la terraza, incapaz de centrarse.

Vi la oportunidad, me tragué la culpa y la aproveché.

—¿Aún lo sois después de la elección de Bond? —pregunté.

Gabe levantó la mirada entrecerrando los ojos. Esperé un momento aguantando la respiración y preparándome para que reaccionara mal. Para que me gritara o me lanzara algo.

En cambio, se limitó a reírse y negó con el dedo.

—No, no —dijo—. Ya veo lo que haces.

No dije nada.

—Somos amigos —continuó enunciando bien cada palabra—. Y él me dijo que no le importaba.

—¿Dijo que no le importaba el papel? —pregunté sintiendo que me estaba acercando a algo interesante de verdad.

Pero, justo en ese momento, como si hubiera decidido ser la vigilante de la lengua incontrolable de Gabe, apareció Madison con la cerveza.

—¿Necesitáis algo más? —preguntó con su acento sureño.

Si no hubiera sabido que era imposible, habría jurado que me lanzó una mirada de advertencia.

—Estamos bien —respondí por los dos.

Pero ella esperó hasta que Gabe asintió e hizo un gesto con la mano.

—Estamos bien —repitió—. Aquí Chani me está dando un buen repaso.

Hasta yendo entonado pronunciaba a la perfección el sonido de la «ch» de mi nombre.

—Es un buen hombre —dijo Madison.

No me lo había imaginado, había sido una mirada de advertencia.

—No lo dudo —contesté.

—No pasa nada —intercedió Gabe sonriéndonos a las dos, sin duda, bebido.

Dio otro trago largo.

—No pasa nada —repitió, esta vez dirigiéndose a Madison en un tono suave.

—Vale —respondió ella, y se alejó, pero no sin antes echarse atrás la preciosa melena sin dejar de mirarme.

—Aquí la gente es muy protectora contigo —comenté en cuanto se hubo marchado.

Gabe se encogió de hombros.

—¿Oliver y tú...? —volví a intentar.

—Somos amigos —dijo Gabe poniendo énfasis en las palabras, y luego se cruzó de brazos como si fuera un niño a punto de tener un berrinche.

Era evidente que no pensaba decir nada más, por muy borracho que pudiera estar. Me sentí decepcionada, pero no vencida. Cambié de táctica.

—Trabajas con una profesora de dicción —dije—. ¿Has decidido qué acento vas a usar?

—Uno británico de clase alta —dijo—. Con un toque de escocés. Un pequeño homenaje a mi Bond favorito.

—Connery.

—Connery —confirmó.

—¿Es el mayor reto de un papel como este? ¿El acento?

Me miró y bebió cerveza. Se tomó su tiempo.

—El mayor reto de un papel como este es hacerlo aunque sepas que no te lo mereces.

Film Fans

RESEÑA DE *TOMMY JACKS*
[E X T R A C T O]

David Anderson

Películas de la Segunda Guerra Mundial hay hasta debajo de las piedras. Todos los directores parecen creer que un atajo para ganar un Premio de la Academia es hacer una película en la que hombres jóvenes y guapos vestidos de época y con la cara sucia miran a un cielo lleno de aviones enemigos y corren por un campo embarrado mientras estallan proyectiles a su alrededor.

Es irritante, pero la mayoría de esos directores están en lo cierto. Esas películas son, sin duda, carne de Óscar. Sin embargo, si de verdad se merecen el premio está por ver.

Tommy Jacks tiene todos los ingredientes para ser una de esas películas. Tiene a los hombres jóvenes y guapos, las caras sucias y las carreras por el barro. No falta la historia de amor de rigor entre un soldado comprometido y su inocente futura esposa. Todo bañado del patriotismo suficiente para hacer llorar a la mismísima bandera estadounidense.

Y, si solo tuviera esas cosas, sería tan cliché y tan poco memorable como muchas de sus películas gemelas.

Sin embargo, *Tommy Jacks* tiene algo que esas otras películas no tienen. Tiene a Oliver Matthias.

En el papel del Tommy que da título al filme, Matthias quiere irse de su pueblecito, un lugar en el que no deja de toparse con las expectativas de su familia. Enseguida queda claro que es demasiado inteligente para su propio bien, que cree que está destinado a cosas mejores.

Gabe Parker interpreta a su hermano menor, opuesto a él en todo. No es inteligente; de hecho, dejó el instituto para irse a trabajar en la granja bovina de la familia, donde, al parecer, se pasa los días sin camisa, sudoroso, en los campos que hay detrás de su casa iluminados por luz dorada. Se alista al ejército porque «Creo que, tal vez, podría hacer algo, aunque sea pequeño».

Hay un triángulo amoroso —sí, ya lo sé, pero confiad en mí, por favor—, puesto que los dos hermanos están enamorados de la misma chica. La joven deja que Matthias la corteje con poesía y promesas de una vida lejos de su pueblo de mala muerte, pero acepta el anillo de Parker antes de que partan a la guerra porque, como dice ella, «No da mucho en lo que pensar, pero, sin duda, tiene mucho que mirar».

Es evidente que las cosas siempre han sido así: el Tommy de Matthias es demasiado intenso, demasiado inteligente... Es demasiado para todo el mundo; mientras que puede que su hermano tierno y simple no sea la elección adecuada, pero es la más fácil.

Por supuesto, eso significa que debe ser sacrificado en el altar de la guerra.

No os estoy destripando la película, Billy, interpretado por Parker, muere en los primeros veinte minutos.

Cualquier guionista o director con menos talento podría haber decidido que la historia tratara sobre la redención de Tommy, que este dejara su ambición en el campo de batalla en el que muere su hermano. La película podría haber ido de cómo él se encarga de cumplir con las responsabilidades que antes eran de su hermano y descubre que, tal vez, el camino de Billy era el bueno desde el principio, que hacer ese algo «aunque sea pequeño» es lo que importa de verdad.

Pero ese no es el tipo de historia que cuenta *Tommy Jacks*.

4

Gabe tardó en acabarse el último cuarto del vaso de cerveza. Seguía haciendo sol, pero había refrescado. Lo suficiente para que yo hubiera tenido que sacar el jersey del bolso. Sabía que estábamos llegando al final de la entrevista, que seguramente, cuando se terminase la cerveza, Gabe pediría la cuenta y lo dejaríamos ahí.

Yo había tenido la ilusión de que aquel artículo fuera algo especial. No solo para impresionar a mis editores y que me dieran más trabajo —aunque, en parte, sí—, sino que quería impresionarme a mí misma. Quería demostrarme algo.

Quería que aquel artículo fuera especial porque yo quería ser especial. Quería ser de esas entrevistadoras capaces de coger una entrevista normalita y convertirla en oro.

Llegados a ese punto, tendría suerte si conseguía no limitarme a regurgitar todos los artículos que ya se habían escrito sobre Gabe.

Por decirlo con suavidad: estaba en la mierda.

Ni siquiera podía usar la afirmación de Gabe de que Oliver había sido la primera opción de la productora. No era suficiente para demostrar nada. Ryan Ulrich lo negaría y yo quedaría como una tonta.

Sin embargo, aunque mi intento de entrevistar a Gabe había sido un rotundo y verdadero desastre, el interrogatorio que me estaba haciendo él a mí iba de maravilla.

—Entonces el Novelista y tú lo habéis dejado, ¿no?

Así es como llamaba a Jeremy en el blog cuando escribía sobre él. Y, como acabábamos de romper —otra vez—, hacía poco que lo había mencionado.

—Sip —contesté mientras miraba mis notas esperando haber metido alguna pregunta salvavidas por ahí—, lo hemos dejado.

El Novelista. Qué seudónimo más estúpido e inútil. Igual Jeremy tenía razón en lo que a mis habilidades de escritura se refería.

Al fin y al cabo, él era un novelista de verdad con un contrato de edición firmado para su muy esperada primera novela. Yo publicaba en un blog en el que no hacía más que mirarme el ombligo y entrevistaba a famosos. Y mal.

«Nuestras sensibilidades son demasiado dispares —había dicho él cuando lo dejamos esta vez—. Vamos en sentidos opuestos».

—Me alegro —dijo Gabe.

Levanté la cabeza de golpe.

Gabe se encogió de hombros.

—Parecía un capullo.

—Tenía sus momentos —dije.

No sabía por qué sentía la necesidad de defender a Jeremy cuando lo único que había hecho últimamente había sido defenderme ante él.

—Ya —respondió Gabe.

Por extraño que pudiera parecer, que Gabe Parker pensara que mi exnovio era un capullo no me hizo sentir mejor. Al fin y al cabo, fue Jeremy el que rompió conmigo. ¿Qué decía de mí haber salido con un capullo y que me hubiera dejado?

Seguramente que era patética e ilusa.

Me revolví incómoda en la silla.

¿Quién se creía que era Gabe juzgando mis relaciones?

—¿Y Jacinda y tú? —le pregunté, consciente de que todo el mundo había intentado que confirmaran que estaban saliendo.

Puede que Gabe fuera una elección inesperada para hacer de Bond, pero nadie se había inmutado cuando anunciaron que Jacinda Lockwood sería su compañera de reparto. La modelo británica era elegante, glamurosa y quería labrarse una carrera como actriz. Sin embargo, aunque la prensa no se había sorprendido, sí que había sido incisiva y la había declarado «demasiado ambiciosa».

—Jacinda y yo somos solo amigos —dijo Gabe demasiado deprisa y sin inmutarse para que fuera siquiera un poco creíble.

—Ya —respondí, y le di un mordisco a una patata frita fría.

Los dos sabíamos que no estaba diciendo toda la verdad.

No lo entendía. Si Gabe y Jacinda salían, ¿por qué mantenerlo en secreto? No había nada que le gustara más a la prensa sensacionalista que dos personas guapas que se acuestan. Hasta cuando las dos estaban solteras.

Si conseguía que me confirmara su relación o que dijera alguna frase aceptando que habían sido algo más que amigos, podría salvar el artículo. No sería especial, pero tendría algo nuevo, al menos. La gente lo leería. Era probable que me encargaran otro.

—Es una amiga —dijo Gabe.

Intenté recordar todas las veces que me habían fotografiado con la mano de un amigo puesta en mi culo mientras salía de un bar en París. Tampoco había rodeado el cuello de ningún amigo y le había apretado la cara contra la mejilla. Ni le había mordido a un amigo el lóbulo de la oreja mientras le metía la mano en la camisa.

De pronto, no estaba segura de querer que Gabe confirmara que se había acostado con ella.

Aun así, tenía que intentarlo. Por el artículo.

—Una muy buena amiga, según dicen.

Por desgracia para mí, a Gabe lo salvó Madison, que llegó tan oportuna como siempre con un vaso de agua más que no le habíamos pedido. Él se terminó la cerveza y se bebió el agua de un trago.

La perrita se había dormido debajo de la mesa, la veía a través del cristal. Había dado unas cuantas vueltas intentando ponerse cómoda y al final había apoyado el hocico en el pie derecho de Gabe.

—¿Irá contigo al set? —pregunté.

—Teniendo en cuenta que sale en la película, sí, vendrá conmigo al set.

Tardé un momento en darme cuenta de que pensaba que seguía preguntándole por Jacinda.

La señalé a través del cristal de la mesa.

—Me refería a la perrita.

Miró hacia abajo y todo su cuerpo y su cara se relajaron.

—Sí —dijo—, vendrá conmigo.

—¿Por eso la tienes? —pregunté—. He oído que puede ser bastante solitario estar rodando lejos de la familia y los amigos durante meses.

—En parte, sí.

Se quedó mirando el vaso de agua vacío como si fuera a rellenarse solo.

Yo sabía reconocer una oportunidad cuando la tenía delante.

—¿Y cuál es la otra parte?

Cogió a la cachorrita y se la puso en el regazo. Seguía dormida, con la cabeza apoyada en su brazo y el hocico metido en el pliegue del codo.

—Tengo una lista —dijo él—. Una lista de cosas que quería hacer si triunfaba. Tener perro era una de ellas.

Me miró expectante.

Yo me quedé mirándolo a él.

Porque ya había oído hablar de la lista. Todo el mundo había oído hablar de la lista. Cada vez que lo entrevistaban y se mencionaba algún avance en su vida, estaba relacionado con la lista, la —en apariencia interminable— lista de cosas que hará Gabe Parker cuando triunfe.

La librería, cómo no, siempre se mencionaba en relación con la lista.

Estaban también todos los viajes que había hecho con su familia: a Hawái, a Bali, a Ciudad del Cabo, a París (donde todo el mundo pensaba que le había presentado oficialmente a Jacinda a su madre)...

Les había comprado coches a su hermana y a su madre. Había apartado fondos para pagarle la universidad a su sobrina.

Yo no dudaba de que hubiera hecho todas esas cosas, pero también sabía que hablar sobre ellas le daba buenísima publicidad. Era algo personal, pero sin ser personal.

También sabía que esperaba que le hiciera la misma pregunta que le hacía siempre todo el mundo: ¿qué más había en la lista? Y no me extrañaba que se lo esperase, hasta ahora había demostrado ser una entrevistadora de lo menos original.

Aquella era una de las últimas preguntas que iba a poder hacerle.

—¿Quieres que te hable del viaje a Italia que estamos preparando? —me preguntó con amabilidad—. Me llevo a toda la familia: a mi madre, a Lauren, a Lena, a mi cuñado Spencer... Él nunca ha salido del país.

Sabía que eso era lo que le preguntaría cualquier otro entrevistador.

—¿Cómo sabes que has triunfado? —fue lo que terminé preguntando.

Por supuesto, sonó fatal.

Se lo lancé como si fuera una acusación. Como si no creyera que hubiera triunfado.

Y así fue como se lo tomó.

—¿No crees que hacer de James Bond sea un motivo suficiente? —quiso saber.

El tono era ligero, pero parecía que había una sombra de duda.

Absurdo. Gabe Parker no necesitaba que le subieran más el ego.

Y esa no era la pregunta que le había hecho.

Negué con la cabeza.

—Lo que intento preguntar es cómo supiste que era el momento de empezar a cumplir los propósitos de la lista.

Seguía sin sonar demasiado bien, pero, por lo menos, tenía algo de sentido.

O igual no.

Gabe me miró, la confusión era visible en su rostro.

—Supongo que lo que quiero saber es qué te hace a ti, Gabe

Parker, sentir que has triunfado —seguí parloteando cuando su expresión no cambió—. Para algunas personas triunfar es sinónimo de distinciones y galardones. Mi ex, por ejemplo, decía que nunca sentiría que había tenido éxito a no ser que ganara un Premio Nacional del Libro o algún otro premio de renombre por el estilo.

—El Novelista —dijo Gabe.

Había un indicio de sonrisa en las comisuras de sus labios.

Lo ignoré.

—En cambio, para mí, creo que el éxito es poder trabajar cuando quiera y con la frecuencia que quiera. Poder mantenerme con comodidad solo con la escritura.

Gabe se recostó en el respaldo de la silla con la perrita apoyada en el pecho, la versión más rara y bonita de la Virgen y el Niño que había visto.

—Nadie me había preguntado eso —dijo.

—Seguro que todo el mundo quiere saber qué más hay en la lista.

Asintió. La perrita bostezó.

—Y ¿qué? —insistí—. ¿Qué es el éxito para Gabe Parker?

Me miró y no dijo nada durante un buen rato. Si no hubiera sido por el firme contacto visual, habría pensado que se había dormido.

Pero estaba ahí pensando, pensando mucho.

Entonces, sin apartar la mirada, levantó una mano para pedir la cuenta.

—¿Nos vamos de aquí? —preguntó.

—Sí.

PUNTO_POR_PUNTO_COM. BLOGSPOT.COM

NO SOY NI BUENA NI MALA, ME LIMITO A ESCRIBIR

Alguien dijo que elegir dedicarse a escribir era como elegir que te dieran bofetadas sin parar.

¿Lo dijo Salinger? ¿Hemingway?

No, fue una chica en un seminario de primero de ficción que vino a clase borracha de licor de melocotón, le lanzó el relato breve a la profesora, vomitó en una papelera y salió de clase.

Pienso en ella a menudo.

Porque tenía razón.

Es el motivo por el que estoy bastante segura de que, en realidad, nadie elige dedicarse a escribir. Es una malísima elección.

Como malísimo es también el título de esta entrada.

Espero que Stephen Sondheim me perdone por haberle destrozado la letra de «Last Midnight» de *Into the Woods*. De hecho, espero que Stephen Sondheim no entre en Blogger.

Intenté aprender de él e intenté escribir tumbada.

Me dormí antes de poder escribir un musical digno de los Premios Tony. Antes de poder escribir nada.

Una pensaría que todas las ideas brillantes que me dan vueltas por la cabeza me mantendrían despierta, pero no. Lo único que me mantiene despierta es el miedo a no ser buena escritora, a no ser ni siquiera mala escritora, a ser una escritora aburrida.

Esa me parece la peor posibilidad de todas.

Besos,

Chani

5

La casa era preciosa. Y enorme.

—Tiene ocho dormitorios —dijo la agente inmobiliaria—. Y una caseta en la piscina que se puede transformar fácilmente en una residencia de invitados de dos dormitorios. Doce mil metros cuadrados con piscina y jacuzzi. Sala de cine en el sótano, al lado del gimnasio. Cuatro baños. Cocina. Bodega.

Nunca había estado en una casa tan grande. Todo el espacio que había era obsceno. ¿Ocho dormitorios? ¿Un gimnasio? ¿Una sauna?

Por lo que yo sabía, Gabe vivía solo. ¿Para qué necesitaba tanto espacio?

Me volví hacia él, pero le pagaban grandes cantidades de dinero por actuar, y con razón: su cara era inescrutable. No sabría decir si le encantaba o si estaba a cinco segundos de coger una silla y reventar el cristal de las puertas ¡porque quería nueve dormitorios, joder!

Aunque se había puesto algo más que achispado en la comida, no parecía de los que cogían un berrinche por el número de dormitorios que le ofrecían, la verdad.

—¿Te importa si echo un vistazo? —le preguntó Gabe a la agente inmobiliaria.

—En absoluto —respondió ella pillando la indirecta y saliendo de la habitación.

Estábamos en la cocina. Era minimalista y moderna, con todos los electrodomésticos cromados y brillantes y ventanas grandes que daban al jardín, que era precioso. Tenía un mantenimiento impecable. Parecía un jardín de museo.

—¿Qué te parece? —me preguntó Gabe.

—Es preciosa —dije con sinceridad.

Me miró y se cruzó de brazos.

—¿Pero?

—¿Y tú cómo sabes que hay un pero? —quise saber, y me arrepentí de inmediato del tono de la frase.

Se rio. Era una risa maravillosa, grave y oscura y contundente. Si la tarta de chocolate tuviera una risa, sería esa.

Yo no dejaba de llevarme la mano al bolso. Mis dedos se morían de ganas de volver a sacar la grabadora, pero me preocupaba que, si lo hacía, la expresión alegre y relajada de Gabe desapareciera.

—No te has enamorado —dijo.

—¿Qué?

Hizo un gesto.

—De la casa —dijo—. Se te nota.

La perrita estaba jugando fuera, en el césped, moviendo la cola mientras se dejaba caer hacia un lado y hacia otro.

—¿Qué es lo que no te gusta? —quiso saber.

—Eso da igual —respondí—. Yo no soy la que tiene que comprarla.

¿Por qué le importaba a Gabe lo que yo pensara sobre una mansión que costaba varios millones de dólares y que puede que fuera a comprar o puede que no? No es que yo fuese a bañarme en la piscina los fines de semana. Casi le hice un comentario mordaz de que debería llamar a Jacinda y preguntárselo a ella, pero me mordí la lengua.

—Ya, pero me gustaría saber lo que piensas de todas formas —repuso Gabe—. ¿Te comprarías esta casa?

Me reí.

—No existe un universo en el que yo tuviera la posibilidad de comprarme una casa como esta. ¡Es enorme!

Asintió.

—Es bastante grande.

—¿Tu madre y tu hermana van a mudarse a Los Ángeles? Esta vez fue él el que se rio.

—Consigo que la familia venga a estrenos y premios y poco más. Es imposible que ninguna de las dos se plantee venir a vivir aquí. Montana les gusta demasiado para marcharse. Además, tienen la librería.

Asentí. Pensé en decirle que les había pedido algunos libros por internet, los cuales había recibido acompañados de una nota escrita a mano en la que me daban las gracias por la compra y me recomendaban otro libro basándose en los que había pedido. La sugerencia había sido acertadísima y había terminado pidiéndoselo a ellas también.

Sin embargo, mencionárselo a Gabe me parecía hacerle demasiado la pelota.

—¿Vas mucho a verlas?

Gabe asintió, todavía observando la casa.

—Le compré una casa a mi madre y ayudé a mi hermana y a mi cuñado a pagar la hipoteca de la suya. Suelo quedarme en el piso que hay encima de la librería cuando voy. —Se puso las manos en las caderas—. Mi agente me ha dicho que seguir pagando el alquiler aquí es tirar el dinero, que debería comprarme una casa.

—Tendrías mucho espacio para la familia cuando vinieran a verte —apunté.

—Les dije que buscaba una casa con piscina y dormitorios de invitados, pero ahora que la veo, no sé si necesito tanto espacio. —Parecía pensativo—. Me gusta mucho la casa que tengo ahora.

—Está muy bien —coincidí—. Te pega mucho.

Me sonrió como si le hubiera dicho algo profundo.

—Es curioso —dijo—, porque, aunque nunca había vivido aquí, la casa me resulta algo nostálgica, casi como si formara parte de un recuerdo colectivo de Los Ángeles. —Levantó las puntas de los pies—. Tiene muy buena energía, ¿no te parece?

Me parecía.

—Perdona —continuó—, debe de haber sonado bastante cursi. Es que me puedo imaginar a Brian Wilson sentado al borde de la piscina o a Dennis Hopper rebuscando en la nevera.

Asentí entusiasmada.

—¡Exacto! Casi se huelen los porros y la superioridad moral de la rebeldía.

Se rio.

—Deberías comprarte una casa como esa —le sugerí—. No una imponente como esta. Un hogar.

Por desgracia, lo dije justo cuando la agente inmobiliaria volvía a entrar a la cocina.

—Creo que tienes razón —dijo Gabe antes de volverse hacia ella—. Puede que tenga que darle unas vueltas a lo que busco.

—Por supuesto —respondió ella con una sonrisa, pero en cuanto él se volvió, me fulminó con la mirada.

Y con razón. Yo también me cabrearía si perdiera la comisión de aquella mansión.

Volvimos a la casa de alquiler de Laurel Canyon. La perrita se durmió en el regazo de Gabe, pero, como tenía el hocico apoyado en el reposabrazos entre nosotros, su aliento cálido me hacía cosquillas en el codo. Gabe no dijo gran cosa en el trayecto de vuelta, iba mirando por la ventana. Yo solo me perdí una vez.

—Mira —dijo cuando me detuve en una señal de stop—. Las montañas.

Dirigí la mirada adonde él apuntaba. Casi estábamos en su casa, a punto de girar por una de las numerosas curvas del acantilado. El sol empezaba a ponerse.

—Doradas y rosas —dijo.

Era precioso. Una sombra cubría la mitad del valle de San Fernando y el resto parecía que lo habían pintado con acuarelas de colores vivos.

Detrás de mí, un coche tocó el claxon.

Cuando entré en el camino que llevaba a la puerta de su casa con el coche, supe que había hecho una entrevista pésima, que iba a tener que volver al pisito que compartía con dos personas que no me caían demasiado bien e intentar escribir un artículo que sabía que no sería muy bueno.

Sería funcional y serviría para lo que tenía que servir, encontraría la manera de hacer que Gabe pareciera hecho para el papel de Bond, pero no sería nada más que eso. No sería especial, y yo me moría por escribir algo que fuera especial.

Apagué el coche y me volví hacia Gabe, con la intención de darle las gracias por su tiempo y emprender una retirada lo más digna posible.

—Creo que debería tomarme un café —dijo antes de que yo pudiera siquiera abrir la boca—. ¿Quieres uno?

—No bebo café.

Qué tontería. Si eso suponía tener algo más de tiempo con él, podía beber café. Podía beberme una jarra entera si hacía falta.

—Tengo té —respondió.

VANITY FAIR

GABE PARKER:
El hombre que será Bond
[EXTRACTO]

—

TASH CLAYBORNE

No puede dejar de hablar de su familia entusiasmado. Parker es el menor de dos hermanos, aunque «prácticamente nos criaron como si fuéramos gemelos», dice. «Compartíamos fiesta de cumpleaños, compartíamos habitación y lo compartíamos casi todo hasta que mi hermana se fue a la universidad. Sé que no somos gemelos y ni siquiera nacimos el mismo año, pero solo nos llevamos trece meses. Igual podemos empezar a llamar a esto gemelos de Montana».

También tiene buenas palabras para su sobrina, que acaba de cumplir dos años.

«Es el amor de mi vida», me dice, y saca una foto de una niña de mofletes regordetes con rizos oscuros. «Te aseguro que es más lista que yo, pero, aparte de eso, nos parecemos bastante. Cuando voy a ver a mi familia, solemos estar nosotros dos en la mesa de los niños riéndonos de lo graciosos que son los guisantes. Porque son bastante graciosos, ¿no crees?».

Hablamos sobre su lista, sobre las cosas que siempre ha querido hacer cuando triunfara y sobre que la mayoría han terminado siendo regalos para su familia.

«Mi madre era profesora de instituto», me cuenta. «No teníamos tanto dinero como otras familias para hacer viajes e irnos de vacaciones. Y yo quería llevarla a todos los sitios donde soñaba ir».

Han estado en Bali, París, Argentina y Kenia. ¿Cuál es el siguiente destino de la lista? «Mi madre quiere ir a Italia para comer todo lo posible», dice. «Creo que iremos con toda la familia».

Todo eso se suma a la librería que les compró a ella y a su hermana.

«La Acogedora». Se asegura de que me anote la página web. «Tienen de todo: libros, material para manualidades… De todo. Y si no sabes muy bien lo que quieres, puedes escribirles un correo, se les dan genial las recomendaciones».

6

Tenía una buena receta para hacer chai —dijo Gabe mientras rebuscaba por la cocina—, pero la pierdo cada dos por tres.

—¿Tienes una receta para el chai? —me extrañé.

—De Preeti —dijo—. Traía al trabajo todas las mañanas y olía increíble. Me dio la receta el último día.

Sacó la cabeza del armario y sacó una caja de bolsas de té rosas.

—¿Te va bien uno con sabor a melocotón?

Asentí preguntándome para quién habría comprado té de melocotón.

—¿Por qué no soportas Nueva York? —me preguntó Gabe mientras esperábamos a que hirviera el agua.

—No es que no soporte Nueva York —dije en cuanto me di cuenta de que estaba acordándose de la parte de la conversación que habíamos tenido en el restaurante en la que, en pocas palabras, me había dejado por el suelo por ser presuntuosa y poco profesional.

—Pues yo creo que sí.

Estaba poniendo cucharadas de café molido en una cafetera de filtro. Jeremy era muy cafetero, muy exigente con lo que bebía y con cómo lo preparaba. Yo admiraba todo el ritual de preparación. Me gustaban los rituales.

—Simplemente no es lo mío, como el café.

Gabe asintió.

—Está bien para ir de visita —dije sintiendo que tenía que explicarme—. Y me gustaba ir al teatro cuando estaba en la universidad.

—En el Sarah Lawrence.

—En el Sarah Lawrence.

—Que no es una universidad femenina —dijo Gabe, como si quisiera demostrar que había hecho sus pesquisas.

—No es una universidad femenina —respondí—. Desde los años cincuenta o sesenta.

—¿Qué obras veías?

—Musicales, sobre todo. Me gustan.

La tetera empezó a silbar. Gabe apagó el fuego, pero la cocina no estaba en silencio. Me costó un momento darme cuenta de que Gabe se había puesto a silbar. Y era una canción que me resultaba familiar.

—¿Conoces *Into the Woods*? —pregunté.

—Puede.

Estaba tarareando «Last Midnight».

—Te gustaba el teatro —dijo Gabe— y nada más.

—No —respondí—, me gustaba la comida. No hay bagels ni pizza como los de Nueva York. Y también tienen mejor comida china que aquí. Sigo sin encontrar un restaurante donde hagan una buena tortita de cebolleta en Los Ángeles.

—Y ya está.

El olor a café impregnó la cocina. Era un olor que me encantaba, lo cual resultaba irónico porque no me gustaba para nada el café. Jeremy no paraba de decirme que era algo a lo que tenías que acostumbrarte, pero yo nunca me había acostumbrado. Me conformaba con olerlo cuando se preparaba una taza.

Siempre me había parecido un olor acogedor. Y, en ese momento, olía así. Gabe y yo estábamos en la cocina juntos mientras la perrita se tendía sobre la barriga, plana como una tabla de surf, apoyando la barbilla en el suelo.

—Supongo que parece que hay que elegir —dije— entre Nueva York y Los Ángeles. Y yo elijo Los Ángeles.

—Eres leal a tu ciudad.

—Sí —contesté—. Además, los neoyorkinos pueden ser muy imbéciles cuando hablan de Los Ángeles. De verdad creen que nos ganan en el pulso cultural.

—Pero no tienen tacos —apuntó él.

—Pero no tienen tacos —repetí.

Gabe me sirvió algo de agua en la taza y vi cómo se volvía de un rosa vivo e intenso. Sumergí la bolsita un par de veces de forma innecesaria y la dejé ahí. El agua se volvió del todo fucsia.

—¿Cuándo se va? —preguntó Gabe—. El Novelista.

Me encogí de hombros y le di un sorbo al té para tantearlo. Era raro que Gabe hubiera leído el blog. Que supiera cosas de Jeremy. Que supiera que se iba a vivir a Nueva York.

—Pronto, supongo —dije.

Sabía que él pensaba que tenía que meterse de lleno en el mundillo literario para poder escribir el tipo de libro que quería escribir, el que le había prometido a la editorial.

—Creo que yo también elegiría Los Ángeles —dijo Gabe—. ¿Cómo está el té?

—Bueno.

—Tendrías que probar la receta del chai —dijo, y se puso a buscarla otra vez.

—Si la encuentras…

—Pensaba que estaba aquí. —La voz salía algo amortiguada del interior del armario—. Tendrás que darme tu número de teléfono para que te la pueda mandar.

—Ja —dije, pero, cuando se volvió para mirarme con la mano tendida señalando mi bolso, me di cuenta de que lo decía en serio.

—Cuando la encuentre, te la mando —me dijo.

Sin palabras, rebusqué el teléfono dentro del bolso y se lo tendí, muy agradecida de haberme acordado de quitar su foto de la pantalla de bloqueo.

Arqueó una ceja de todos modos cuando vio lo viejo que era el móvil, pero no dijo nada y apuntó su número. Se oyó una vibración, sacó el suyo —el iPhone de gama más alta que se podía comprar— y se guardó mi contacto.

Cuando me devolvió el teléfono diminuto con la pantalla rota, vi que había guardado su número como «Gabe Parker (equipo Los Ángeles)».

Sonreí al verlo.

Se estaba haciendo tarde. El té se enfriaba.

—Creo que debería irme.

Gabe asintió.

—Y yo creo que debería ver *Historias de Filadelfia* —dijo—. Aunque me han comentado que es sexista.

Abrí la boca para disculparme, pero sonrió para evidenciar que era una broma. El calor que sentí en el centro del pecho no era consecuencia del té.

—Solo una parte —dije—, por lo demás es una buena película.

—A Oliver le gusta —dijo Gabe—. Me dijo que hablaríamos de ella después del estreno.

Parecía que la prensa amarilla se equivocaba en redondo sobre la supuesta rivalidad de Gabe y Oliver. Ir al estreno de la película de un antiguo compañero de reparto era una obligación de negocios, pero ¿hacer planes para hablar después sobre una película que te habían puesto como deberes para un papel para el que tal vez los hubieran tenido en cuenta a los dos? Eso parecía amistad de verdad.

Tal vez los rumores de que los dos habían salido con Jacinda también eran falsos. Tal vez todos los rumores lo fueran.

—Seguro que te lo pasas bien —dije.

Él se encogió de hombros.

—Si para ti estar de plantón con ropa incómoda mientras todo el mundo le dice a Oliver lo guapo que es y el talento que tiene es pasárselo bien, sí, me lo pasaré de miedo. —Lo dijo en tono despreocupado.

—Por lo menos tú no tendrás que ponerte tacones —le dije.

—No sabes qué modelito he decidido ponerme —contestó.

Me reí.

—No tendrías por qué ponerte tacones —me dijo—, si estuvieras libre mañana por la noche.

El resto de la carcajada desapareció de golpe de mi garganta. ¿Gabe Parker me estaba pidiendo que fuera a un estreno con él?

—Yo...

Le vibró el teléfono.

—¿Qué pasa? —pregunté, alegrándome de no tener que responder a lo que con toda probabilidad no era una invitación al estreno de una película de Oliver Matthias.

—Solo es mi agente.

Su expresión indicaba que, fuera lo que fuera lo que quisiese su agente, no era algo que él tuviera ganas de darle.

—¿Puedo hacerte una pregunta?

—Claro —dije.

Se guardó el teléfono y se metió la mano en el bolsillo en el que lo había guardado.

—¿Tú has visto *Ángeles en América*?

—He leído la obra, pero nunca la he visto.

—Pero conoces la historia —dijo.

—Sí.

Miró al suelo y luego levantó la vista para mirarme a mí.

—¿Te parece problemático que haya besado a un hombre en el escenario?

—No —dije enseguida.

Arqueó una ceja.

—¿No?

—No —repetí.

Gabe se cruzó de brazos y se apoyó en la encimera como si estuviera acomodándose. No tendría que habérmelo tomado como una invitación.

Pero me lo tomé como una invitación.

—*Ángeles en América* es una obra muy buena —dije—. Puede que una de las mejores obras contemporáneas que se han escrito. La gente debería verlo como una señal de que eres un muy buen actor y no obsesionarse con que te enrollases con otro hombre. En el escenario. Bueno, es que incluso si te hubieses enrollado con un hombre en el callejón al lado del teatro, no tendría que importar, ¿no? Si eres buen actor, deberías poder hacer de Bond y la gente a la que se le está yendo la olla por una obra que hiciste cuando estudiabas tiene demasiado tiempo libre y le interesa demasiado tu vida personal. Si su idea de masculinidad es tan frágil que el simple hecho de pensar que te besaste con alguien de tu mismo género hace que les explote la cabeza, tienen problemas más grandes que qué actor debería hacer de James Bond en una película.

Me quedé sin aire y paré para recuperar el aliento mientras Gabe me miraba fijamente.

—Perdona —dije—, me he vuelto a poner en plan mitin.

Gabe parecía algo aturdido, pero no como si le hubiera pegado con un bate de béisbol, sino más bien como si lo hubiera deslumbrado una luz. Como sorprendido, pero no necesariamente para mal.

—No pensaba que fuera posible que salieran tantas palabras de la boca de alguien en tan poco tiempo —dijo—. Y eso que me presenté al casting de *Las chicas Gilmore*.

—A veces me emociono un poco.

—Me gusta.

Pareció sincero, pero me costaba creer que a una estrella de cine como Gabe Parker le gustase de verdad que una judía desgarbada y gritona que solo había ido a entrevistarlo —y no a rajar sobre la homofobia sistémica— lo aleccionara.

—Debería irme.

No me lo discutió, lo cual no hizo sino confirmar mis sospechas. Me arrodillé para rascar a la perrita sin nombre detrás de las orejas. Se dio la vuelta y me enseñó la barriga, de modo que se la froté como si fuera una lámpara mágica antes de ponerme de pie.

—Gracias por tu tiempo —dije, y me di cuenta de lo formal que había sonado.

Así era como tenía que haber hecho toda la entrevista, pero ya era demasiado tarde.

La comisura de los labios de Gabe se dobló hacia arriba. Apenas podía esconder la sonrisa.

—No hay de qué —dijo.

—Vale, bueno. —Empecé a ir marcha atrás hacia la puerta—. Pues adiós.

—Adiós —dijo.

—Adiós.

Cuando llegué a la puerta, levanté una mano y por fin me volví.

—Chani —dijo.

Joder, se le daba muy bien decir mi nombre.

—¿Sí?

Me giré enseguida.

Demasiado pronto para no parecer una pringada, pero lo intenté de todos modos.

—¿Sí? —volví a preguntar.

Esta vez sí que sonrió.

—Llámame si quieres ir al estreno —me dijo—. Nos lo pasaríamos bien.

GO FUG YOURSELF

LA MODA EN EL ESTRENO
DE *CORAZONES COMPARTIDOS*

True Blue

El antiguo compañero de reparto de Matthias, Gabe Parker, asistió para darle su apoyo, pero no fue solo. La cita de Parker es desconocida, pero su modelito azul con brillibrilli fue una delicia para los sentidos. Me pregunto si lo llevó para ir a juego con el traje azul favorito de Parker. Como saben todas las chicas Fug, la verdadera forma de demostrarle a un hombre que te importa de verdad es mediante las elecciones sartoriales.

Ahora

7

El restaurante sigue abierto, lo cual ya es todo un logro. Aunque he venido en coche por la zona varias veces desde que volví a Los Ángeles, cada vez que pasaba por esta manzana apartaba la vista de forma infantil. Y, por supuesto, nunca he vuelto a entrar.

Sin embargo, pensaba en la cerveza y se me hacía la boca agua.

Aparco en una calle perpendicular y compruebo tres cosas antes de salir del coche. Compruebo que la camisa —con su siempre incontrolable botón del medio— está bien abotonada. Que la libreta sigue en el bolso. Y me miro la barbilla para asegurarme de que no esté el pelito negro que siempre me estoy quitando con las pinzas y que siempre se las apaña para volver a crecer en los momentos más inconvenientes.

Hoy ha decidido no aparecer y se lo agradezco.

El interior del local está igual. Da miedo y todo.

Me pillo buscando a la camarera, Madison, cuando entro. Una parte de mí espera verla y que siga embarazada. Es absurdo, lo sé, pero todo esto me parece surrealista. Y se vuelve todavía más surrealista cuando me doy cuenta de que, aunque Madison siguiera trabajando aquí, ahora sería madre de un niño de diez años.

El paso del tiempo de pronto me parece real y opresivo.

Hace un año desde que volví a vivir a Los Ángeles y todavía sigo esperando a sentirme en casa de nuevo, pero, en lugar de eso, siento la ciudad como un jersey viejo que me he encontrado al fondo de un armario. Un jersey que pensaba que me venía perfecto, pero, cuando me lo pongo, está acartonado y plasticoso, permanentemente arrugado por el olvido. A veces me pregunto si es mi penitencia por haberme ido a Nueva York. Luego me acuerdo de que los judíos no creemos en la penitencia. O, por lo menos, no en ese sentido.

Paso un momento por el baño antes de salir a la terraza. Agarro la porcelana fría del lavabo y me digo a mí misma que es una entrevista más.

Ha terminado dándoseme bien mentir cuando se trata de Gabe.

La última vez que quedamos éramos jóvenes y atrevidos y estúpidos. Me recuerdo a mí misma que dos personas pueden vivir una experiencia idéntica de dos formas completamente distintas. Me recuerdo a mí misma que ahora tengo más cabeza.

Me vibra el móvil.

Es un mensaje de Katie.

«Puedes decir que sí», dice.

Ha leído un libro hace poco sobre decir que sí a las cosas. A la vida. A las oportunidades. A todo.

—Me gusta decir que no —le había dicho yo cuando me dio ese consejo por primera vez.

—Solo porque no sabes decir que sí —había repuesto ella.

Katie Dahn es una de esas personas a las que les encantan los mantras, de las que celebran el comienzo de las temporadas astrológicas como la gente celebra el inicio de la temporada de béisbol. Una vez la vi dar un trago de enjuague bucal con el dedo meñique levantado.

Era la mejor amiga que había tenido en mi vida.

—Está como una cabra —decía siempre Jeremy con cariño—. Es de esas personas que entrarían en una estafa piramidal sin querer y, de algún modo, conseguirían o ganar dinero o desmontarla desde dentro.

En eso no se equivocaba.

Katie era lo único por lo que Jeremy y yo nos habíamos peleado de verdad durante el divorcio. Jeremy había argumentado que él debía quedarse con Katie porque la conocía desde la carrera y porque el único motivo por el que yo la conocía era por él. Yo había repuesto que Katie era adulta y podía tomar sus propias decisiones sobre la amistad.

Katie nos había prometido que podía seguir siendo amiga de ambos, pero, al final, se vino a Los Ángeles conmigo. Vivíamos en el mismo edificio, como si fuéramos universitarias en una residencia. Algunos días volvía a casa y me encontraba una bolsa de cristales en la puerta o una nota que me recordaba que Mercurio estaba retrógrado.

Últimamente parece que Mercurio siempre está retrógrado.

Pero Katie es un recordatorio de que, aunque el último año —más o menos— entre Jeremy y yo fue complicado, también había tenido cosas buenas.

—Hicisteis todo lo que pudisteis —me había dicho—, pero teníais a las estrellas en contra.

Era su forma de decir que nuestros signos astrológicos no eran compatibles. Yo no creía en esas cosas, pero me consolaba un poco saber que otra persona pensaba que el final de mi matrimonio era, de alguna forma, inevitable; que no era culpa mía.

«Di que sí», vuelve a escribirme como si pudiera no haberme quedado claro la primera vez.

Pongo los ojos en blanco.

Podría estar refiriéndose a varias cosas, pero es probable que sea al correo de mi agente que he recibido después de aceptar el encargo.

Quiere que prepare una propuesta de otra antología de artículos. Mi editora quiere comprarla. Sé que las dos piensan que este artículo sería el plato fuerte del posible libro.

Yo no dejo de decirles que esperen.

No sé a qué quiero que esperen.

Las dos están encantadas de que vaya a hacer esta entrevista. Todas las personas involucradas esperan que vuelva a obrar el milagro de la primera vez, cuando el artículo sobre Gabe lo convirtió a él en un Bond creíble y volvió más vendible mi nombre.

No quiero ser desagradecida, pero también sé que el motivo principal por el que firmé el primer contrato de edición fue que era la entrevistadora esa, la que no se acostó con Gabe Parker (o se acostó con él, dependiendo de la parte de internet en la que te informes).

No es precisamente por lo que quiero que se me conozca.

Pero no tengo más remedio.

Salgo del baño y me dirijo a la terraza.

Hace diez años era un día de invierno soleado. Hoy está nublado.

Es un buen día para escribir, para quedarse en casa con una taza de té y trabajar hasta ver borroso y que se te pase la hora de la cena.

Me envuelvo con la chaqueta de punto, dudando de la ropa que he decidido ponerme. Sé que, en general, estoy igual. Los cambios son pequeños: no llevo unos vaqueros tan apretados, mi vista no es tan buena. Tengo algunas canas brujescas perdidas por el pelo que, ahora —y desde hace años—, llevo sin flequillo.

Me pregunto qué pensará Gabe de todo, de mí, ahora.

Ojalá no fuera así. Ojalá no me importase. Ojalá este fuera como los demás perfiles de famosos que escribo últimamente, en los que no me preocupo por lo que la persona pensará de mí, en los que no me pregunto de qué se acordará de aquel fin de semana. De aquella llamada.

Ojalá no siguiera preguntándome «¿Y si…?».

Como es de suponer, yo sé que sé qué aspecto tiene Gabe ahora. He investigado. En realidad, nunca he dejado de investigar, pero ha estado bien poder decirme a mí misma que tenía una excusa para buscar fotos de él.

La última vez que lo fotografiaron fue hace un par de meses en el rodaje de *Historias de Filadelfia*. Iba cuidado y presentable, con un aspecto encantador, mezcla de los años cuarenta y la actualidad que recordaba a su predecesor, Cary Grant. Estaba guapo, con la mandíbula todavía afiladísima y la cantidad perfecta de canas salpicándole el pelo oscuro.

Hay unas cuantas personas repartidas por la terraza, pero esa famosa mandíbula no se ve por ningún lado.

Estoy tan nerviosa que me parece que el corazón, en el que siento un aleteo, me saldrá por la boca, y no me gusta nada.

¿Se sentirá Gabe igual que yo? ¿Igual que yo desearía no sentirme? Como si aquellos tres días de hace diez años hubieran quedado suspendidos en el tiempo. Perfectamente conservados como un mosquito en ámbar.

Estoy a punto de volver a entrar al restaurante cuando noto una mano en el codo.

Me doy la vuelta sabiendo ya que es él.

—Chani —dice Gabe.

Ahora lleva barba.

Pero sigue sabiendo pronunciar mi nombre.

Cuéntame algo que no sepa

RESEÑAS

La anticipadísima antología de Horowitz recoge algunos de sus mejores trabajos —entre los cuales se encuentra, cómo no, la famosa entrevista a Gabe Parker— e incluye artículos nuevos. Sus textos brillan con humor e ingenio. Al leerlos, te sentirás como si estuvieras hablando con tu mejor amiga si tu mejor amiga fuera de esas que se escabullen de casa del último James Bond en mitad de la noche.

Broad Sheets

A los fans de los perfiles de Horowitz les encantará *Cuéntame algo que no sepa*. Una lectura efervescente y ligera, el libro perfecto para meter en la bolsa de la playa. Puedes broncearte mientras te ríes con sus grandes éxitos —el perfil de Gabe Parker es, por supuesto, la estrella de la antología— y sonreír con las nuevas incorporaciones.

Publishers Weekly

Cuéntame algo que no sepa es un baño de espuma concentrado en un libro: tranquilizador y calmante; el bálsamo perfecto para el final de un largo día. La antología gira en torno a su artículo viral, «Gabe Parker: Mezclado, no agitado», y los lectores volverán a estremecerse de vergüenza leyendo sobre cómo dinamitó su oportunidad única en la vida con la estrella de Bond tras asistir a una fiesta en su casa y terminar durmiéndose en la habitación para invitados.

Kirkus Reviews

Al parecer, Horowitz es una entrevistadora de famosos bastante querida. Este crítico no sabría explicar ni cómo ni por qué: hasta los perfiles que incluye en su antología de artículos son egocéntricos y egoístas. Todo trata sobre ella. Al principio te parece adorable, como cuando tu hijo te hace una pregunta del tipo «Papá, ¿por qué la hierba es verde?». Sin embargo, cuando te han repetido esa pregunta una y otra y otra vez, ya no te parece tan adorable, sino más bien que a tu hijo y su inteligencia les pasa algo. Para entender el motivo preciso por el que ha recibido tanta atención por su escritura mediocre, basta con leer su famosa entrevista con el protagonista de James Bond, Gabe Parker.

Goodreads

Chani Horowitz es una guarra.

Reddit

8

Hola —dice.

Me quedo mirándolo.

Me esperaba la versión de Gabe de las fotos. O una combinación de eso y de quien era hace diez años. Infantil. Abierto. Despreocupadamente atractivo.

Sigue siendo atractivo —tanto que deja sin aliento—, pero ya no parece despreocupado.

Una barba esconde la parte inferior de su rostro y una gorra intenta tapar el resto, pero Gabe levanta lo suficiente la cabeza para que pueda verle los ojos. Parece cansado, quemado, pero el cansancio le queda bien. O más bien, a mí me gusta. Mitiga un poco su belleza, lo hace parecer más real, más alcanzable, lo cual, a la vez, le da un aspecto más distante.

—Me alegro de verte —dice.

Sigue agarrándome por el codo y yo siento el calor de sus dedos a través de la chaqueta.

—Unngg —digo.

Y, en ese preciso momento, sé que toda la madurez que pensaba que había alcanzado, todos los muros que había construido alrededor de mi corazón después de seis años de matrimonio y todo el dolor que, desde entonces, me había parecido constante, no me servían para una mierda en esta situación.

También sé la respuesta a mi pregunta sobre qué recuerda. Cuánto recuerda.

Mosquito, aquí tienes el ámbar.

Nos sentamos y se quita la gorra.

Ya ha llevado barba antes, hace un tiempo. La llevaba en las fotos granulosas de cuando lo metieron en rehabilitación. La primera vez. La prensa amarilla se había esforzado en recalcar su subida de peso y la desaparición de la tableta de chocolate de Bond, pero mucha gente se quejó por la barba o por lo despeinado que iba. Tiene muchas más canas de lo que habría esperado, muchas más de las que había visto en las fotos. Como soy una contradicción con patas, lo prefiero así.

No me importa que haya ganado peso. No me importa que se le vea un poco de pelo del pecho asomándosele a la altura del último botón de la camisa, que lleva desabrochado. No me importa que esté más mayor.

Hace diez años fui testigo de una fracción de lo que suponía estar como estaba: dejar de comer, depilarse el pecho con cera, que le quitaran cosas con pinzas y lo pulieran y lo aceitaran. Era parte del trabajo y ni siquiera entonces se quejó.

Me gusta más esta versión de él.

No quiero que me guste. No como me gustaba entonces, cuando me salían estrellitas en los ojos y fui de cabeza —y de corazón— a caer en lo que resultó ser la típica trampa de la fama. Gabe es una estrella de cine. Un actor. Su trabajo es enamorar a la gente.

Al menos yo no me había enamorado.

No.

Porque eso sí que habría sido absurdísimo.

Hace años que intento —a mi manera— escapar de la atracción magnética que ha ejercido sobre mi vida y mi carrera. Y hoy he vuelto a entrar en su campo de fuerza.

Una parte de mí quiere levantarse y huir.

No me gusta cómo se me está acelerando el corazón. No me gusta que me estén sudando las palmas de las manos. No me gusta estar teniendo casi la misma reacción que hace diez años. Estaba segurísima de que había madurado.

Tal vez mi cerebro sí, pero queda más que claro que mi cuerpo no ha recibido la circular.

Gabe levanta la vista y sonríe.

Y me da un vuelco el corazón.

Joder.

Lo tengo ahí, delante de mí, y la gente nos mira. La verdad es que él es imposible de ignorar.

Aliso la parte de delante de la camisa, mis dedos comprueban el botón por última vez. Su mirada sigue mi gesto y se queda ahí un momento.

Al principio, pienso que debe de estar mirándome las tetas, pero luego me doy cuenta de que me está mirando los dedos. El anular, en concreto.

La última vez que lo hizo yo llevaba el anillo de boda.

Pero dejé de ponérmelo después de la fiesta a la que fui con Jeremy en Brooklyn. Cuando supe que el matrimonio se había acabado, aunque conseguimos alargarlo casi un año con terapia y promesas de cambio.

Le devuelvo la mirada con toda la intención y me quedo mirando sus manos. No lleva anillo.

Él las levanta de todos modos, como un mago que finge que no tiene nada que esconder.

Pero hace diez años no era cierto. Gabe me mintió sobre Jacinda.

Cuando cogió un avión a Las Vegas días después de que nuestra entrevista se hiciera viral, me hizo sentir estúpida.

No solo porque yo había repetido aquella mentira sobre ellos en el artículo, sino porque me la había creído. Si lo hubiera sabido...

Sentí muchas cosas cuando me enteré, pero, sobre todo, me sentí enfadada y humillada. Fue lo que me permití sentir. Porque esas emociones eran poderosas y protectoras. Me ayudaron a mantener a Gabe y sus recuerdos a una distancia prudencial. Era más fácil estar enfadada.

Vuelvo a reunir ese enfado.

Gabe no tiene ni idea de lo que ocurre en mi cabeza, claro. Me mira, me estudia, pero yo hago todo lo que puedo por mantener la expresión neutra.

—Eres tú —dice.

Como si no acabara de agarrarme por el codo. Como si no hubiera venido desde la otra punta del local hasta mí. Como si no acabáramos de acercarnos a esta mesa para sentarnos juntos. Como si no hiciera diez años que salí de su casa de alquiler en Laurel Canyon parpadeando por la luz del sol y sintiendo el suelo, no sé cómo, más lejos de lo que lo había estado el día anterior.

Si no voy con cuidado, cederé. Le sonreiré. Me derretiré.

Será como si no hubiera aprendido nada.

Así que decido tirar de enfado.

—Señor Parker —digo.

Frunce el ceño.

—Tan mal estamos, ¿eh? —pregunta.

Saco el móvil, lo pongo a grabar.

—¿Empezamos?

THE RUMOR MILL

GABCINDA: SE CONFIRMA LA RELACIÓN...
Y LA BODA

Pocos días después de la publicación de un perfil de *Broad Sheets* que defendía al último Bond, Gabe Parker ha sorprendido a sus fans dejando el rodaje para casarse con su compañera de reparto Jacinda Lockwood en Las Vegas. El artículo, que se ha hecho viral, negaba cualquier relación entre los actores, pero está claro que la reportera Chani Horowitz no consiguió desentrañar toda la historia.

Han confirmado la boda tanto los representantes de Parker como los de Lockwood, quienes, más tarde, publicaron un comunicado en el que decían: «La relación —y el matrimonio— de Gabe y Jacinda seguirá siendo privado, pero agradecen la efusión de amor y apoyo de sus fans».

Todo un revés respecto a sus recientes afirmaciones de que solo eran amigos.

Lockwood se ha ganado una reputación de rompecorazones y rompehogares tras habérsela relacionado con el antiguo compañero de reparto de Parker, Oliver Matthias, y con más de un director casado. Ella no ha dejado de negar todos los rumores incluso después de que se la nombrase en una sentencia de divorcio especialmente escandalosa.

«Me sorprendió tanto como al resto del mundo», afirmó Horowitz cuando se le pidió que comentara la noticia. «Les deseo lo mejor».

9

Gabe me hace un gesto para que pida primero.

Todavía tienen aquella cerveza ácida, así que me la pido con la hamburguesa.

—Un momento —le digo a la camarera después de que Gabe pida una hamburguesa y agua—. No me traigas la cerveza.

Su abstinencia es uno de los temas que se supone que tenemos que tratar. Una de las cosas con las que ha sido muy trasparente.

—No pasa nada —dice Gabe.

La camarera, que no es Madison, sino una morena jovencísima, se queda esperando con el boli sobre la libreta.

—¿Estás seguro? —le pregunto.

—Me halaga que todavía te guste esa —dice.

Joder, se me había olvidado lo encantador que es.

—Vale, pues trae la cerveza.

Ya estoy viendo que la voy a necesitar.

La camarera asiente y, si le impresiona la fama de Gabe, no lo demuestra. Se va y yo compruebo que el móvil esté grabando.

—¿Empezamos? —vuelvo a preguntar.

—Si quieres —dice Gabe.

—Para eso he venido.

Me mira un largo rato examinándome.

—De acuerdo —dice cuando termina.

Me siento inquieta bajo su mirada y necesito reunir toda la fuerza de voluntad que tengo para no revolverme en el asiento.

Consigo erguirme en la silla y golpear el boli contra la libreta abierta.

Esta vez he venido preparada.

Porque siento que tengo algo que demostrar. A Gabe. A mí misma.

Estoy nerviosa, pero no son los mismos nervios. Entonces abordaba las entrevistas con cierta arrogancia, con la confianza de que podría sacar algo de lo que me dieran.

A veces pienso en mi yo de veintiséis años y me maravilla el atrevimiento con el que se enfrentaba al mundo. A veces pienso en ella y me encojo de vergüenza ante su confianza infundada.

Ahora mismo me está pasando.

—Tu carrera profesional ha dado algunas vueltas interesantes desde que hablamos por última vez —digo.

—Es una forma amable de decir que hice el ridículo delante de todo el mundo por beber y me despidieron de un papel que, de todos modos, nadie creía que mereciera —responde Gabe—. Y eso fue solo el principio.

—¿Sigues pensando que no te merecías ser Bond? —le pregunto, aunque la respuesta sea evidente.

Cuando se descubrió que había tenido parte de razón, que los productores y Ryan Ulrich habían mentido acerca de que él hubiera sido la primera opción, cuando el motivo real por el que lo habían elegido a él antes que a Oliver se desveló, lo pensé. Pensé que tenía sentido que alguien a quien le habían dado el papel de su vida estuviera tan triste al respecto como lo había estado Gabe.

Por eso no me sorprendió que su etapa como Bond terminase como terminó.

Se mira las manos, cuyas palmas tiene apoyadas en la mesa.

—¿Hay alguien que sienta que merece las cosas buenas que le pasan? —pregunta.

No tengo una respuesta que darle. Esta entrevista ya es mucho más filosófica y abierta que la última.

Entonces parecía que Gabe prefería arrancarse el brazo derecho a mordiscos antes que hablar abiertamente de nada. Ahora da la impresión de que se muere por exponerse, con todos sus defectos.

No sé si tomármelo como algo personal.

—Hablemos de la abstinencia —le digo.

Aunque ha hecho numerosas entrevistas sobre el tema, sé que sigue siendo lo que a la gente más le interesa. Sé que *Broad Sheets* quiere una frase o dos al respecto.

—Venga —dice Gabe.

—¿Cuánto tiempo llevas sin beber?

—Casi dos años —contesta—. Lo intenté algunas veces antes, pero esta es la que más he durado.

Me pregunto cuánto recuerda Gabe de lo que ocurrió hace años. Si sabe siquiera con quién habló la noche antes de entrar la primera vez en rehabilitación.

Como con la cuestión de Jacinda, me debato entre querer saber y querer ignorar el tema que pende sobre la conversación.

—¿Qué se siente? —decido preguntarle. Aunque quiera saber la verdad, este no es el momento—. Al conseguir llevar tanto tiempo sin beber.

Se recuesta en la silla.

—¿La verdad?

—Claro —respondo.

—Es el logro del que más orgulloso estoy. Bond ni se le acerca.

Levanta la vista para mirarme.

—¿De qué estás más orgullosa tú, Chani?

Menuda pregunta.

—Esto no va sobre mí —le digo molesta por que esté intentando darle la vuelta a la entrevista. Otra vez.

Se encoge de hombros.

—¿Te cuesta mucho seguir sobrio ahora que has vuelto a trabajar? —le pregunto.

—A veces —dice—, pero tengo un padrino y un psicólogo muy buenos y me apoyo en ellos cuando siento la necesidad de beber. He tenido que redirigir mis impulsos, me he acostumbrado a buscar el teléfono en lugar de la botella. O a irme a una reunión, pero eso es un poco más complicado cuando no puedes ser anónimo.

Es una especie de broma, pero no sonrío. Porque, aunque no le he dado a Gabe una respuesta a su pregunta, sigo pensando en ello.

Y me doy cuenta de que, en cierto modo, aquel artículo es del que más orgullosa estoy.

No porque sea el que se hizo viral y me consiguió una agente y un contrato editorial. Sino porque fue especial. Porque yo lo hice especial.

Desde entonces, nada ha estado siquiera cerca de parecerme tan satisfactorio ni triunfal. Y, a pesar de todo, el orgullo que siento por el trabajo ha quedado amortiguado por la realidad de cómo lo recibió el público. De cómo me recibió a mí.

No se puede negar que mi carrera está intrínsecamente ligada a la de Gabe. A Gabe.

Haga lo que haga, escriba lo que escriba, él siempre será una nota al pie en mi carrera, si no LA nota al pie.

Eso complica saber si mi orgullo por ese artículo es merecido o si solo se hizo viral por el contenido.

Llegan las bebidas y los dos nos quedamos mirando mi cerveza.

—No pasa nada, de verdad —dice él—. Ya no voy mucho a discotecas ni a bares, pero puedo sobrellevar que alguien se tome algo mientras comemos.

Doy el sorbo más pequeño del mundo.

—¿En qué te ha cambiado la vida dejar de beber? —le pregunto.

Circularon rumores del problema con la bebida de Gabe durante el rodaje de *Asesinato sobre ruedas*, su segunda película como Bond, hace seis o siete años, pero sus representantes lo negaron y crearon distracciones hasta que no pudieron más.

—¿En qué no la ha cambiado? —pregunta—. Dejar de beber, igual que la adicción a la bebida, conforma casi todo lo que hago. Cuando estaba en el peor momento de la adicción, lo único en lo que pensaba era en emborracharme.

—¿Qué era lo que te daba emborracharte?

—Distancia —dice.

—Distancia.

—Era una forma de evitar las cosas que no quería afrontar —explica—. Beber era una forma de hacer como si esas cosas no estuvieran pasando. Una forma de escapar de lo que sentía. De mis inseguridades. De mis miedos. De mi vergüenza. De mi incompetencia como actor. Como persona.

Entonces me doy cuenta de lo quieto que está. De que está sentado ahí, delante de mí, sin moverse con impaciencia ni juguetear con nada.

—La sobriedad me da fuerza —dice—, fuerza para enfrentarme a las cosas de las que quería esconderme.

—¿Como tu matrimonio? —pregunto.

En realidad, quería preguntarle «¿Como el éxito?» y no por su matrimonio. Y, desde luego, no tenía la intención de hacerlo en un tono amargo y enfadado.

No quería hablar de Jacinda con él.

Esta entrevista ya me parece peligrosamente personal, porque Gabe está siendo muy abierto y se está exponiendo. Me complica seguir enfadada con él, pero ese enfado es lo que me protege. Lo necesito.

—Chani —dice Gabe, y sus ojos están tristísimos.

Pero antes de que pueda decir más llega la comida.

Se queda mirando cómo pongo las patatas fritas dentro de la hamburguesa y, después de que le haya dado un bocado, haya tragado y haya vuelto a mirar la libreta para buscar otra pregunta, Gabe vuelve al punto donde nos habíamos quedado.

—La cagué en muchas cosas —dice—. Y mi matrimonio… —Hace una pausa—. Fue complicado, pero no me arrepiento.

Esas palabras me sientan un poco como una patada en todo el pecho.

—¿Por qué tendrías que arrepentirte? —pregunto apostando por un tono desenfadado—. Jacinda Lockwood es la mujer más guapa del mundo.

Ese había sido el titular que le habían puesto cuando salió en la portada de *Vogue* la primavera pasada.

—Fue una buena amiga —dice Gabe—. Lo es.

—Ajá —contesto, y bajo la mirada a la libreta buscando preguntas que nos alejen de este tema.

—¿Y tú? —pregunta Gabe.

—Yo no me casé con Jacinda Lockwood.

—Pero te casaste con el Novelista.

—Jeremy —digo.

—«El hombre que le toma el pulso a la literatura moderna» —dice Gabe.

Una cita de la reseña de *The New York Times* sobre el primer libro de Jeremy.

El día que la leyó fue un buen día.

Le había costado mucho escribir el libro. Cuando yo me mudé a Nueva York, ya habían atrasado en dos ocasiones la fecha de publicación y él apenas tenía el manuscrito. Esa vez era él el que tenía problemas para centrarse. Entonces yo trabajaba de forma regular y conseguí convencerlo para que se ciñera a un horario de trabajo estricto y pudiera acabar el libro.

Al principio, se había resistido, pero al final le funcionó.

Cuando nos dieron la noticia, los dos habíamos estado trabajando sin parar, él preparándose para la publicación del libro y yo con una avalancha de proyectos que me alegraba de tener, pero me alegraría más de terminar. Nos habíamos tomado un día para disfrutar de la ciudad, habíamos pasado la mañana en el Met y luego habíamos cruzado el puente de Brooklyn paseando y nos habíamos comprado un helado al otro lado. En realidad, todo había sido un intento de distraernos de las noticias que tenían que llegar de la editorial de Jeremy. Y fue ahí, delante del puente, con el helado derritiéndose y goteándome por la muñeca, donde le dijeron a Jeremy que a la gente de *The New York Times* les había encantado el libro.

Nos dimos un beso pegajoso y alegre y, luego, con un poco de mi helado de pistacho en la mejilla, Jeremy se arrodilló.

—Me inspiras —me dijo—. Cada día que pasamos juntos me inspiras. Por favor, Chani Horowitz, ¿quieres casarte conmigo y ser mi musa el resto de nuestra vida?

Había gente mirándonos y, cuando dije que sí, todo el mundo aplaudió. Yo enterré la cara feliz y roja en el cuello de Jeremy mientras él le sonreía a Manhattan. Cogimos un taxi a Grand Central para comer ostras porque nos pareció muy neoyorkino y muy glamuroso y volvimos andando a casa mientras Jeremy me decía que me quería una y otra y otra vez.

Ese recuerdo combinado con el momento presente es como un latigazo cervical emocional. Gabe confunde la expresión de mi rostro por otra.

—Siempre te sorprendía que estuviera preparado —dice.

Vuelvo a centrarme e intento olvidar el amor de helado derretido que ya no va a volver. A veces me parece que nunca existió.

—¿Siempre? —pregunto—. Esta es solo la segunda vez que hacemos esto.

Gabe levanta una ceja.

Siento que estoy en terreno pantanoso, porque no sé cómo pensar en aquel fin de semana. En cierta manera, parece que haga muchísimo tiempo, pero, a la vez, creo que esos días —y esas noches— que pasamos juntos me han perseguido hasta hoy.

—Volviste a vivir un tiempo en Montana —digo.

Asiente.

—Mi familia me quería cerca —explica—. Y Hollywood no es lo mejor para la gente que se está recuperando de una adicción. Aunque hubiera estado listo para volver a trabajar, aunque alguien hubiera estado interesado en contratarme, toda la cultura que rodea las películas, las fiestas y los eventos implica mucho alcohol. Y otras cosas.

Recuerdo que di por sentado que en la fiesta en su casa habría cocaína.

—Tú te fuiste a Nueva York —dice.

—Es lo que hacen los escritores.

Supongo que piensa que, después de leer que se había casado con Jacinda Lockwood en Las Vegas tras la publicación de mi artículo sobre él, me lancé en brazos de Jeremy, me fui a vivir a Nueva York e intenté ganarle en la carrera hacia el final feliz.

—No soportas Nueva York —dice.

Me encojo de hombros. No quiero hablar de nuestros ex.

Fue casi un año después de que Gabe se casara con Jacinda cuando yo me fui a Nueva York. Solo de visita. Por trabajo.

Jeremy y yo seguíamos en contacto y él me invitó a cenar. Había cambiado. Yo también.

La cena se convirtió en unas copas en su casa bien entrada la noche y luego un brunch a la mañana siguiente. El fin de semana se convirtió en una semana y luego yo volví a Los Ángeles para hacer las maletas. Un año después, nos habíamos prometido.

No pensé en Gabe para nada.

—Y ahora has vuelto —dice Gabe.

Me encojo de hombros otra vez.

—Leo tu *newsletter*.

—Gracias —le digo, porque no decírselo me parece de mala educación.

Pasé del blog a una *newsletter* mensual hace unos tres años. Mentiría si dijera que no me preguntaba si seguiría leyendo mi blog después de aquel fin de semana. Y también mentiría si dijera que no miraba de vez en cuando los correos de la gente que se suscribía a mi *newsletter* para ver si se había suscrito.

Nunca había visto su nombre, pero la verdad es que no me sorprendería que tuviera una cuenta de correo secreta.

Los dos nos comemos la hamburguesa y, cuando he terminado con las patatas fritas, empujo las que quedan hacia él. Se las acaba sin decir palabra.

—Bueno —le digo limpiándome los dedos con una servilleta—, conque *Historias de Filadelfia*.

—Sí —contesta—, alguien me dijo una vez que era una película que necesitaba actualizarse.

Sé lo que quiere. Sé que espera que me sienta halagada y haga algún tipo de comentario adorable como «¿No me digas?». Y que se rompa el hielo y nos riamos y la situación sea agradable y distendida.

No puedo volver a hacer eso.

Esa chica —valiente, descarada, atrevida y estúpida— tiene

que protegerse. Esta entrevista tiene que ser profesional. De principio a fin.

—Esta es tu tercera película con Oliver Matthias —digo.

—Con Ollie, sí —responde Gabe.

—Parece que no hay ningún tipo de resentimiento.

—Es más compasivo de lo que debería —dice—. No sé si yo habría hecho lo mismo si hubiera estado en su lugar.

—Sí que lo habrías hecho.

Sonríe.

Casi cedo —su sonrisa es así de buena, de familiar—, pero me recuerdo a mí misma cómo me sentí cuando supe lo suyo con Jacinda. Me recuerdo cómo me sentí cuando lo vi en Nueva York.

Pago la comida y ya sé que en *Broad Sheets* van a decepcionarse con la entrevista que entregaré. No será mala —estará escrita de forma competente y alabará a Gabe—, pero no se parecerá en nada al artículo que entregué hace diez años.

Porque no somos las personas que éramos hace diez años.

Tendrá que bastarles a *Broad Sheets*. A todo el mundo.

Salimos del restaurante y le tiendo la mano, con ganas de terminar el encuentro de forma profesional. Como si un apretón de manos fuera a darme la sensación de haber pasado página que necesito.

—Espera —dice Gabe.

No quiero. Llevo una hora mirando la puerta, imaginándome saliendo del restaurante a toda velocidad. Escapando de allí. Escapando de él.

Aparto la mano.

—Chani —dice.

Sigue diciéndolo perfectamente. Sigue estremeciéndome.

No me gusta nada. Soy una señora divorciada que ha vivido en Nueva York, joder, no una chiquilla de veintiséis años a la que le pone perrísima el futuro James Bond.

—¿Tienes lo que querías? —pregunta Gabe.

—Tengo suficiente.

Se pasa la mano por la nuca. Lleva la gorra metida en el bolsillo de atrás y las gafas de sol dobladas y colgadas de un botón de la camisa. Tiran lo bastante de la tela para que le vea el pelo del pecho.

Aparto la mirada.

—Me gustaría enseñarte algo —dice.

—No creo que sea buena idea.

—Seguramente no —coincide—, pero ¿qué puedes perder?

THE RUMOR MILL

GANA KILITOS POST-BOND

E s la primera vez que vemos al último James Bond desde que cayó en desgracia. Incluso en estas fotos granulosas es evidente que Parker ha ganado un peso importante desde que lo despidieron de forma oficial de la saga Bond.

Los rumores del problema con la bebida han perseguido al actor durante años, pero se lo ha visto en pubs y discotecas varias noches y los paparazis lo han pillado en diversas ocasiones vomitando por la ventanilla del coche antes de que se lo llevaran.

La bebida también ha generado tensión en la relación de Parker con Jacinda Lockwood. Los rumores de una posible separación se han exacerbado tras la decisión de ella de quedarse en Londres mientras Parker debutaba en Broadway con *Un lunar en el sol* y hace meses que no los fotografían juntos. Fuentes cercanas a la pareja insisten en que estarán divorciados antes de que termine el año.

Hay relatos del mal comportamiento de Parker que datan ya de *El extraño Hildebrand*. Mientras *Asesinato sobre ruedas*, su segunda película de Bond, se estaba rodando, Dan Mitchell aseguró que Parker había hecho que lo despidieran. La estrella emergente —que más tarde consiguió el tronchante papel protagonista en *Iván el no tan Terrible*— dijo en *Entertainment Weekly* que Parker le tenía celos porque era más joven y estaba más en forma que él y ordenó personalmente que lo apartaran del proyecto.

Pero parece que fue un incidente bajo los efectos del alcohol en el set de la tercera de Bond la gota que colmó el vaso en lo relativo a Parker, del que se decía que era «difícil» y «desafiante». La película ya se había retrasado una vez debido al comportamiento de Parker, pero parece que ese tiempo muerto no sirvió para arreglar las tensiones en el set de rodaje. Un vídeo del momento en el que Parker se enfrentó al director, Ryan Ulrich, se hizo viral. Aunque casi todas las imágenes están desenfocadas y a veces cuesta entender la conversación, varias fuentes han confirmado que la situación fue tensa entre Parker y Ulrich desde la primera de las películas de Bond que hicieron juntos.

Después de que lo despidieran, el equipo de Parker hizo público un comunicado que, entre otras cosas, decía: «Gabe está orgulloso del trabajo que ha hecho como el primer James Bond estadounidense y tiene ganas de saber quién será el siguiente en interpretar el papel de este icono legendario».

Al día siguiente, ingresó en una clínica de rehabilitación.

10

No hay motivo para que esté siguiendo a Gabe con el coche ahora mismo. La entrevista ha terminado. Tendría que estar yéndome a casa para cenar con Katie y pasar las notas a ordenador, pero, como no he aprendido literalmente nada de la última vez que hice esto, voy en el coche en dirección contraria.

Tardo un rato en reconocer la carretera serpenteante por la que subimos. Como el restaurante, está diferente, pero la diferencia es sutil. Algunas de las casas tienen los jardines arreglados de forma distinta, hay algunos edificios nuevos y otros tienen capas de pintura inesperadas.

En cambio, su casa está igual.

Mete el coche por el camino y me hace una señal para que haga lo mismo. Entro de cara con cuidado y dejo un espacio importante entre mi Honda Civic y su Tesla último modelo.

Otro recordatorio más de lo diferentes que son nuestras vidas. De lo diferentes que han sido siempre.

Estoy enfadada. Es un enfado que no termino de comprender, pero sé que esconde otra cosa. Al menos, eso es lo que piensa mi psicóloga.

«Lo primero que haces es recurrir a la rabia —me dice—. Es tu espacio seguro cuando sientes emociones fuertes».

Si eso es cierto, tiene sentido, porque no es tan simple como estar enfadada con Gabe por mentirme sobre Jacinda hace diez años. En estos momentos, estoy llena de mil emociones sin nombre y contradictorias. Y, si soy sincera, llevo macerándolas desde que recibí el encargo.

Y la rabia es la más fácil.

Es más fácil estar enfadada con Gabe por lo que pasó hace diez años. No solo por la vergüenza que pasé al darme cuenta de que me había atraído con su magnetismo y luego me había escupido, sino que también puedo echarle la culpa por no poder saber nunca si el éxito que tengo se debe a mis habilidades o a él. Le echo toda la culpa a él. Me dejo caer con todo mi peso sobre esas emociones, llenas de rabia, poderosas y seguras.

—¿Sigues alquilando la misma casa? —le pregunto.

Las palabras me salen solo un poco amargas.

—La he comprado —contesta él—. Tenías razón. No necesitaba una casa grande e imponente.

Estamos en su jardín delantero de pie como dos vecinos. Como si yo hubiera pasado a pedirle una taza de azúcar o té y nos estuviéramos poniendo al día.

Me doy cuenta, una vez que entramos dentro, de que busco algo.

O, digamos, a alguien.

A la perrita de Gabe.

Era una cachorrita de poco más de diez semanas cuando nos conocimos hace diez años, toda una vida en años de perro. Parece del todo posible que ya no esté.

Sigo a Gabe por la casa y nos dirigimos al mismo lugar al que habíamos ido la primera vez que estuve allí: a la cocina. Por el camino, no veo nada que indique que aquí viva un perro. No hay cuenco ni correa colgada cerca de la puerta ni cama para perros en el salón.

Miro el jardín de atrás, pero también está vacío.

Me sobreviene una tristeza insoportable. El paso del tiempo me cae encima como un saco de ladrillos. Diez años. Han pasado diez años.

Y han pasado muchas cosas. Madison, la del restaurante, tiene una criatura de diez años. Gabe está divorciado, no bebe y planea una vuelta a la gran pantalla. Yo estoy divorciada, siento un deseo desesperado de haber bebido más y tengo demasiado miedo para escribir nada fuera de la cómoda marca que me he construido.

Y ahora la perrita de Gabe está muerta.

Tengo ganas de llorar.

—¿Agua? —pregunta Gabe.

—Vale —digo, y me avergüenzo de lo espesa que me sale la voz. Carraspeo antes de volver a hablar—. No puedo quedarme —le recuerdo.

Debe de ser la quinta vez que lo digo. Ahora mismo ya no sé si se lo estoy diciendo a él o a mí misma. La versión del «solo una más» de un adicto.

La verdad es que no sé qué estoy haciendo. No sé qué hacemos aquí.

Cojo el agua que me ofrece Gabe y los dos bebemos de pie en la cocina. Los recuerdos de la última vez que estuvimos aquí me cercan hasta que siento que no puedo respirar.

—Lo siento —dice.

«¿Qué sientes?», pienso. «¿Lo de haber alimentado la fantasía infantil, intensa y nada realista que tenía en la cabeza? ¿Lo de ser demasiado bueno para ser verdad y también humano y falible, lo cual solo dificulta más tenerte rabia? ¿Los efectos en cadena al parecer infinitos que ha tenido nuestra entrevista en mi vida tanto profesional como personal? ¿Todos los momentos que he repetido cientos de veces en mi mente y todas las cosas que soy incapaz de olvidar?

»¿Todas las cosas que no quiero olvidar?

»¿Lo estúpido y traidor que es mi corazón, que no ha aprendido ni una dichosa lección en diez dichosos años?».

—¿El qué? —pregunto.

Gabe se me queda mirando como si no se esperara la pregunta.

—Pues...

Deja un silencio.

Piensa.

Yo espero.

—Por haber mentido —dice por fin—. Tendría que haberte dicho lo de Jacinda.

—Sí —le digo—. Tendrías que habérmelo dicho.

La he visto en persona tres veces. Una en el estreno. Otra en Nueva York. Y luego en un restaurante a unos treinta kilómetros de donde estamos ahora.

Yo vivía en Nueva York, pero seguía viniendo a Los Ángeles para hacer alguna entrevista de vez en cuando y siempre usaba la excusa para quedarme a pasar el fin de semana y ver a la familia.

Todo el clan Horowitz había salido a cenar y habíamos pedido un plato de cada del menú de nuestro restaurante taiwanés favorito de Mar Vista cuando la vi al otro lado del local.

Se iba y, aunque era un restaurante pequeño en un barrio en el que no pocos famosos intentaban salir a comer tranquilos, la gente la miraba.

Se había inclinado sobre la barra; era evidente que conocía a la camarera y se dieron dos besos. Cuando se incorporó, su mirada se cruzó con la mía. Porque yo estaba mirándola también, como el resto. Por los mismos motivos y por uno más.

Nos miramos y entonces ella se echó el pelo hacia atrás con un gesto de la cabeza como una modelo internacional que sabe encontrar su mejor ángulo.

—¿Esa era...? —preguntó mi hermana.

—Ajá —dije yo.

—Qué fuerte —respondió ella—. Es preciosa.

—Ajá —dije.

Hubo una pausa cuando me vio. Una pausa y una arruguita —preciosa— que le había aparecido entre los ojos. Estoy segura de que la expresión de mi rostro había sido la misma que la del resto de las personas del local —de estupor y asombro—, resultado de estar ante la visión de un ser espectacular, pero puede que ella me reconociera. Puede que viera que bajo el estupor y el asombro había algo más. Algo que tal vez había visto entre bastidores en un teatro de Nueva York no hacía mucho.

Las dos veces, yo había sido la que había apartado la vista.

Gabe se pasa la mano por el pelo.

—No fue justo —dice.

—Con ella —señalo.

—Contigo —me corrige—. Con ninguna de las dos.

Me encojo de hombros, aunque su respuesta me duele. No sé qué espero de él ahora mismo, pero estoy bastante segura de que eso no.

Eso solo me recuerda lo estúpida que me sentí cuando me enteré de lo de la boda. Cuando se confirmaron todos los rumores sobre ellos. Los rumores que yo me había esforzado en ignorar.

Y lo boba que me sentí —otra vez— cuando fui a verlo en Nueva York. No había aprendido la lección entonces, pero estoy esforzándome al máximo por no volver a cometer ese error una tercera vez.

—Tendría que habérmelo imaginado —es lo que le digo.

Me recoloco el bolso (la maldita correa siempre se me resbala y me recuerda que tengo que mejorar la postura).

—¿Tendrías que habértelo imaginado? —pregunta Gabe—. ¿Qué significa eso?

Lo miro a los ojos.

—Tendría que haberme imaginado que había algo entre vosotros, que me mentiste a la cara cuando me dijiste que solo erais amigos.

Se estremece.

—Era complicado —dice.

—Sí, no lo dudo —respondo—. Siempre es complicado cuando estás planeando escaparte a Las Vegas con tu novia secreta y compañera de reparto, pero la chica a la que mandan a entrevistarte es tonta, enamoradiza y fácil.

—No eras tonta —dice Gabe—. No eres tonta.

—Solo enamoradiza y fácil.

—Eso lo has dicho tú —repone.

Estoy a medio comentario estúpido más de alargar las manos y estrangularlo.

Se pasa una mano por la cara. Me molesta lo agradables que son sus manos. Fuertes y robustas. Tiene algunas cicatrices en los dedos. No recuerdo que las tuviera antes.

—Jacinda y yo... —Se queda en silencio—. Fue una especie de acuerdo.

Me cruzo de brazos.

—Tendría que habértelo dicho.

—¿Decirme el qué exactamente? —pregunto—. ¿Lo de vuestro «acuerdo»? ¿Es como se llama en la neolengua de Hollywood a un matrimonio abierto? Estoy al tanto del concepto, ¿sabes? No es algo solo vuestro, de las superestrellas salidas. Alguna gente hasta lo hace de forma ética.

Gabe parece cansado y una parte de mí piensa que debería ser buena con él, pero otra cree que ya he pasado demasiado tiempo en esta vida siendo buena con los hombres.

Sé que Gabe no es Jeremy, que sus faltas no son las mismas y el dolor que me han hecho es diferente, pero en este momento la verdad es que me da igual. Quiero estar enfadada con un hombre y este que tengo delante me vale.

—No es lo que piensas —dice—. No fue todo un gran plan elaborado. Mis representantes y mi familia se sorprendieron tanto como tú.

—No te lo creas tanto.

Eso parece molestarlo.

—Era joven e impulsivo y estúpido —dice Gabe—. Nos acostábamos, en plan amigos con derecho. Sin compromiso.

—Ya.

Si piensa que así lo está arreglando, está muy pero que muy equivocado.

—Pensé que casarnos resolvería muchos problemas —continúa—, porque, en aquel momento, los dos queríamos lo mismo.

—Pues espero que lo consiguierais.

Gabe no deja de pasarse la mano por la nuca. Me imagino que ahí detrás está como un guijarro, liso y sin pelo de tanto roce. Yo puse los dedos ahí una vez, pero no recuerdo cómo era.

No es cierto. No exactamente. No recuerdo cómo era tocar esa parte precisa del cuerpo de Gabe, pero sí que recuerdo que me gustó todo lo que toqué. Y recuerdo cuánto me gustó.

—La gente lo hace, ¿sabes? —dice.

—¿Casarse por razones estúpidas? —pregunto—. Sí, ya lo sé.

—¿Eso fue...?

Hace un gesto. Es vago, parece más que esté tirando piedras a un lago que otra cosa, pero entiendo lo que me quiere decir.

—No —contesto—. A mí Jeremy me gustaba de verdad.

Solo miento en parte. A veces me gustaba. Incluso lo quería en algunos momentos.

—El Novelista —dice.

—Jeremy.

Asiente.

—A mí también me gustaba Jacinda de verdad —dice—. Todavía me gusta.

—Genial —digo—. ¿Debería estar atenta por si se publica un artículo sobre dos antiguos amantes anónimos que recuperan la chispa renovando los votos en Las Vegas la semana que viene?

—No —dice Gabe—. No te haría eso.

—Me da igual.

—Ya —dice.

Me da mucha rabia que sepa que miento.

Esta vez soy yo la que hace el gesto de tirar piedras, porque quiero que se dé prisa y termine la estúpida disculpa para poder irme a casa y llorar por su perrita muerta. Porque tengo claro que no quiero llorar por una idea absurda y errónea sobre las oportunidades y el tiempo perdidos.

—Seguro que leíste todas las cosas que escribían sobre ella en aquel momento —dice Gabe—. Sobre los directores casados. Sobre el que la nombró en el proceso de divorcio.

—Sí.

Me pongo una coraza porque no tengo ningunas ganas de sentir empatía ni comprensión por el acuerdo al que llegaron Gabe y Jacinda, fuera el que fuera, pero lo cierto es que recuerdo lo que la prensa sensacionalista decía de ella.

—Era mentira. No se acostó con ellos. Era todo cosa suya. Se le insinuaron, pero ella se negó.

Asiento.

—Pero parecía que daba igual. Nadie la creyó. En lo que a la prensa respectaba, estaba soltera y era guapa y, por lo tanto, era responsable, de algún modo.

Me pidieron que la entrevistase. Hace años, cuando hubo rumores de que lo suyo con Gabe iba a naufragar, alguien se lo había propuesto a *Broad Sheets*. Me rogaron que lo hiciera sabiendo que se haría viral.

Yo había cedido a la presión, pero, entonces, la víspera del día en el que se suponía que tenía que encontrarme con Jacinda Lockwood en el vestíbulo del hotel St. Regis, me acobardé y me eché atrás. Otra persona hizo la entrevista. Salió pasable.

—Oliver fue quien nos presentó —dice Gabe—. Todos pensamos que nos beneficiaría, pero…

Hace una pausa.

—No te esperaba a ti —dice.

Me quedo de piedra.

—No esperaba que aparecieras en mi casa con tus ojos enormes y tus preguntas malas y tus palabras de sabionda y…

Me aferro a la encimera que tengo detrás como si fuera el borde del lado hondo de una piscina y yo alguien que está aprendiendo a nadar y no tiene la certeza de que no se hundirá hasta el fondo si se suelta.

Gabe levanta la cara para mirarme y yo me agarro más fuerte.

—Me sorprendiste —dice.

Sonríe. Es esa sonrisa devastadora suya, la que ha provocado miles de memes.

—No eran malas preguntas —argumento.

—Sí.

Nos quedamos mirándonos una eternidad.

—¿Qué es esto? —pregunto por fin.

Gabe mira el vaso de agua que tiene en la mano.

—¿Agua?

Lo atravieso con la mirada.

—¿Qué es esto? —vuelvo a preguntar señalándonos alternativamente con un gesto enfático—. ¿Qué quieres de mí?

Parece haberse quedado sin palabras ante la pregunta y espero lo que me parece una vida a que me conteste.

—Quería verte —dice al final.

Hago un aspaviento y tiro mi vaso de la encimera y hay agua y vidrio por todas partes.

—Mierda.

—No te preocupes —dice Gabe.

No se mueve.

Nos quedamos ahí, con el agua y el vidrio a nuestros pies, sin decir nada.

—Me gustaría llevarte a un sitio —me dice.

—¿A otro sitio más?

Asiente.

—A Montana.

Me quedo mirándolo.

—¿Quieres llevarme a Montana? —pregunto.

—Sí.

—Estás como una cabra.

Sonríe al oírlo.

—Sí, es probable.

—No puedo irme contigo a Montana.

—Yo me ocupo de todo —asegura.

—No es por eso y lo sabes.

—Lo sé.

Nos quedamos mirándonos un largo rato.

—No puedo ir.

Asiente.

—No puedo —repito.

Los dos sabemos que miento.

ENTERTAINMENT WEEKLY

MATTHIAS Y PARKER:
El dúo dinámico
[EXTRACTO]

—

ROBIN ROMANOFF

Ya me habían advertido de que intentar entrevistar a Parker y a Matthias al mismo tiempo era toda una hazaña. Los dos amigos se conocen desde hace tanto tiempo y están tan enamorados de la compañía del otro que no pasa mucho hasta que empiezan a hacerse bromas internas y a hablar en una especie de clave que solo dos personas tan cercanas como ellos pueden compartir. Es evidente que esta alabadísima amistad es de lo más real.

«Bueno, Gabe es la única persona que he tenido nunca en mente para el papel de Dex», me dice Matthias.

«Solo porque decidiste que tú no ibas a salir en la película», interviene Parker. «Los dos sabemos que tu Cary Grant es mucho mejor que el mío».

«De eso se trata», afirma Matthias. «No quería que la película fuera un *remake* directo del original. Tenía que ser diferente».

La diferencia es algo de lo que se ha hablado mucho.

«Queríamos actualizar algunas cosas», asegura Matthias. «Y Gabe aportó mucho, sobre todo en lo relacionado con la trama entre Tracy y su padre».

«Es de un sexismo horrible y asqueroso. El padre la culpa a ella por la infidelidad y al final es ella la que le pide perdón. Pensamos que podíamos hacerlo mejor», señala Parker.

No sé si los fans de la película original estarán de acuerdo con esa afirmación, pero sorprende oír a Parker hablar con tanta pasión y consideración sobre el sexismo que aparece intercalado en la original.

Es evidente que esta película no será lo que el público se espera.

Sábado

BROAD SHEETS

GABE PARKER:

Mezclado, no agitado - Segunda parte

—

CHANI HOROWITZ

El mundo es diferente al otro lado de la cuerda de terciopelo. A nosotros, los normales, no nos gusta oírlo, claro. Deseamos que nos confirmen que los famosos son como nosotros.

Lo siento, pero no.

Ni de lejos.

Por ejemplo, cuando me arreglo para salir una noche, con suerte, tengo una amiga que puede dejarme algo de ropa, ayudarme con el maquillaje o hasta peinarme para hacerme parecer una versión ligeramente mejorada de mí misma.

Cuando alguien como Jacinda Lockwood sale de su casa millonaria para ir al gimnasio, tiene a todo un equipo de estilistas que se aseguran de que parezca que ni siquiera necesita ir al gimnasio.

A estas alturas, todos habréis visto las fotos. Las fotos en las que salgo con Gabe Parker rodeándome la cintura con el brazo, sonriendo valiente a la multitud con un vestido azul de brillibrilli. En *Go Fug Yourself* piensan que pude haber elegido el vestido para ir a conjunto con el traje de Gabe, pero eso es dar por sentado que yo sabía lo que Gabe iba a ponerse (no) y que tengo un armario lleno de vestidos de fiesta elegantes de entre los que elegir (tampoco).

Que fuéramos a juego fue pura suerte.

De hecho, la noche entera fue pura suerte.

Porque, queridos lectores, tanto vosotros como yo sabemos que yo no tenía que haber estado ahí.

Hasta en esas fotos parezco fuera de lugar. La sonrisa de Gabe está elevada a la máxima potencia, mientras que yo solo intento parecer normal mientras los flashes de cientos de cámaras me queman las retinas y una multitud de desconocidos nos grita «Mirad aquí y sonreíd». ¿Que le estoy cogiendo el brazo? Sí, tenía que aferrarme a algo como si me fuera la vida en ello, porque no sabía si sería capaz de ver por dónde iba al avanzar por la alfombra ni tenía nada claro si me caería de culo al andar tambaleándome subida a esos tacones incómodos.

Estoy fuera de lugar, pero me da igual. Por una noche, viajo entre gente guapa.

Y Gabe, como parte de esa gente guapa, es mi cortés y encantador guía.

Me presenta a todo el mundo.

Sobre todo, me presenta al hombre de la noche, el incomparable Oliver Matthias.

Se ha especulado mucho sobre la decisión de darle el papel protagonista de *El extraño Hildebrand* a Gabe cuando su compañero de reparto en *Tommy Jacks* parece una elección mucho más natural. Y todavía ha habido más rumores sobre que la decisión de reparto ha abierto una grieta entre los dos.

Es justo lo contrario.

Vivo de primera mano la ausencia de resentimiento y competitividad entre ellos. Gabe está encantado de asistir al estreno de *Corazones compartidos* para apoyar a su amigo y habla largo y tendido sobre el talento de Oliver.

Como yo, Gabe lo ha visto en la BBC desde hace años, puesto que Oliver ha crecido ante nuestros ojos. Y esta nueva película solo es una muestra más de cuánto ha evolucionado su talento. Es un placer para los sentidos, una copa de champán en forma de película.

«Es increíble», me dice Gabe. «Verlo en pantalla puede ser una experiencia extracorpórea, pero ¿trabajar con él? Es la mejor formación que puedes recibir en la vida».

Como superfán del Darcy de Matthias desde hace tiempo (sí, lo prefiero al de Firth o al de Macfayden; si queréis, lo discutimos en la calle), necesito usar toda la fuerza de voluntad que tengo para no caer rendida a sus pies cuando Gabe nos presenta.

«Es bueno que haga de Bond», dice Oliver. «Así por fin podrá demostrarle a todo el mundo que es más que una cara bonita».

«Solo soy una cara bonita cuando no estoy a tu lado», se asegura de añadir Gabe.

Me siento como debió de sentirse Melissa Williams en el rodaje de *Tommy Jacks*, con dos de los hombres más atractivos de Hollywood tirándose flores el uno al otro.

Mientras ellos se ponen al día —hace casi seis meses desde que se vieron por última vez en la promoción de *Tommy Jacks*—, yo me quedó ahí plantada intentando no hiperventilar ante la comedia maravillosa y absurda en la que se ha convertido mi vida.

No veo ni la menor señal de celos. Se alegran de verse de verdad y, cuando Oliver ha cumplido con todas las responsabilidades del estreno, invita a Gabe —y, por extensión, a mí— a la posfiesta.

Nos llevan a un restaurante cercano reservado para nosotros. Para Oliver.

Es el centro de atención y nos cautiva a todos. Yo bebo más de la cuenta de esos cócteles ideados para la ocasión que circulan por el local; cada bebida lleva una orquídea o una sombrillita hecha de seda de verdad o una varilla de cóctel con un cristal de Swarovski incrustado.

La noche es maravillosa y llena de lujos y Gabe es la mejor cita amistosa posible. «Qué loco, ¿no?», me pregunta en cierto momento, como si todo aquello también fuera nuevo para él, como si todavía lo dejara deslumbrado.

Es difícil no caer rendida ante el futuro Bond.

Soy consciente en todo momento de que estoy respirando un aire codiciado; de que soy más que afortunada de pasarme la noche escuchando a Oliver Matthias y a Gabe Parker hablar de sus películas favoritas y de los actores a los que idolatran; de que ellos llevan trajes de diseño y yo llevo el vestido enganchado al sujetador con imperdibles. No somos ni de la misma especie, pero, esta noche, me están permitiendo fingir que sí.

Hace diez años

11

Va a querer follar —dijo Jo mientras le daba los últimos toques a mi cara—. Aunque yo no me lo tomaría como algo personal.

Era un resumen perfecto de cómo era Jo. Si me pasaban cosas buenas o emocionantes, no debería tomármelo como algo personal. No era por mí, eran las circunstancias. ¿El trabajo en *Broad Sheets*? Le estaban haciendo un favor a mi profesora de la universidad. ¿Mi relación con Jeremy? Estar conmigo era más fácil que intentar buscar pareja en Los Ángeles. ¿El encargo de Gabe Parker? Todo el mundo debía de estar ocupado y era imposible que yo la cagara en un encargo así.

Jo y yo no éramos amigas de verdad.

Éramos compañeras de piso que se ensañaban en los cotilleos y se usaban para conseguir favores.

No era sano, pero yo no tenía a nadie más aparte de Jeremy.

Con las amigas del instituto había perdido el contacto o se habían ido de la ciudad y las de la carrera habían vuelto a casa o se habían quedado en Nueva York. En el máster no hice migas con nadie excepto con Jeremy. Veía a mi familia, pero ese no era el tipo de relación que más necesitaba. Estaba sola en Los Ángeles y sin saber muy bien cómo ser adulta en la ciudad en la que me había criado. Jo era celosa y exigente. No le gustaba nada Jeremy.

—Lleva los pantalones demasiado apretados —decía—. Eso significa que tiene complejo con el tamaño del pene.

Intentaba que le confirmara o desmintiera esas afirmaciones y me llamaba mojigata cuando me negaba a hablar del tamaño del pene de mi novio con ella.

Pero era capaz de difuminar la sombra de ojos como nadie y yo necesitaba estar espectacular esa noche.

—Ya me contarás todos los detalles —dijo—. Seguro que es un guarro en la cama, como todos los famosos. Una vez oí una historia sobre ese que fue actor de niño, Don no sé qué, que hace que su guardaespaldas recoja chicas en discotecas y las lleve a su suite de hotel. Cuando llegan, tienen que firmar un contrato de confidencialidad y depilarse todo el cuerpo antes de entrar al dormitorio, donde está él tumbado en la cama con unos auriculares puestos. No pueden decir nada, solo tienen que subírsele encima y follárselo de espaldas. Cuando él termina, se van. Sin decir ni mu.

Habría considerado la historia otro de los claramente falsos «secretos de Hollywood» de Jo si no fuera porque una persona que no conocía a Jo de nada me había contado justo lo mismo.

—No creo que haya nada que contar —le dije—. No soy su tipo.

Puso los ojos en blanco.

—Los tíos como él no se acuestan contigo porque los atraigas —me explicó—, sino porque pueden. Porque saben que tú quieres. Y eso es lo que les pone. Su tipo es cualquiera que les suba el ego. Y les importa más que les subas el ego que la polla.

Sabía que si decía «Gabe no es de esos», ella se reiría hasta que me fuera del piso, porque, aunque yo lo creía, también sabía que era absurdo. Aunque hubiéramos pasado algunas horas juntos, no lo conocía. Era un encargo. Y era actor. Estaba claro que no podía fiarme de nada de lo que me dijera.

—¿Te recoge él? —quiso saber Jo.

—Me recoge alguien.

Cuando le había mandado el mensaje a Gabe la noche anterior, había intentado parecer indiferente y tranquila.

«Si la oferta sigue en pie, me encantaría ver la nueva película de Oliver», le había escrito.

Él me respondió casi de inmediato diciendo que lo arreglaría. Luego, me puso en contacto con una mujer llamada Debbie de su oficina de representantes que me dijo que me recogería un coche en mi casa a las seis.

—Mmm —dijo Jo con la cara contorsionada en una mueca exagerada.

—¿Qué?

—Igual es solo para la entrevista —dijo—. Igual no es una cita.

Yo no había pensado que fuera una cita —al fin y al cabo, se trataba de Gabe Parker—, pero tampoco lo había visto como una continuación de la entrevista.

—O puede que ni lo veas —dijo Jo—. Igual ha pensado que escribirías algo bueno si te invitaba al estreno.

Siento que se me va formando un nudo en el estómago, la misma sensación que cuando me enteré de que todo el mundo sabía que Jeremy me había estado poniendo los cuernos en Iowa. Te das cuenta de que eres la última persona en enterarse de algo y te sientes tontísima.

Tal vez Jo tenía razón.

Todo aquello podía ser una forma de Gabe de dorarme la píldora para que escribiera un artículo elogiándolo. La idea me escoció, porque ya pensaba escribir un artículo del que saliera bien parado. No hacía falta que me sobornase.

—Seguramente te saludará —dijo Jo—, pero me imagino que no te sentarás con él durante la película y, desde luego, no cruzarás la alfombra roja con él. —Me miró a través del espejo—. No pensabas que sí, ¿verdad?

—No —le dije.

Puede que sí.

—Supongo que a las diez ya estarás en casa —me dijo—. Te esperaré despierta.

No dije nada, me quedé ahí sentada revolcándome en mi propia sensación de estupidez. Claro que no iba a pisar la alfombra roja. Claro que Gabe no iba a pasar el estreno de la película de su amigo conmigo.

—¿Qué vas a ponerte? —me preguntó Jo mientras me aplicaba bronceador con una brocha grande y suave.

—El vestido de lunares que me puse para la boda de Greg el año pasado.

Hizo como si le viniera una arcada.

—¿Esa cosa? —me preguntó—. No, por favor. Es horrible. No te dejarán pisar la alfombra roja con eso.

«Esa cosa» era uno de mis vestidos favoritos, pero ahora sabía que no iba a poder llevarlo sin pensar en Jo tapándose la boca de forma teatral para no vomitar.

¿Y, ahora, al parecer, sí que iba a pisar la alfombra roja?

—La gente llevará vestidos de gala, Chani. —Me dio un golpe en la frente con el mango de la brocha—. No puedes ponerte un saco de Forever 21.

Quería apartarle la mano, pero no me había pintado los labios todavía. En lugar de eso, me quedé ahí sentada escuchándola hablar de todos los vestidos de mi armario que le parecían horrendos.

Aunque no me gustaba nada su forma de hablar, tenía razón con lo del vestido. La gente iría de gala. Yo leía *Go Fug Yourself*. Sabía cómo se vestían las actrices para asistir a acontecimientos como ese, y más todavía cuando giraban en torno a una película romántica y opulenta de época. Los modelitos serían dramáticos cuando menos.

Tenía un vestido azul. Un vestido vintage que podría ser de los años cuarenta o de los ochenta, con unos hombros anchos y teatrales y una falda estrecha que se ensanchaba un poco a la altura de las rodillas. La tela era aterciopelada y estaba salpicada de cuentas de cristal que brillaban con la luz.

No lo compararía con los vestidos de diseño que llevarían la mayoría de las actrices, pero era dramático y llamativo. Podía peinarme el pelo de lado a lo Veronica Lake y llevar los tacones plateados que me apretaban los dedos pero me quedaban genial.

Sin embargo, al ponerme el vestido, justo cuando estaba subiendo la cremallera y pensando que estaba bastante guapa, oí con horror el sonido de que algo se rasgaba.

—Mierda.

Me volví de lado y encontré el origen del ruido.

Un desgarro justo al lado de la cremallera por el que se me veía el sujetador.

Me quedé ahí plantada un momento preguntándome si no podría meterme el bolso debajo del brazo y no respirar muy profundo durante el resto de la tarde.

No. Esa no era solución.

Pero tampoco lo era ninguno de los otros vestidos de mi armario.

Tenía que encontrarme con Gabe en cuarenta minutos. Tenía que salir de casa en diez.

Ese vestido era mi única opción. Había que arreglarlo como fuera.

Contorsionándome de forma incómoda, conseguí juntar la tela. Saqué un imperdible del cajón de mi escritorio y, retorciéndome tanto que empecé a sudar, pude engancharme la tela rota al sujetador. Si alguien lo miraba de cerca, era un desastre, pero si no levantaba el brazo, me metía ahí el bolso y rezaba por que la luz fuera tenue, puede que superase la velada sin romper más el vestido y sin enseñarle a toda la humanidad el sujetador negro más soso del mundo.

Jo estaba viendo la tele en el sofá. Los dedos de los pies ya me dolían cuando conseguí bajar las escaleras, pero los tacones iban tan bien con el vestido que decidí ignorar el dolor.

—Guau —dijo Jo—. Estas increíble.

A pesar de todos sus comentarios incisivos y sus cumplidos condescendientes, cuando a Jo le gustaba algo de verdad, podía ser muy efusiva. Era lo que evitaba que la odiara del todo.

—Te folla seguro —me dijo.

—¿Gracias?

—Usa protección. Debe de estar hasta arriba de todo.

Niego con la cabeza, halagada y asqueada al mismo tiempo.

—Tengo que irme —le dije—. Gracias por maquillarme.

—Recuérdalo todo —respondió—. Querré que me cuentes cada detalle. Lo de depilarte todo el vello corporal y todo.

GO FUG YOURSELF

LA MODA EN EL ESTRENO
DE *CORAZONES COMPARTIDOS*

Oliver Matthias aprueba con nota

El delicioso dandi Oliver Matthias vuelve a deleitar nuestros sentidos con un traje verde a cuadros de lo más apropiado para su categoría de protagonista. Así es como hay que aparecer en el estreno de tu propia película cuando todo el mundo habla del papel que no te han dado. Te pones un traje llamativo, haces que te peinen a la perfección y traes contigo a una da las mujeres más bellas del planeta: Isabella Barris.

Y mejor todavía si parece que tu acompañante, que lleva un impresionante vestido vintage de Versace, no puede quitarte las manos de encima.

Jacinda Lockwood, despampanante

Jacinda Lockwood fue para ser vista. La próxima Bond pisó la alfombra roja con una reproducción de un aguamarina vivo de un vestido clásico de Gucci, casi retándonos a mirarla directamente. Yo no pude, era como mirar el sol. Aunque vi lo suficiente para sugerir que al modelito sin tirantes —¡en diciembre!— le habría venido bien un tironcito hacia arriba.

12

Gabe me esperaba al principio de la alfombra roja.

Estaba espectacular y, cuando me dio un abrazo —en el que intenté no hundirme—, olí su colonia. Debía de ser carísima y olía muy muy bien. Como al cedro más exclusivo del mundo.

También había un rastro de whisky en su aliento.

—Has venido —dijo, como si pudiera existir un universo en el que no fuera a aparecer—. Estás preciosa.

Me giré un poco, nerviosa no solo por el cumplido, sino por cómo me estaba mirando. Se echó un poco hacia atrás mientras lo hacía, como si quisiera abarcarme toda de un vistazo, y luego se pasó la mano por la boca.

Empezaron a temblarme las piernas.

—Tú también estás muy guapo —le dije.

Se rio.

—Venga —dijo él, y me cogió la mano y se la puso en el interior del codo.

Bueno.

Pues Jo se equivocaba.

Lo único que no conseguía determinar era si Gabe consideraba aquel encuentro una continuación de la entrevista o no. Si pensaba enseñarme su mundo para que escribiera sobre él o si era otra cosa. Algo más.

Parecía poco probable, pero, aun así…

Necesitaba saberlo.

Pero no pude preguntar. En cuanto nos llevaron por la alfombra roja, me alcanzó una oleada de ruido y luces tan intensa y repentina que di un traspié y casi me caigo.

Gabe me rodeó la cintura con el brazo y me pegó a él.

—¡Gabe! ¡Gabe! —gritaba la gente.

Los flashes refulgían a nuestro alrededor y yo no veía nada más, solo un parpadeo constante de fogonazos de luz blanca y resplandeciente. Intenté sonreír, aunque sentía que estaba enseñando los dientes más que haciendo algún tipo de gesto atractivo. Era como si se me hubiera olvidado cómo sonreír con normalidad.

—Les dejaremos hacernos solo unas pocas —me dijo Gabe inclinando la cabeza hacia la mía, casi rozándome la frente con la mejilla—. Respira hondo y sonríe.

Asentí y seguí sus instrucciones. La multitud nos lanzaba preguntas.

—¿Quién es tu acompañante?

—¿Estás ilusionado por lo de Bond?

—¿Cuándo empieza el rodaje?

—¿Quién te acompaña?

—¿Quién ha diseñado tu vestuario?

—¿Sabe Oliver que has venido?

—¿Con quién vienes?

Gabe no contestó a ninguna, simplemente dejó la mano en mi cadera mientras levantaba la otra para saludar. Sin embargo, me di cuenta de que, cuando nos habíamos puesto delante de las cámaras, su postura había cambiado un poco. Estaba más derecho, dirigía el pecho hacia los fotógrafos e inclinaba el mentón en un ángulo diferente.

Estaba posando. Con sutileza, pero sabía lo que hacía.

Yo intenté hacer lo mismo mientras me aferraba a él.

—Venga —dijo Gabe tras lo que me pareció una eternidad.

La alfombra roja era larga, pero andamos lo que nos quedaba a buen ritmo ignorando al resto de fotógrafos y equipos de rodaje que había instalados y a los ayudantes que nos hacían señas mientras sus jefes tendían micrófonos hacia nosotros. Gabe me agarraba la cintura con firmeza y yo sentía su bíceps en tensión mientras me empujaba hacia el cine. Fue un milagro que no me tropezara.

—He venido a apoyar a Oliver —era la única declaración que hacía.

Hasta que no estuvimos dentro y las puertas se cerraron detrás de nosotros amortiguando aquella cacofonía abrumadora, Gabe no me soltó.

—Madre mía —dije, agotada de repente.

—Sí —respondió Gabe.

La sonrisa y la pose habían desaparecido. Se pasó una mano por la nuca.

—Es demasiado —dijo.

—Bueno, no es para tanto —respondí yo.

Levantó una ceja.

—Vale —admití—, es demasiado. ¿Cómo lidias con todo eso?

—Con práctica —dijo—. Y esto ayuda...

Se desabotonó la americana y la abrió para enseñarme una fina petaca plateada metida en el bolsillo interior. La sacó y la destapó.

—¿Quieres un poco?

Eso explicaba el whisky en su aliento.

—Vale.

Me la tendió y di un sorbo. Me gustaba el whisky y este era del bueno. Quemaba, en el mejor de los sentidos. Un calor me envolvió la garganta y las costillas.

Se la devolví y él le dio un lingotazo.

—Tengo que hacerte una pregunta —le dije.

—Puedes preguntar lo que sea.

Estaba segura de que no lo decía en serio. Y algo preocupada por si lo decía en serio.

—¿Esto...? —Hice una pausa—. ¿Esto forma parte de la entrevista?

Había vuelto a levantar la petaca, pero se quedó inmóvil un instante antes de llevársela a los labios y dar otro trago.

—¿Tú quieres que lo sea? —me preguntó.

No lo sabía.

Nos quedamos mirándonos un momento. Luego me dio la impresión de que Gabe apuraba lo que le quedaba en la petaca.

—Qué coño —soltó—, escribe lo que te dé la gana.

Parecía algo enfadado y muy resignado.

—Yo...

—¡Gabe!

Me volví hacia la voz, que me era familiar, y me topé con una cara que me era conocida.

Una cara con la que me había criado, pero siempre con el cristal de la tele entre nosotros.

Oliver Matthias.

—Ollie —dijo Gabe, y su expresión pasó de tensa y hermética a cariñosa y alegre.

Intercambiaron un abrazo. No de los de tío que le da palmadas en la espalda a otro que suelen usar la mayoría de hombres, como si tuvieran miedo de que cualquier muestra de cariño verdadero fuera una afrenta a su masculinidad, sino de esos cercanos, rodeándose los hombros con fuerza y mejilla con mejilla.

—Me alegro de que hayas venido —dijo Oliver.

—No me lo habría perdido por nada del mundo —respondió Gabe.

Yo estaba ahí con los dedos entrelazados sin saber muy bien qué hacer cuando la mirada de Oliver se desvió hacia mí.

—Hola —me dijo.

—Esta es Chani —dijo Gabe—. Me está haciendo una entrevista para *Broad Sheets*.

—Pensaba que la entrevista era ayer —repuso Oliver.

Interesante. Gabe y Oliver tenían la confianza suficiente para haber hablado de la entrevista y Oliver se acordaba de que era el día anterior.

Si había algún resentimiento entre ellos por el papel de Bond —o si había algo de verdad en los rumores de que Gabe le había robado a Jacinda a Oliver—, yo no lo notaba. Aunque, bueno, los dos eran actores.

—La estamos alargando —explicó Gabe.

—Ya veo.

La mirada que me lanzó era una que yo misma había lanzado muchas otras veces. De esas que les echas a los capullos con los que salían tus amigas del instituto cuando te llegaban los rumores de que les ponían los cuernos.

Era una mirada que decía «Ve con cuidado».

¿Era yo la capulla en aquella situación? ¿Pensaba Oliver que tenía que proteger a Gabe de mí?

Tal vez sí. Igual que Madison, la camarera, había querido hacer el día anterior. Al fin y al cabo, yo estaba ahí porque quería una historia que contar, pero no me gustaba la sensación de ser alguien de quien hay que desconfiar.

Y menos cuando era Oliver Matthias —antiguo niño actor, actual superestrella, crush de la adolescencia— el que me decía, sin mediar palabra, que me estaba vigilando.

Las luces del vestíbulo parpadearon.

—Es hora de empezar —dijo Oliver—. Espero que la disfrutéis.

—Gracias —respondí.

Me hizo una inclinación de cabeza, pero luego volvió a mirar a Gabe.

—¿Vendrás a la posfiesta?

—¿Habrá cerveza?

Oliver puso los ojos en blanco.

—Claro que iré —dijo Gabe.

—Tú también puedes venir —añadió Oliver con amabilidad, pero sin simpatía real.

—Ah, vale.

Las luces del vestíbulo volvieron a titilar.

—Luego te vemos —le dijo Gabe.

«Vemos», en plural.

Entré a la sala prácticamente flotando al lado de Gabe.

Cuando íbamos hacia nuestros asientos, la gente se volvía y se quedaba mirando.

Era algo a lo que no estaba acostumbrada. Y menos todavía a la confusión y la decepción que veía en sus rostros cuando pasaban de mirar a Gabe a mirarme a mí. Era casi cómico ver lo estupefactos que se quedaban. «¿Está con esa?».

Una parte de mí quería corregirlos, asegurarles que no, que no estábamos juntos, que se quedasen tranquilos porque las reglas del universo que hacen que la gente normal y la gente guapa no puedan mezclarse seguían en vigor, pero otra quería cogerlo del brazo y apretarse contra él. Solo por joder.

Nos sentamos y yo cada vez me sentía más fuera de lugar, sobre todo cuando la gente se volvía haciendo el típico «estiramiento disimulado». No engañaban a nadie y menos cuando vi que uno tuvo que mirar dos veces. Fue medio tronchante y medio insultante.

Me encorvé deseando ser más bajita.

—No sé qué hago aquí —dije en voz baja.

—No digas tonterías —me dijo Gabe.

Al parecer, no lo había dicho en voz lo bastante baja.

—Eres admirable.

Me quedé mirándolo.

—¿Yo?

—Sí, tú —respondió—. Escribes un montón de artículos y tienes un blog y también haces muchas otras cosas. Eres inteligente y creativa. Eso es admirable.

Quería discutírselo. Quería decirle que, entre mis compañeros, no era admirable en absoluto. No tenía un contrato editorial, no tenía seguidores. Tenía que pelearme y esforzarme por todas y cada una de las entrevistas que conseguía y tenía que demostrar lo que valía cada vez.

Sin embargo, su expresión era tan sincera, tan honesta, que me mordí la lengua y dejé que calaran sus palabras. Y, al hacerlo, me di cuenta, con cierta sorpresa agradable, de que, para alguien como Gabe, puede que yo fuera admirable. Porque me ganaba la vida escribiendo. No me la ganaba nada bien, pero sobrevivía. No tenía que buscar otro trabajo. Escribir me mantenía de modo que al menos no tenía que trabajar de otra cosa.

No sabía qué decir.

—Gracias —fue por lo que opté al final, justo en el momento en el que se apagaron las luces.

Film Fans

Evan Arnold

Hay algo en lo que parece que coincidimos todos los críticos cínicos y con el corazón de piedra respecto a la última película de Oliver Matthias: hay que llevar pañuelos. Se trata de un dramón mayúsculo y se gana todos y cada uno de los sollozos que te saca.

Espectadores, si en *Tommy Jacks* pensasteis «Esto es actuar», todavía no habéis visto nada.

Corazones compartidos es una deliciosa película romántica con un reparto de un talento impresionante, pero Matthias sobresale. Siempre sobresale.

Os romperá el corazón en el papel de Jonathan Hale, un vendedor que pasa por un mal momento en la Gran Bretaña de la posguerra y que se ve involucrado en una funesta historia de amor con Barbara Glory, que puede que haya sido una espía (o no).

Con esta película, Matthias hace toda una declaración, le dice al público —entre el cual es probable que se encuentren las personas que tomaron la peor decisión de la historia de los castings—: «Este podría haber sido vuestro Bond».

No podemos más que imaginarnos cuánto lo estarán lamentando.

13

La película estuvo GENIAL.

—¿Te ha gustado? —me preguntó Gabe mientras nos arrastraba la multitud de gente que salía de la sala.

Yo tenía la mano en la garganta. Llevaba ahí desde hacía media hora. Por pura fuerza de voluntad y toda una vida aprendiendo a reprimir el bochorno de llorar en público, había conseguido no soltar ni una lágrima, pero todavía me sentía abierta en canal.

—Es… —Tragué saliva—. Es muy buena.

Miré a Gabe esperando encontrar celos, pero no los vi.

—Ollie es increíble —me dijo—. Y, si crees que verlo en pantalla es toda una experiencia, prueba a actuar a su lado. Es una clase magistral de técnica.

Conseguí asentir.

—¿Quieres que vayamos a la posfiesta? —me preguntó.

Recordé la cara de Oliver cuando me había invitado también. Amable pero sin un verdadero interés. Me había incluido por Gabe, pero no se fiaba de mí.

—No lo sé… —le dije.

—Venga, será divertido. Y podemos contarle a Ollie que casi lloras. Le encantará.

Era difícil decirle que no a Gabe. Y la verdad era que no quería decirle que no. Me lo estaba pasando bien.

¿Cómo no iba a pasármelo bien? Uno de los hombres más

guapos del mundo —mi crush famoso— me estaba tratando como si encajara. Era una sensación embriagadora.

—Vale —respondí.

También pensé en el artículo, aunque estaba dividida. Gabe me había dado permiso para escribir sobre aquello, pero sabía que había bebido y tal vez no era demasiado ético tomarle la palabra, que me había dado de forma irresponsable e irreflexiva.

También sabía que tenía una facilidad de acceso por la que mataría cualquier periodista en mi lugar.

Me dije a mí misma que Gabe ya era mayorcito. Sabía lo que hacía y, si no era así, yo no tenía la culpa por tomarme en serio su ofrecimiento.

Solo tenía que seguir repitiéndome eso.

La posfiesta era en el restaurante del hotel al lado del cine. Era un edificio antiguo, grande, bonito y caro en el que estaba segura de que se celebraban muchos eventos como ese. Sin duda, los camareros habrían visto muchas cosas a lo largo de los años.

Oliver ya estaba allí cuando llegamos.

—Nunca ve la película entera —me explicó Gabe—. Ve los primeros diez minutos y se va.

—¿No le gusta verse en la gran pantalla? —pregunté.

Gabe se encogió de hombros como si quisiera decir «Habría que preguntarle a él».

Había unos centros florales fastuosos, preciosos, en cada mesa, y los camareros, con traje negro, llevaban bandejas con tentempiés diminutos y delicados y cócteles impresionantes. La sala entera destilaba riqueza y glamour.

Apreté más el bolso bajo el brazo plenamente consciente del desgarro que tenía el lateral del vestido.

—Voy a pedir bebida —me dijo Gabe—. ¿Quieres algo?

—Vale.

Le hizo una señal a uno de los camareros para que yo pudiera coger un cóctel con un degradado rosa y media piña colocada en el borde del vaso.

—¿Crees que podrías conseguirme un whisky con hielo? —le preguntó Gabe al camarero.

—Por supuesto.

Gabe le dio dinero.

—Que me vayan trayendo, ¿vale?

Debió de ser mucho dinero, porque los ojos del camarero de rostro impasible se abrieron brevemente.

—Por supuesto, señor Parker.

Gabe me puso la mano en la parte baja de la espalda y, con un empujoncito, me guio hacia una mesa redonda rodeada por un asiento con respaldo tapizado a un lado de la sala. Encima de la mesa había una plaquita en la que ponía RESERVADA.

Me metí como pude, con la bebida en la mano, entre el asiento y la mesa y el cuero del tapizado chirrió. Contuve la respiración esperando oír el ruido del terciopelo rasgándose, pero, por suerte, el vestido aguantó cuando me senté.

Hasta que el camarero apareció con la bebida de Gabe, no caí en lo raro que es que los desconocidos sepan tu nombre y puedan encontrarte en una sala llena de gente.

—Salud —dijo Gabe.

Hicimos chinchín con los vasos y dimos un sorbo. En cuanto saboreé el mío, supe que tendría problemas. Era justo el tipo de cóctel dulce y bebible que se te subía sin que te dieras cuenta si no ibas con cuidado.

Y yo no me sentía muy cuidadosa ese día.

—¿Te lo estás pasando bien? —me preguntó Gabe.

Ya se había bebido casi la mitad del vaso.

—Sí.

Asintió y se recostó en el asiento.

—La primera vez es divertida —me dijo.

—¿Y la segunda, la tercera y la cuarta no?

Llevaba la grabadora en el bolso, pero estaba bastante convencida de que Gabe se cerraría en banda en cuanto la viera. Ya me imaginaba que no podría sacar ninguna cita de nada de lo que me dijera en ese momento, pero tal vez pudiera usarlo de otra manera.

Gabe se acabó lo que le quedaba en el vaso de un trago.

—Te lo pasas mejor cuando la película no es tuya.

No apartaba la vista de un punto al otro lado de la sala y yo le seguí la mirada hasta ver que Jacinda Lockwood —imposible no verla con un vestido aguamarina muy vivo y con los rizos recogidos en un moño majestuoso— acababa de entrar en el restaurante.

Supe que había visto a Gabe —que me había visto a mí—, porque se detuvo, solo un momento. Luego nos dio la espalda, esa espalda tersa y maravillosa, y le dirigió al resto de la sala una de esas sonrisas por las que la gente se deja miles de dólares en dentistas.

—¿Vas a saludar? —le pregunté, incapaz de contenerme.

—Puede —respondió él.

Había aparecido otro vaso delante de él —yo estaba demasiado ocupada observando a Jacinda y no me había dado cuenta— y, cuando volví a mirarla, se había perdido entre la gente en aquella luz tenue. Entreví su ineludible vestido, pero parecía que ella mantenía cierta distancia.

—Supongo que vais a pasar mucho más tiempo juntos en el rodaje de Bond.

—Pues sí.

—¿Te vas en unas semanas?

—Sí.

La sala era ruidosa y agobiante, pero en el rincón de nuestra mesa, había silencio. Si me concentraba en Gabe, en mi copa, en el centro floral y en las velas que quemaban también en el centro de la mesa, era un poco como estar en nuestro mundo. Tanto que, cuando levantaba la vista, a mis ojos les llevaba un momento adaptarse y las manchas oscuras que se movían tardaban en volver a ser personas.

—Va a cambiarte la vida —dije.

Eso lo sorprendió.

—Sí —contestó por fin.

—No serás solo Gabe Parker. —Abrí los brazos—. Serás GABE PARKER.

—Eso dicen.

Bajó la vista hacia el vaso y el hielo tintineó cuando empezó a remover el whisky que le quedaba. Estaba convencida de que en cualquier momento llegaría otro vaso. No sabía cómo, yo me había terminado mi copa y mordisqueaba la piña. Sentía cierta calidez y me notaba suelta.

—Sé todos los motivos por los que la gente piensa que no debería hacer de Bond —dijo Gabe.

Un papel que no se merecía. O eso me había dicho el día anterior.

Levantó la mano y contó cada una de las razones con un dedo.

—No soy lo bastante famoso. Me besé con un hombre en una obra de teatro en la universidad. Soy estadounidense. No soy Oliver Matthias. —Se miró la mano y levantó el quinto dedo—. Soy demasiado tonto.

—¿Demasiado tonto? —repetí, aunque sabía bien a lo que se refería.

—Sí —respondió él con la atención todavía puesta en sus dedos abiertos—. Solo se me da bien hacer papeles de tíos fuertes y un poco lerdos a los que matan en los primeros treinta minutos de película.

No dije nada. Había leído el artículo.

Como esperaba, apareció en la mesa otro vaso de whisky venido de la oscuridad que había más allá de nuestro acogedor círculo de luz. A mí también me trajeron otra copa.

Sabía que no debía, pero bebí igual.

—A mí no me pareces tonto —dije por fin.

Gabe me miró por encima de su vaso con una ceja arqueada.

—Apenas conseguí terminar el instituto —dijo—. Fui a una universidad regional gracias a una beca de fútbol americano. —Se dio con los nudillos en la sien—. Debí de perder las pocas neuronas que me quedaban jugando antes de lesionarme. Nunca he leído a los grandes autores: Hemingway, Fitzgerald o Salinger. —Habló con una voz muy grave y muy lenta—. Ni siquiera sé pronunciar el nombre del tipo que escribió *Lolita*.

—Nabokov —respondí sin pensar.

Gabe me señaló como si acabara de demostrar que tenía razón.

—Hay diferentes tipos de inteligencia —dije sin saber muy bien por qué quería subirle el ego.

—¿Ah, sí? —preguntó Gabe con esa ceja suspicaz arqueada de forma permanente—. A mí me parece que o eres listo o no.

Negué con la cabeza.

—La inteligencia emocional existe.

—Eso es como decirle a alguien que te gusta su personalidad cuando te pregunta si es guapo.

—Seguro que tú nunca lo has hecho —repuse sarcástica.

Nos quedamos mirándonos. Él estaba molesto. Yo también.

—La película les demostrará que se equivocan —dije como si tuviera idea de algo.

No tenía idea de nada.

La verdad era que quería creer que lo conocía. Porque, si me lo creía, ese momento —toda esa noche— iba más allá del artículo. Podía convencerme a mí misma de que había algo más entre nosotros; de que la forma en la que me miraba el vestido, el que me pusiera la mano en la parte baja de la espalda, el que estuviéramos ahí en nuestro rinconcito significaban algo más.

Jacinda había vuelto a aparecer de entre la gente, pero esta vez, tanto ella como Gabe se esforzaban al máximo por evitar el contacto visual. Y yo me esforzaba al máximo por fingir que no reparaba en que se estaban evitando.

Me di cuenta de que iba algo borracha.

No era inesperado, me había tomado dos copas enormes del cóctel con piña y solo había comido dos croquetas de cangrejo, diminutas, delicadas y deliciosas, desde que habíamos llegado.

—Vi *Historias de Filadelfia* —me dijo Gabe.

Me erguí.

—¿Y? —pregunté—. ¿Qué te pareció?

Gabe suspiró.

—Oh —dije.

Igual eso conseguía que dejara de gustarme.

—Espectacular —dijo.

—Ah.

—Los tiempos, los diálogos, la química. —Levantó las manos—. ¡No hay comedia que se le pueda comparar!

Sonreí y me incliné hacia delante.

—¿A que es buena!

—¿Buena? —Negó con la cabeza—. Es perfecta.

—La mejor comedia que se ha hecho —dije levantando el tercer cóctel con piña.

No recordaba cuándo había aparecido.

Sentía un cosquilleo en los labios, una señal de que ya había bebido demasiado, pero tenía sed y el cóctel estaba buenísimo.

—Vi una lista de las cien mejores comedias e ¡*Historias de Filadelfia* estaba la número treinta y ocho! ¡Treinta y ocho! —dije apretando el dedo contra la mesa para enfatizar mis palabras.

—Qué tontería —dijo Gabe—. Tendría que estar entre las tres mejores.

Negué con la cabeza. La noté muy pero que muy pesada.

—Tendría que estar la primera.

Hice un gesto amplio y circular con el índice.

Estaba borracha, no había duda.

—Claro que sí —dijo Gabe, pero yo sabía que lo decía para que me calmara, burlándose.

No me importó.

La pesadez de sus párpados indicaba que él también se estaba poniendo fino, pero parecía que era de los que, cuando se emborrachan, callan y se vuelven introspectivos, mientras que yo era de las que se volvían gritonas y entusiastas.

—¿Y sabes que era lo peor de esa lista? —le pregunté.

Sonrió.

—No —respondió—, pero espero que me lo digas.

—¡Eso pienso hacer! —le dije con el índice todavía extendido—. Lo peor de esa lista era que estaba llena de películas nada graciosas hechas por gente nada graciosa. ¡*Pulp Fiction* no es una comedia! ¡Y no me hagas hablar de *Annie Hall*!

Se encendió una chispa de interés en los ojos de Gabe, que se inclinó hacia delante con los codos sobre la mesa y los brazos cruzados.

—¿Qué tiene de malo *Annie Hall*?

Sabía que lo mejor sería dejar de hablar, pero, en lugar de eso, di otro trago largo del cóctel y continué.

—Vale, a ver, no la he visto, pero...

—¿No has visto *Annie Hall*? —me preguntó Gabe.

—Woody Allen es un mierda —dije—. No pienso ver sus películas.

—Vaya, ¿se puede saber qué te ha hecho?

—Es un asqueroso —proseguí, cada vez más indignada—. Odia a las mujeres. Es evidente que tiene una especie de obsesión malsana con las chicas jóvenes, dado que no deja de darse a sí mismo, un señor mayor, papeles en los que trabaja con adolescentes y... ¡ah, sí! ¡Que se casó con la hija de su pareja! Y, hasta si ignoras todo eso, cosa que no debería pasar, sus películas son malas y aburridas. Son lo mismo repetido una y otra vez, una forma de cumplir sus deseos de meter un monólogo suyo en el que habla de lo raro que es y lo poco que encaja mientras una jovencita rubia se enamora de él sin motivo alguno. Además, odia a las mujeres judías. Usa sus películas para hacerse publicidad a sí mismo y convertirse en el árbitro del humor y el talento judío mientras perpetúa el estereotipo lleno de odio de que las mujeres judías son chillonas y controladoras. No es inteligente ni interesante ni tiene talento.

Ya estaba otra vez. Gabe solo quería hablar de películas y yo tenía que ponerme a soltar mi discursito feminista sobre cuánto odiaba a Woody Allen (mucho).

Antes de que pudiera disculparme, apareció Oliver al final de la mesa. Llevaba la corbata suelta, el primer botón de la camisa desabrochado y había perdido el chaleco en algún momento entre el estreno y la posfiesta. Seguía estando arrebatadoramente guapo.

—¿De qué habláis? —preguntó.

—De por qué Woody Allen es un mierda —respondió Gabe.

Apenas conseguí evitar taparme la cara con las manos. A saber qué pensaba Oliver del director. Igual había trabajado con él o quería hacerlo más adelante. Igual lo conocía. O lo admiraba.

A la mayoría de gente le encantaba o, por lo menos, les encantaba su trabajo e ignoraban todo lo demás.

—Ah —dijo Oliver.

Hubo un silencio largo.

—Sí que es un mierda, ¿eh?

Me lo quedé mirando. Me daba la impresión de haber pasado a una velocidad vertiginosa de ser una cabrona peligrosa a una confidente con la que se podía rajar. Y no me quejaba.

—Échate a un lado —le dijo a Gabe, que hizo lo que se le pedía.

Al fin y al cabo, era la noche de Oliver.

Nos apartamos para dejarle sitio y Oliver fue pasando hasta sentarse justo delante de mí. La rodilla de Gabe tocaba la mía. Resistí las ganas de enrollar mi pierna en la suya como si fuera una planta trepadora.

—¿Cómo llegaste a esa conclusión? —preguntó Oliver—. ¿Por sus películas sobrevaloradísimas o por la falsa timidez a la que llama personalidad?

—¿Por ambas?

Oliver se rio y dio un manotazo en la mesa.

Cuando la gente se volvió para mirar, se inclinó hacia delante y se puso un dedo en los labios como si hubiera sido yo la que había hecho ruido.

Los tres nos echamos adelante, nos acercamos a la vela, como si estuviéramos en una reunión secreta. Si alguien le hubiera dicho a mi yo adolescente que iba a ganarme a Oliver Matthias, el Darcy de mis sueños, contando cuánto odiaba Woody Allen, habría pensado que esa persona estaba mal de la cabeza.

En realidad, todavía no estaba segura de que todo aquello no fuera un interminable sueño delirante provocado por mirar fotos de Gabe sin camiseta todas las noches antes de acostarme.

—Pero no gritemos mucho —dijo Oliver mirando a nuestro alrededor como si no se fiara—, nunca sabes cuándo pueden atacar los fans de Woody Allen con su grito de guerra de separar la obra del artista. —Parecía un poco resentido con el tema—. Es que la gente solo tiene ganas de defender a gente malísima con obras igual de malas.

—Chani cree que *Ángeles en América* es una buena obra —intervino Gabe.

A mí me pareció que estaba sacando un tema que no tenía nada que ver, pero Oliver respondió con una ceja arqueada.

—¿Ah, sí?

—Y piensa que la gente que tiene un problema con que yo me besara con un hombre encima de un escenario en la universidad tiene problemas personales mayores con los que debería lidiar.

Daba la sensación de que estaban teniendo una conversación totalmente independiente de la anterior.

—Ya veo —dijo Oliver.

—Sip.

Gabe le dio un sorbo a su bebida y se recostó en el asiento.

Oliver centró su atención en mí y sonrió. Era una sonrisa sincera.

—Me dijo que eras inteligente —apuntó.

—Lo soy —respondí.

El alcohol me envalentonaba y hacía que se me subieran los colores.

O igual los colores se me subían porque Gabe le había hablado a Oliver de mí, porque había sido el tema de conversación entre dos de los hombres más buenorros y más buscados de Hollywood.

Y encima había salido bien parada en la conversación.

Me pellizqué a mí misma solo para comprobar que todo aquello estaba pasando de verdad. Me pellizqué con la fuerza suficiente para hacerme un moretón.

—Nos gustan las mujeres inteligentes —señaló Oliver, y miró a Gabe con complicidad.

Casi me atraganto con la bebida.

¿Acaso me había inventado el tono sugerente del comentario? ¿O estaban a un paso de revelar las inclinaciones sexuales inesperadas y secretas de las que me había prevenido Jo?

Miraba directamente a Gabe y Oliver, intentando entender si una parte de su conversación secreta había consistido en resolver sí yo aceptaría hacer un trío o no.

Yo, por mi cuenta, también intentaba resolver si querría hacer el trío o no.

—Hablando de mujeres inteligentes... —Gabe miró a nuestro alrededor—. ¿Dónde está tu acompañante?

O un cuarteto.

Al fin y al cabo, Isabella Barris era una mujer de una belleza deslumbrante. Que aceptara hacer un cuarteto conmigo sería casi una obra de caridad.

Oliver hizo un gesto con la mano.

—La he mandado a casa. Ya ha cumplido su parte y ha quedado exenta de sus responsabilidades.

Fue sutil, pero la actitud de Oliver había cambiado. Como con el chaleco perdido y la corbata suelta, noté que algo se estaba aflojando. Relajando.

Teniendo en cuenta que había pensado que estaba relajado del todo cuando había llegado a la mesa, me quedé todavía más impresionada con sus habilidades interpretativas.

—¿Y tu copa? —preguntó Gabe.

Hizo una señal hacia la oscuridad antes de que Oliver pudiera contestar.

—Yo debería parar —dije, pero antes de que pudiera oponer mucha resistencia, apareció otro cóctel delante de mí.

—Por *Corazones compartidos* —brindó Gabe.

Los tres levantamos las bebidas.

—¿Te ha gustado? —preguntó Oliver después de que todos hubiéramos dado un sorbo.

—¿Que si me ha gustado? —Gabe se puso la mano en el pecho—. Compatriota, eres un icono. Deberían cubrirte de bronce y colocarte delante del Teatro Chino de Grauman.

—Te sale bastante bien ya el acento británico —dijo Oliver—. Me alegro.

—Ya sabes que si quieres... —dijo Gabe.

—Para.

Oliver le hizo un gesto con la mano.

Yo estaba confundida.

Incluso con la luz tenue del restaurante, veía que Oliver parecía cansado. Daba la impresión de que, con cada minuto que pasaba sentado con nosotros, los vestigios de su interpretación se iban desvaneciendo.

Gabe tendió la mano y le agarró el hombro.

—La película es buenísima —dijo.

—Ya lo sé.

Oliver cerró los ojos. Gabe le apretó el hombro en una versión afectuosa del pellizco vulcano de *Star Trek*.

—Ha hecho llorar a Chani.

—Qué bien —contestó Oliver.

Había echado la cabeza hacia atrás y la apoyaba contra la pared.

—Vale. —Gabe pegó una palmada.

Yo di un respingo, pero Oliver solo abrió un ojo.

—Nos vamos de aquí —dijo Gabe.

—¿Sí? —preguntó Oliver abriendo el otro.

—Pues claro, joder. Has estrenado una película de puta madre y vamos a celebrarlo.

Oliver se incorporó.

—Pensaba que eso era lo que estábamos haciendo —repuso, y señaló el resto de la sala.

—Pero yo sé que no es así como quieres celebrarlo, en un evento caro en el que todo el mundo te hace la pelota e intenta hacer negocios.

Tenía un brillo juguetón en los ojos y pareció que Oliver se animaba un poco.

—¿No?

—No —respondió Gabe—. Venga, sabes que quieres.

—Claro que quiero, pero ¿quieres tú?

Yo no tenía ni la menor idea de lo que estaba pasando, pero el corazón se me detuvo un momento cuando los dos se volvieron a mirarme como si acabaran de acordarse de que estaba ahí.

—¿Y ella? —preguntó Oliver por lo bajini, inclinando la cabeza hacia mí.

Gabe se encogió de un hombro.

—Lo que tú quieras.

—¿Podemos confiar en ella?

Estaba segura al noventa y cinco por ciento de que aquello no era sexual, pero ese cinco por ciento...

—No lo sé.

Gabe se volvió hacia mí.

Se me secó la garganta. Oliver era guapísimo, pero, si me daban a elegir, elegía quedarme con Gabe. A solas.

—¿Podemos confiar en ti? —quiso saber Gabe.

Al noventa y cinco por ciento.

—Sí —respondí.

PUNTO_POR_PUNTO_COM.
BLOGSPOT.COM

FRACASAR EN LA AMISTAD

Si hay un pecado que me gustaría que Hollywood expiara, no es el de haber reforzado la creencia en el amor a primera vista o en las medias naranjas. Es el de convencerme de que las amistades que veía en pantalla eran posibles en la vida real.

Ya sabéis de cuáles hablo.

De las amistades con saludos secretos. De las amistades de ver películas acurrucadas bajo una manta y compartiendo un bote de helado. De las amistades de hablar por teléfono durante horas después de haber pasado ya el día juntas.

De las amistades de amor incondicional, de pozo infinito de apoyo y de cariño mutuo.

Estoy convencida de que esas amistades son un invento de Hollywood de principio a fin.

Porque, si esas amistades existen de verdad, yo nunca he formado parte de una.

Besos,

Chani

14

Tardé diez minutos en darme cuenta de dónde estábamos.

—¿Esto es...? ¿Estamos en una discoteca gay? —pregunté.

Le eché la culpa al alcohol, porque estaba claro que era una discoteca gay.

Evitamos la entrada principal y entramos por una lateral desde donde nos llevaron directos a una zona VIP protegida con cuerda de terciopelo justo al lado de la pista de baile central. La música tendría que haber sido una señal, nunca ponían pop del bueno en las otras discotecas.

Y luego también estaban todos los hombres medio desnudos enrollándose a mi alrededor. Los que no estaban ocupados con esos quehaceres, no dejaban de mirar a mis dos acompañantes, pero parecía que solo uno los observaba también a ellos.

No estaba segura de poder echarle la culpa al alcohol de no haberme dado cuenta de que Oliver era gay. Estaba claro que había usado a Isabella Barris como una preciosa maniobra de distracción y yo me la había comido con patatas.

—Estamos en una discoteca gay —confirmó Gabe.

Tanto él como Oliver habían dejado las chaquetas en algún sitio. Me imaginé que una de las ventajas de ser famoso era poder abandonar prendas de ropa sabiendo que no les pasaría nada. O que te diera igual si les pasaba algo.

La música estaba tan fuerte que el suelo temblaba.

Ahora que sabía que estaba en una discoteca gay con Gabe Parker y Oliver Matthias, no tenía ni idea de qué hacer con esa información. Y ambos sabían que yo estaba escribiendo un artículo sobre Gabe.

—¿Tú eres...? —le pregunté.

—No —respondió Oliver por él—. Solo es un muy pero que muy buen amigo.

Estaba recostado en el regazo de Gabe, de modo que «muy pero que muy buen amigo» podía significar muchas cosas. Oliver advirtió mis cejas arqueadas y lo aclaró enseguida.

—Viene para apoyarme —dijo.

—No es para tanto —añadió Gabe—. También me gusta la música.

Tanto Oliver como yo nos quedamos mirándolo.

Él se encogió de hombros.

—¿Queréis chupitos de gelatina? —preguntó—. Creo que necesitamos unos chupitos de gelatina.

Desplegando el cuerpo larguirucho, se levantó del sofá y se dirigió a la barra.

—Se lo van a comer vivo —dijo Oliver.

No se equivocaba. Había cabezas volviéndose por todos lados a medida que la gente reparaba en quién era Gabe. Algunos mirones también ralentizaban el paso cuando llegaban a nuestra zona.

Sentí un pinchazo de preocupación. Me parecía imposible que la noticia no saliera de allí.

—¿Os supone un problema? —pregunté—. ¿A alguno de los dos?

Oliver me miró.

—No lo sé —dijo sin alterarse—. ¿Vas a convertirlo tú en un problema?

Aquello no era una historia cualquiera. Era LA historia.

¿Gabe Parker y Oliver Matthias pasando la noche en una discoteca de ambiente? Saldría en todos lados.

De momento, apenas tenía artículo. Después de la entrevista del día anterior, me había pasado una hora delante del ordenador intentando encontrar un punto de vista interesante. Intentando encontrar el corazón de la historia. Al final, lo único que tenía eran pruebas de que Gabe era tan atractivo y encantador como todo el mundo quería que fuera. Le iría genial para su carrera —otro publirreportaje lleno de admiración— y era justo el tipo de artículo del que todo el mundo se olvidaría al cabo de un par de días.

Yo ya había escrito ese tipo de artículos. Estaba cansada de escribirlos, cansada de ver mi nombre al lado de titulares —unos que, por supuesto, yo nunca escribía— que decían lo mismo una y otra y otra vez.

Jeremy siempre me había dicho que me faltaba una voz propia. Yo sabía que intentaba ayudarme, que el origen de sus comentarios —sus críticas— era el cariño y la preocupación por mí. Al fin y al cabo, él sí que tenía voz propia. Lo decían todos nuestros profesores.

«Tus textos son ordinarios —decía—. No tienen personalidad».

Lo peor es que yo sabía que tenía razón.

Pero no sabía qué hacer al respecto.

Quería más. Quería trabajar más. Quería escribir más. Ser sincera y ser yo con las palabras. Publicar algo de lo que estuviera orgullosa. Algo mío.

Hacía mucho tiempo desde que había escrito algo que se acercara a eso e, incluso entonces, no había conseguido impresionar a nadie.

Esta era mi oportunidad.

Pero.

«¿Podemos confiar en ti?», me había preguntado Gabe.

Supe que no podía hacerlo. No tenía agallas.

No quería que Oliver me odiara. No quería que Gabe me odiara. Puede que estuviera siendo ingenua al pensar que estaba allí porque había una conexión auténtica entre nosotros, pero, incluso si no la había, no quería que pensaran que era de esas personas que harían lo que fuera por conseguir una buena historia.

Yo misma no quería ser de esas personas. Ni siquiera si así conseguía ser escritora.

—No es ningún problema —le respondí a Oliver.

Se relajó.

—No me escondo —me explicó—, solo quiero ser yo el que controla el relato.

—Pero ¿no lo contará alguien de aquí? —pregunté.

—Vengo mucho —dijo Oliver—. ¿Alguna vez has oído algo? Negué con la cabeza.

—¿Y Gabe no es...?

—No —dijo Oliver—, pero creo que eso ya lo sabes.

Como si pudiera oírnos —algo imposible, dado el volumen de la música, el tamaño de la sala y toda la gente que había en medio—, Gabe se volvió para mirarnos desde la barra. Tanto Oliver como yo levantamos una mano. Gabe sonrió, pero no apartó la mirada.

Hizo lo mismo que había hecho cuando me había visto en la alfombra roja, echarme un vistazo —largo y angustiosamente lento— de la coronilla a las puntas de los adoloridos dedos de los pies.

En cualquier otra circunstancia, yo sabía lo que significaba esa mirada.

Pero él era Gabe Parker. Y yo era yo.

Había visto cómo se habían vuelto las cabezas cuando había entrado en la posfiesta. Había visto cómo se lo había quedado mirando la gente el día anterior en el restaurante. Cómo habían gritado y habían intentado hacerse con él las personas que estaban en la alfombra roja. Cómo nos miraban los clientes de la discoteca en ese mismo momento. Si hasta había visto cómo la agente inmobiliaria prácticamente le prometía otro tipo de comisión si me mandaba a mí a casa y la dejaba enseñarle el jacuzzi de la azotea.

Era un bombón. Un auténtico bombón. Podía tener a quien quisiera.

Yo era una escritorzucha alta y de pecho plano con adorables hoyuelos de celulitis en el culo, también plano. El otro día tuve que arrancarme un pelo de la barbilla con unas pinzas. Todavía seguían saliéndome granos en los hombros. No me hacía la cera.

Éramos de mundos diferentes.

Y, sin embargo, Gabe no apartaba la vista de mí.

—¿Has conseguido la historia que buscabas?

—¿Eh?

Gabe volvía hacia nosotros con una bandeja.

—Tomad —dijo.

—¡Salud! —dijo Oliver, y esta vez brindamos con los chupitos de gelatina.

Aunque ya me había tomado tres cócteles y medio y un lingotazo de whisky de la petaca, me tragué el chupito de gelatina —sabor cereza— y al momento me volví a sentir como si estuviera en la universidad.

Gabe se recostó en el sofá de terciopelo, con el brazo estirado por encima del respaldo. Señaló con la cabeza el espacio de sofá que había entre nosotros. Hacer lo que me pedía supondría sentarme cerca de él, acurrucarme contra su cuerpo alto y fuerte. Ya tenía incluso el brazo en posición para atraerme más hacia él. Podía ponerme la mano en el pelo si quería. Si yo quería.

Y quería.

Ay, si quería.

Me tomé otro chupito, pero no me moví. Notaba un hormigueo en los labios, como si me hubiera picado una abeja.

—Ahora que has terminado con tu investigación, vamos a divertirnos —dijo Oliver.

Me pasó otro chupito. Yo me lo bebí. De un trago.

Me sentó de maravilla.

Oliver sonrió.

—Vamos.

Tiró de mí para que me levantase y yo lo seguí con entusiasmo.

Gabe se quedó donde estaba y solo se movió para apartar sus larguísimas piernas y que pudiéramos pasar.

—Cuando salimos, nunca se levanta del sofá —me explicó Oliver.

Me hizo dar vueltas como si estuviéramos haciendo bailes de salón en lugar de en mitad de una discoteca gay en la que todo el mundo iba medio desnudo, sudado y estaba a un chupito de gelatina de irse a un rincón a follar.

—Oliver…

—Ollie.

—Ollie. —Acababa de relacionar unas cuantas cosas que esperaba que no estuvieran relacionadas—. ¿Los de Bond saben esto?

Dejé claro con un gesto que me refería al local, a él. Acordarme de que estaba ahí por trabajo fue estabilizador. Necesario.

Él se quedó quieto un instante. Fue suficiente para que yo supiera que había acertado. Y luego empezó a moverse con la música.

—Querían que firmara una cláusula de moralidad —dijo.

—¿Una cláusula de moralidad?

—Era bastante vaga y con un lenguaje enrevesado, pero, en resumen, decía que, si hacía algo que a ellos les pudiera parecer «moralmente objetable», me despedirían al momento. Estaba bastante claro que no querían que saliera del armario.

Arrugué la nariz sin saber bien qué decir. Me parecía absurdo que a alguien le pudiera importar, pero era consciente de que les importaba. Y que en la prensa no dejaran de comentar el papel de Gabe en *Ángeles en América* cuando iba nada más y nada menos que a la universidad dejaba más que claro que había una gran cantidad de gente a la que le importaba mucho.

—Él no lo sabía —continuó Oliver.

Ladeé la cabeza.

—Gabe. —Oliver lo señaló con la barbilla.

Seguía en el sofá tamborileando con los dedos largos en su rodilla.

—Sabía que yo era gay, pero no sabía que se habían puesto en contacto conmigo primero por lo de Bond. Cuando se enteró, amenazó con dejarlo.

Dimos una vuelta y la bola de discoteca nos iluminó la cara con rayos de luz.

—Yo me lo pensé —me dijo Oliver—. Me dije a mí mismo que no estaba listo para salir del armario todavía, de modo que

¿por qué no seguir así un poco más? —Echó la cabeza hacia atrás—. Pero ¿firmar una «cláusula de moralidad»? ¿Permitirles tildar mi sexualidad de problema moral? —Me miró desde arriba—. Eso no podía hacerlo.

Asentí, pero estaba perdida en mis pensamientos.

Ollie dejó de dar vueltas y nos detuvo a los dos.

—Por favor —me dijo.

Sabía lo que me estaba pidiendo. Esa vez no vacilé.

—Tranquilo —respondí.

Asintió, pero yo sabía que no estaba del todo seguro de si podía fiarse de mí.

—Mi artículo es sobre Gabe —le aseguré—. Hemos ido a ver tu película y ha estado muy bien. A él le gusta tu trabajo, tú lo apoyas. Sois amigos. Buenos amigos. Entre vosotros no hay competitividad. De hecho, tú has insistido en que él es el adecuado para el papel.

Ollie soltó un suspiro.

—Gracias.

Bailamos casi mejilla con mejilla, él me agarró la mano y la sostuvo entre nosotros como si fuéramos una pareja de una película antigua. Nada de todo aquello tendría que haberme parecido normal, pero me sentía como si lo fuera.

Nada, ahí, bailando una lenta con Oliver Matthias en una discoteca gay, lo normal.

—Mi agente piensa que me destrozará la carrera —me confesó—. Me da miedo que tenga razón.

Yo no podía prometerle lo contrario.

—O puede que solo te haga más famoso y fabulosamente inalcanzable —repuse.

Se rio.

—No quiero ser valiente por salir del armario. No quiero ser un héroe ni un icono ni nada. Solo quiero ser actor. Puede que director algún día. Uno famoso. Famoso, guapo y rico. No quiero ser el famoso, guapo y rico que es gay.

—Lo entiendo —le dije—. Estoy acostumbrada a ser la amiga judía de turno.

—Eres de Los Ángeles.

Asentí.

—Y aun así me pasa.

Él soltó un silbido que apenas se oyó por encima de la música.

—Cuando estaba empezando el instituto, uno me preguntó dónde tenía los cuernos —dije.

Se rio. Era una risa de las de humor negro.

—Todo el mundo querrá saber cuándo «me di cuenta» —me dijo él.

—A mí me preguntan qué pienso de Papá Noel.

—Querrán saber quién es el que recibe.

Hice una mueca, incómoda.

—Haría una broma sobre circuncisiones —dije—, pero prefiero que cortemos la conversación.

Ollie se rio. Y se rio. Y se rio.

No era un chiste tan bueno, pero ambos íbamos ya camino de estar muy borrachos y, tal vez, de hacernos amigos, y las cosas que por lo general son horribles pueden parecer muy graciosas cuando estás así.

No sabía muy bien qué había hecho para merecer aquello —la supuesta confianza y amistad de Oliver—, pero lo aceptaba con gusto.

—Me gusta cómo eres —me dijo.

Era difícil separar a Ollie, la persona, de Oliver, la estrella de cine, y yo no podía negar que había sentido un subidón de endorfinas al saber que a Oliver, la estrella de cine —la persona a la que llevaba viendo desde que era preadolescente—, le gustaba.

—Y creo que a él también le gustas —dijo.

Me hizo girar para que pudiera ver fugazmente a Gabe, que seguía sentado en el sofá. Nos estaba observando.

—Está celoso —me dijo Ollie, y me puso la mano en la cadera.

—Qué va —respondí—. Es Gabe Parker.

—¿Crees que no tiene sentimientos? —me preguntó Ollie—. Es actor. Los tiene todos.

—¿Acabas de soltarme una referencia de *El club de las primeras esposas*?

—¿Acabas de pillar una referencia de *El club de las primeras esposas*?

Nos sonreímos.

—Lo sabía —dijo—. Tengo un gusto impecable en la gente.

—No rechazaré el cumplido.

Me hizo dar una vuelta pasando por debajo de su brazo justo en la transición de una canción a otra. A una que conocía muy bien. Me sacudió por dentro justo en el momento en el que me di cuenta de lo borracha que estaba.

—¡Esta canción me encanta! —grité por encima de la música.

—¡A mí también!

Era uno de esos clásicos del pop puro, una canción de las que te hacía cantar mientras saltabas y movías los brazos a lo loco. Era inevitable. La música pasaba a formar parte de ti. Te convertías en música. Cuando sonaba una de esas canciones, no eras más que un recipiente de su esplendor.

Me sentía lo bastante borracha y atrevida como para, mientras movía las caderas, volverme hacia la zona VIP. Hacia Gabe. Seguía ahí sentado acariciando con los largos dedos el respaldo de terciopelo del sofá, como si quisiera decirme que allí seguía habiendo un lugar para mí; que, si volvía y me sentaba a su lado, esa mano podría estar en mi brazo. Por mi cuello. Contra mi mandíbula.

En lugar de ir, sacudí un poco los hombros y tendí los brazos hacia él. Llamándolo.

—Nunca baila —dijo Ollie, y me rodeó con los brazos.

Formábamos una criatura de dos cabezas y cuatro brazos, todos tendidos hacia Gabe.

—No vendrá —sentenció.

—Él se lo pierde —dije, y me di la vuelta entre los brazos de Ollie—. Nos lo estamos pasando genial.

Me centré en bailar, pero Ollie estaba distraído.

—La madre… que me parió.

Me volví y ahí estaba. Gabe. En la pista de baile. Delante de mí.

—Hola —dijo.

O eso es lo que yo oí. Había tanto ruido que no podía estar segura, pero me susurró algo y curvó los labios en una sonrisa tras decir ese algo que no debió de ser más que un «Hola».

Sin embargo, a mí me pareció que decía mucho más. Al haberse levantado. Al haber venido a la pista con Ollie y conmigo.

A Ollie se le estaba yendo la olla por que Gabe estuviera allí.

—Lo has conseguido. —Me puso las manos en los hombros y me agitó un poco—. Sirena judía descarada, has conseguido que se levante.

Gabe le puso los ojos en blanco y luego me lanzó una mirada. Una que decía que tal vez preferiría estar de rodillas. Delante de mí.

No. Qué tontería. Aunque estuviera borracha y él también, seguía algo conectada con la realidad. A Gabe le gustaba tontear. No era nada personal. Era un instinto. Un acto reflejo.

A pesar de eso, a mí sí que me fallaron las rodillas y una combinación de la intensa tensión sexual que de pronto chisporroteaba entre nosotros y de los chupitos, que me habían dado el valor de llamarlo, me hizo caer hacia delante de una forma que no era ni sexy ni seductora.

Gabe tendió los brazos para cogerme.

Una chica más lista que yo lo habría planificado justo así. Seguramente lo habría hecho más encantador y con un movimiento más continuo, una caída ligera a sus brazos.

En mi caso fue más bien una sacudida brusca, una caída a lo pez moribundo en sus brazos y un salto para volver a ponerme de pie.

Me miró raro —tampoco era de extrañar— y luego se encogió de hombros.

La música era ensordecedora —¿cómo seguía sonando la misma canción?—, así que dejé que ella y el alcohol se apoderasen de mí. Mis hombros tomaron la iniciativa meciéndose mientras la música fluía a través de mí. Nadie que me conociera afirmaría que se me daba bien bailar, pero lo hacía con entusiasmo. Y me encantaba.

Ollie sí que sabía bailar bien. Se abandonó por completo a la música, con la cabeza hacia atrás, los brazos levantados y las caderas golpeando con cada nota del bombo como si estuvieran tocando la batería. Notaba que Gabe seguía ahí, pero no podía mirarlo. Si era torpe bailando —como la mayoría de hombres hetero—, no estaba lista para que la fantasía que tenía de él se esfumara por completo.

La música cambió. Era otra canción buena; quien estuviera poniendo la música esa noche debía de haber conectado los altavoces directamente a mis recuerdos. Era la sobredosis de nostalgia perfecta, todas mis canciones pop favoritas de cuando estaba en la universidad. De un tiempo en el que salía a menudo y en el que podía beberme varios vodka con Red Bull e ir a clase al día siguiente. En cambio, en ese momento sabía que al día siguiente lo pasaría mal, pero la música era tan buena y yo me sentía tan bien que no quería parar.

No sabía bailar, pero tenía mucho pelo, así que lo agité de un lado al otro. Me encantaba notar cómo me acariciaba la espalda que quedaba algo descubierta con el vestido. Algo de intimidad que podía compartir conmigo misma. Me lo estaba pasando bien.

Moví los brazos en un momento clave y me topé con algo duro.

La barriga de Gabe.

Había hecho todo lo posible por no tocarlo. Era poco profesional.

Pero tenía muchas ganas. Y tenía muchas ganas de él.

Tantas y tan intensas que me asustaban un poco.

Retiré la mano, pero él ya me había cogido. Con un movimiento de una fluidez imposible, me dio un tironcito de la muñeca y me hizo rodar hasta sus brazos.

Todo el contacto que había intentado evitar estaba teniendo lugar en ese momento. Del pecho a las rodillas. Estábamos apretados el uno contra el otro, yo tenía la mano atrapada entre nosotros y él la suya en la parte baja de mi espalda. El contacto era placentero. Muy placentero.

Me quedé mirándole el cuello. Tenía algo de sudor y yo olía la colonia carísima que se había puesto mezclada con algo más primitivo. Más él.

Estaba demasiado borracha. Y no solo de alcohol, sino de estar cerca de alguien a quien había deseado durante tantísimo tiempo. Alguien que me parecía intocable. Inalcanzable.

Alguien a quien, sin duda, se le estaba poniendo dura.

Notaba su empuje inconfundible contra mi barriga. Poco a poco, aparté la vista del cuello de la camisa de Gabe y la subí hacia su cara.

Me estaba observando. Su mirada era intensa, fija, y yo notaba su respiración, lo temblorosa que estaba.

El corazón me latía con tanta fuerza que casi me dolía.

La música me parecía un vapor denso que nos rodeaba, nos atrapaba, nos aislaba.

La pista de baile estaba oscura; no muchísimo, pero lo suficiente. No sabía dónde estaba Ollie. Podía estar justo detrás de mí o al otro lado del local. No podía centrarme en nada que no fuera la cara de Gabe. En sus ojos que me miraban fijos, sin parpadear.

Prácticamente había memorizado su cara en la pantalla, pensaba que la conocía, pero aquello era nuevo, diferente.

Seguía sin ser real del todo, aunque lo notaba —todo— contra mí. Me parecía una fantasía. Una fantasía muy pero que muy buena, pero una fantasía, al fin y al cabo.

Había una voz dentro de mi cabeza que intentaba atravesar la neblina surrealista que se había instalado a mi alrededor. Me recordaba que era una entrevistadora y que Gabe era mi sujeto y que había muchas dinámicas de poder cuestionables en juego en esa situación.

Había estado tan preocupada por si él pensaba que yo haría cualquier cosa por conseguir una buena historia que no me había parado a pensar que tal vez fuera él quien no tuviera ningún problema en hacer lo que fuera.

Entonces sus caderas se pegaron con más fuerza a las mías. Por un momento, pensé que me caía, que tal vez había perdido el equilibrio, pero me di cuenta de que Gabe estaba moviéndose al ritmo de la música y que sus caderas se movían hacia delante y hacia atrás y de un lado a otro.

Se le daba genial bailar.

No era ostentoso ni entusiasta, ni siquiera expresivo. Era sutil. Dudaba que alguien que no fuera yo pudiera saber que se estaba moviendo con la música, pero se movía. A la perfección. Todo un seductor.

Llevó una mano a mi cadera, la otra me apretaba en la base de la columna, justo por encima del culo, para mantenerme cerca. Aunque yo no tenía intención de irme a ningún sitio. De hecho, me fundí más en el abrazo, llevé las manos a sus bíceps. Joder, qué duros.

Todo él estaba duro. Muy duro.

No quería pensar en todos los motivos por los que, desde el punto de vista profesional, aquello era problemático. No quería pensar en que aquello podía ser la forma que tenía Gabe de dorarme la píldora, de asegurarse de que escribía un buen artículo sobre él. No quería pensar en lo loco que era todo aquello.

Lo que quería era estar más cerca de él. Tocarlo. La mano que tenía en mi cadera subió y me acarició el costado, el brazo y luego se quedó descansando sobre mi pecho. No sobre el pecho pecho, sino sobre el esternón. Me acarició la clavícula con el pulgar y suspiré. No lo bastante fuerte para que lo oyera, pero seguro que lo sintió.

Lo supe porque sonrió.

Una sonrisa lenta, malvada.

Luego, con el otro brazo rodeándome la cintura, me empujó un tanto el pecho.

De algún modo, supe exactamente lo que quería hacer y, esa vez me dejé caer hacia atrás. Dejé de hacer fuerza y me quedé apoyada sobre su brazo.

Tendría que haberse tambaleado. Tendría que haber perdido el equilibrio.

Pero era Gabe Parker y sabía muy bien lo que hacía.

Su agarre estaba blindado y, antes de que me diera cuenta, había vuelto a llevarme entre sus brazos.

«Joder, ¿qué es esto? *¿Dirty Dancing?*», pensé mientras me subía.

Me había quedado boquiabierta. Me sentía como en una película. Todo aquello era muy raro y surrealista e insoportablemente sexy.

Gabe me miraba desde arriba con una sonrisa de suficiencia. Mi lado competitivo no podía dejarlo pasar. Yo también hice un movimiento dibujando un círculo con las caderas para presionar contra las suyas y arqueando la espalda para que mis pechos —por modestos e inofensivos que fueran— se apretaran contra su torso y su mano cayera hasta tocarme el culo.

La suficiencia se volvió sorpresa, como si no se lo hubiera esperado. Como si no se hubiera esperado nada de aquello. Sobre todo cómo se sentía. Porque yo notaba bien cómo se sentía. Y me gustaba. Me resultaba embriagador. Me sentí poderosa.

Tenía delante a uno de los tíos más atractivos del planeta —según la revista *People*— y estaba cachondo y apretándose contra mí.

Me lamí los labios. Él lo observó.

Iba a pasar algo.

Pero no pasó.

Porque justo en ese momento reapareció Ollie y chocó contra nosotros mientras bailaba. Nos separamos, Gabe se recolocó los pantalones y yo hice todo lo que pude por no mirar. No lo conseguí demasiado y, cuando Gabe me pilló, me lanzó la misma sonrisa pilla y maravillosa de antes. Una que decía que, si quería irme de allí con él, podíamos hacer travesuras en un futuro inmediato.

—Venga —me dijo Ollie, que o bien no se dio cuenta de lo que pasaba entre Gabe y yo, o bien me estaba salvando de ello.

Me tiró del brazo y oí un desgarro. No tuve que mirar para darme cuenta de que se me había roto el vestido; noté la ligera brisa contra mi costado.

Ollie me llevó hacia la masa de cuerpos de la pista de baile. Alcancé a ver a Gabe ahí plantado, en la orilla de todo aquello. Levantó una mano y desapareció.

Film Fans

RESEÑA DE *EL EXTRAÑO HILDEBRAND*

Nicole Schatz

Con cada nuevo James Bond hay un coro de desaprobación. Los consumidores son volubles: desean novedades, pero justo ese tipo de novedad no. Quieren desafíos, pero también comodidad. Les apetecen nuevas perspectivas, pero solo si les resultan familiares.

Es decir, el público acepta lo diferente siempre que le parezca lo mismo.

Nadie quería que Gabe Parker hiciera el papel de Bond. Lo tuvo todo en contra desde el momento en el que lo anunciaron, sobre todo porque se pensaba que lo habían escogido por encima de su compañero de reparto de *Tommy Jacks*, Oliver Matthias.

Al principio fue una ofensa, porque Matthias es británico y resulta evidente que Parker no. El futuro público empezó a horrorizarse al pensar en Parker, cuya imagen era de masculinidad juvenil y algo tierna, en el papel de dandi mientras intentaba poner acento británico.

Luego, cuando se filtró su audición y quedó claro que el acento no sería un problema —igual que su imagen juvenil, que incorporó a Bond de una forma especialmente encantadora y única—, los detractores tuvieron que buscar otro motivo por el que Parker no era bueno para el papel.

El motivo llegó en forma de reacción homófoba flagrante al recordatorio de que Parker había osado representar el papel de un hombre gay que se moría de sida en la producción universitaria de *Ángeles en América*.

«¿Cómo?», ponían el grito en el cielo los estadounidenses más conservadores. «¿Cómo va a representar a Bond un hombre que besó a otro encima de un escenario?».

La respuesta, ahora lo sabemos, es a las mil maravillas.

El Bond de Parker es toda una revelación.

Y Chani Horowitz nos avisó. Si eres una de los millones de personas que leyeron su perfil del actor, sabrás que hizo todo lo posible por preparar el terreno, por así decirlo.

Está claro que los productores sabían que solo tenían unos minutos de película para convencer al público de que habían contratado al hombre adecuado y los aprovecharon a la perfección. La aparición de Parker recuerda a otras presentaciones de grandes personajes en las que la actuación, la edición, la dirección y la música convergen para crear algo verdaderamente inolvidable.

Pensad en la entrada de Hugh Grant en *El diario de Bridget Jones*. En la presentación de Rex Manning en *Empire Records*. En Darcy en cualquier adaptación decente de *Orgullo y prejuicio*.

Ese es Gabe Parker en el papel de Bond.

Icónico.

Al principio, ni siquiera lo vemos. Es todo un mar de hombres vestidos con trajes y pelo oscuros en una gala, con alguna mujer guapa repartida entre la multitud. Todo son hombres poderosos y seguros de sí mismos. Excepto uno.

Lo vemos desde atrás, pero su lenguaje corporal no llama la atención. Todo lo contrario. Bond se esconde en un rincón, encorvado, con los ojos tras unas gafas a lo Clark Kent mirando hacia delante mientras bebe su cóctel favorito.

Está observando a alguien. No es el único. Toda la sala observa a la última chica Bond, Jacinda Lockwood, resplandeciente con un vestido de color vino que flota sobre su piel con la delicadeza y la intimidad de un camisón. Baila con alguien que la dobla en años.

Bond observa desde lejos, pero le vemos los ojos en primer plano. Están llenos de anhelo.

Lockwood levanta la mirada del hombro de su pareja de baile y lo ve. El baile termina y ella sale de la pista y se aleja de Bond.

Él deja la copa en una bandeja que pasa por su lado y, entonces, empieza la transformación. Parker camina hacia ella, yergue la espalda, se pasa la mano por el pelo para peinárselo y se guarda las gafas en el bolsillo.

Para cuando llega donde está ella es otra persona.

Tira de Lockwood hasta tenerla entre los brazos y ambos se deslizan hacia la pista de baile. Bailan cerca mientras toda la sala observa cómo Bond le pasa el brazo por la cintura. Su otra mano le recorre la clavícula y, con un empujón no del todo dulce, ella se deja caer hacia atrás y él la inclina y —lento, muy lento— dibuja un semicírculo con su cuerpo.

Cuando la levanta, ella —y el resto de la sala— se ha enamorado del Bond de Gabe Parker.

A nadie le extraña que Jacinda Lockwood se casara con él menos de una semana después de que empezara el rodaje.

Ahora

15

Estoy cometiendo un gran error.

—Debería anularlo —digo.

—¿Seguro? —pregunta Katie.

Está haciendo eso que no soporto.

—Sí.

Se encoge de hombros. Se encuentra sentada en mi sofá, con el pelo en ese moño descuidado suyo, ese que siempre se ve de lo más natural cuando se lo hace ella y como un dónut peludo cuando lo intento yo. Está leyendo una revista y parece poco preocupada por mi dilema. Estoy bastante segura de que está esperando a que me vaya para purificar con salvia el piso entero. Según ella, las energías que hay en mi casa son muy destructivas para mi bienestar.

Tengo bastante claro que lo único destructivo para mi bienestar que hay en mi piso soy yo.

—Voy a comprarte una planta mientras no estás —dice mirando todavía la revista—. Puede que dos.

—Voy a terminar matándola. No lo conviertas en un doble homicidio.

—Te compraré una inmortal. —Pasa la página—. La necesitas.

Cuando nos fuimos de Nueva York, Katie embaló todo lo que había en su piso —que ya estaba atestado— y lo mandó a la otra punta del continente. Yo metí cuatro cajas de libros en un rincón de su camión de mudanzas, llené dos maletas de ropa y dejé el resto atrás.

A Katie le llevó tres días recrear su casa bohemia y acogedora. Yo llevo un año en este piso y todavía no me he comprado un somier. El sofá es de la sección Mercado Circular de IKEA; la mesa, del desván de mis padres, y la cómoda, de la última persona que vivió aquí.

Podría haberme llevado la mitad de lo que tenía en Nueva York, pero no quería nada.

«Parece que en esta casa viva una universitaria deprimida», me dijo mi hermana la última vez que vino.

Antes me encantaba decorar mi casa. Buscaba cuadros y muebles vintage y objetos raros de cerámica para llenarla. Ahora mismo, la única decoración de todo el piso es un puzle a medio terminar sobre la mesa del comedor.

Mi psicóloga piensa que tengo miedo de volver a echar raíces.

Yo no creo que se equivoque, pero que sepa algo no significa que haya podido hacer nada por remediarlo.

Si me voy el fin de semana, estoy segura de que Katie hará más que comprarme solo un par de plantas.

—No puedo irme a Montana con Gabe Parker.

—Con Gabe —me corrige—. Es solo Gabe.

Le lanzo una mirada asesina.

—Deberías ser la voz de la razón.

Se ríe. Por supuesto, es una gran mentira. Nadie ha acusado nunca a Katie de ser la voz de la razón en ninguna situación.

—Sabes que no es por eso por lo que estoy aquí —dice.

Es de esas personas a las que llamas cuando necesitas atracar un banco y quieres que alguien te dé permiso.

Tengo la bolsa al lado de la puerta. El coche llegará en cualquier momento.

—Si quieres, cuando vengan puedo salir y decirles que has cambiado de opinión.

Yo me muerdo un lado del labio.

—¿Es eso lo que quieres? —insiste.

—Esto es una mala idea.

Le da unas palmaditas al cojín del sofá que tiene al lado. Me siento.

—Ya sabes lo que voy a decirte.

—Puede —contesto.

Sigo sin querer oírlo. Porque Katie es la única persona que sabe la verdad sobre lo que pasó entre Gabe y yo. Lo sabe porque, después de la fiesta en Brooklyn, después de todo lo que me dijo Jeremy, después de que yo apareciera en su puerta empapada hasta los huesos y con dolor de garganta de tanto llorar, se lo conté TODO.

Katie cree en la fuerza del universo y en el karma y en que todo pasa por algo. Sé que, para ella, que Gabe haya vuelto a mi vida es una especie de señal. Y es responsabilidad mía seguir esa señal.

—No es Jeremy —me dice.

Suelto un suspiro.

Tiene razón, pero ese no es el único motivo por el que dudo. No puedo escapar de Gabe y me parece casi inútil intentarlo.

Después de que se publicara mi primer libro, me invitaron a aparecer en *Good Morning Today*. Era la primera vez que iba a la tele y estaba nerviosa y emocionada. Jeremy no había podido venir, pero Katie fue mi acompañante en el camerino y me ayudó a tranquilizarme antes de salir. Me puse un vestido azul estampado que otra amiga escritora me había asegurado que quedaría bien en la tele. Fui a que me peinaran y me maquillaran.

Sería una sección corta, una oportunidad de hablar de la antología, y mi agente estaba ilusionada porque me daría visibilidad.

No estaba preparada para lo luminoso y alienante que era el plató. Agradecí no haber tenido que salir mientras grababan, que me hubieran llevado a mi asiento y me hubieran colocado el micrófono durante la pausa para la publicidad. Me sentí como si Carol Champion —la presentadora— y yo estuviéramos en una isla pequeña e incomunicada entre luces cegadoras.

Lo único que veía era a Carol y me centré en ella como si fuera el bote salvavidas hacia el que tenía que nadar.

Todo empezó bien. Carol me preguntó por el libro y yo pude pronunciar varias frases coherentes seguidas. La hice reír incluso. Entonces, con una sonrisa cómplice, se inclinó hacia mí.

—Tenemos que hablar del artículo, cómo no —me dijo.

Sentía como si me hubieran fijado la sonrisa a la cara con clavos.

—Cómo no —dije.

Iba preparada. Siempre estaba preparada para eso.

Para lo que no estaba preparada fue para la forma en la que Carol se recostó en el respaldo de su asiento y miró a cámara por encima de mi hombro.

—Ya sabes de qué artículo hablo —dijo antes de guiñar el ojo de forma exagerada—. Del que llevó a Gabe Parker al estrellato.

—Bueno, seguro que no necesitaba mi ayuda para...

—¿Lo has visto desde que escribiste el artículo? —me preguntó Carol.

Se me habían helado las manos.

—No.

—¿De verdad? —La cara de Carol se retorció con falsa sorpresa—. ¿No habéis mantenido el contacto?

—Solo fue una entrevista. —Intenté redirigir la conversación—. Hay varias más en el libro...

—¿Qué le dirías si lo vieras, si saliera a este plató ahora mismo?

No me acuerdo ni de qué dije. Solo sé que mi cerebro entró en pánico, como si hubiera caído en unas arenas movedizas y se estuviera revolviendo y no consiguiera más que seguir hundiéndose. La idea de que Gabe pudiera aparecer allí, de que nos volviéramos a encontrar, había hecho que toda yo me cerrase como un ordenador que se apaga.

Sin embargo, Gabe no estaba allí y me parece recordar que Carol se disculpó por la «inofensiva broma» —así fue como la llamó después—. Katie me dijo que había salido bien del apuro, pero yo estaba bastante segura de que mi expresión de cervatillo asustado ante los faros de un coche solo había contribuido a avivar más los rumores siempre incandescentes de que había pasado algo lascivo ese fin de semana y que yo solo estaba dando evasivas.

Hace diez años, durante la comida, había pensado en la fama. En que quería ser famosa.

Qué estúpida había sido. No me había dado cuenta de que la fama era el deseo que más se podía volver en mi contra. Y no vería las consecuencias que podía tener hasta haberlas pagado, hasta que fuera imposible volver atrás.

Tampoco es que fuera famosa, pero era conocida.

Y quedó claro muy pronto que el único motivo era que la gente quería saber qué pasó aquella noche. No querían conocer mis textos ni mis ideas ni nada más sobre mí. Querían saber si me había follado a Gabe Parker en su casa una noche de diciembre.

Hasta mis padres me lo preguntaron.

—¿Deberíamos esperar que venga a cenar el *sabbat*? —había sido la forma de tantearlo de mi madre.

—¿Pero sabe siquiera qué es el *sabbat*? —había sido la de mi padre.

Yo había respondido riéndome igual que al resto de preguntas. Había esperado a que la gente dejara de importarle. Había hecho todo lo posible por estar por encima de todo aquello, pero ahora estaba volviendo a dejarme arrastrar.

Tendría que haber dicho que no.

Tendría que decir que no ahora mismo.

—Puedo decirle que se vaya —se ofrece Katie—. Me encantaría… Hasta lo pondría en mi currículum. —Abre los brazos—. «Una residente de Los Ángeles no tiene ningún problema en mandar a Gabe Parker a Montana solo».

—No sería profesional.

—Eso no es lo que te preocupa.

Qué rabia me da que tenga razón.

—Todo esto es absurdo —digo—. ¿Qué espero que pase? Ya no soy una niña de veintiséis años deslumbrada por la presencia de un famoso.

—Es verdad. Los dos habéis cambiado. Los dos habéis madurado.

Eso parece debatible.

—No sé qué quiere de mí —susurro.

—Creo que sí que lo sabes. Y creo que hasta puede que tú quieras lo mismo.

Niego con la cabeza porque estoy demasiado asustada para admitir que es verdad, porque me parece un segundo deseo de los que se te vuelven en contra, de los que esperas una cosa y se te concede algo que no tiene nada que ver.

—Ve a Montana —me dice Katie.

Me vibra el móvil. Ha llegado el coche.

—No tienes que decidir nada más —continúa—. Tómate todo el tiempo que necesites. Han pasado diez años. No hay prisa.

Es el permiso para atracar el banco. Sin prisa. Reflexionándolo.

Lo acepto.

Porque, pase lo que pase, tengo que saber cómo termina esta historia.

Salgo con la bolsa de viaje pequeña y se la doy al conductor. Me abre la puerta y me encuentro con Gabe en el asiento de atrás.

—Oh.

Subo al coche y me siento a su lado.

—¿Te importa? —pregunta—. He pensado que así sería todo un poco más fácil.

—No, no me importa.

Sí que me importa. Pensaba que tendría algo más de tiempo para prepararme para lo que viene. Pensaba que tendría el trayecto en coche hasta el aeropuerto de Los Ángeles.

Me recuerdo a mí misma que, de todos modos, no hay prisa.

—Ya te dije que te llevaría a Montana.

—No te pongas chulo.

Se le apaga la sonrisa, pero solo un poco.

En el asiento de atrás, la situación es incómoda. El conductor tiene la radio puesta, pero lo que suena parece amortiguado por la extraña tensión entre Gabe y yo.

—No sé si esto es buena idea —digo por fin.

Él se vuelve hacia mí.

—Yo tampoco —dice—, pero ¿qué es lo peor que podría pasar?

No es una pregunta que me dé seguridad, precisamente. No me gusta no saberlo. La última vez que hice algo impulsivo como esto, terminé viviendo en Nueva York casi ocho años.

—Creo que Montana te gustará. Tenemos diferentes estaciones a lo largo del año.

—No sé de qué me hablas.

Sonríe y yo no puedo evitar hacer lo mismo. Me gustan mucho las canas que le han salido en el pelo y en la barba. Me gustan las arrugas que le enmarcan los ojos.

—Dicen que en Nueva York también tienen estaciones —señala.

La sonrisa se me desvanece.

—Sí, bueno.

—¿Él sigue allí? —me pregunta como si no supiera ya la respuesta—. El Novelista.

—Jeremy —respondo—. Le encanta.

—A ti no.

Como sabe lo de la *newsletter*, puede adivinar lo que me parecía vivir en Nueva York.

—Ya me lo imaginaba —dice.

—No me conoces tanto —contesto.

Se encoge de hombros.

—Me dijiste que no te gustaba la ciudad —me recuerda.

Me da rabia que se acuerde de nuestras conversaciones. Hace que todo esto sea mucho más difícil. Hace que me cueste más seguir enfadada con él. Y quiero estar enfadada con él.

Es más fácil que estar enfadada conmigo misma.

Es más fácil que tener miedo.

—Entonces no sabía lo que estaba diciendo —explica—. No había vivido allí.

—Pero sabías que no te gustaba.

—¿Qué tenía que saber? —repongo—. Tenía veintiséis años. A los veintiséis una no sabe nada. Me asombra mi propia arrogancia de pensar que sabía algo.

—¿No es lo que pasa siempre? ¿No crees que dirás lo mismo dentro de diez años?

—Sí —contesto como un gato erizado.

—Eres demasiado dura contigo misma.

—Mi yo del pasado se lo merece. Fue tonta, ingenua y estúpida. Se creyó cosas que tendría que haber sabido que no debía creer.

No dice nada. Los dos sabemos de lo que hablo. Los dos sabemos que hablo de él. El error es él. La cosa en la que yo había creído.

—Mi yo del pasado también fue bastante estúpido —dice por fin—. No supo ver las cosas buenas que tenía.

—A mí no me tuviste —salto—. Apenas me conocías.

—Hablaba de mi carrera —responde.

El calor me sube a la cara y vuelvo la cabeza. Me siento culpable y tonta. Quiero volver a mi piso triste y vacío. Quiero escribir la versión más rápida y vaga posible de este artículo y mandárselo a mi editora. Quiero cortar del todo y para siempre mi conexión con Gabe Parker. Quiero superar esto ya. Superarlo a él.

—Aunque no solo de mi carrera —añade. En voz baja.

No ayuda.

Entonces, como si las cosas no pudieran ir a peor, en la radio ponen la canción. La canción que Gabe y yo bailamos aquel fin de semana, durante la cual estuvimos pegados, del pecho a las rodillas, y en la que Gabe me rodeó con los brazos antes de dejarme caer hacia atrás.

En aquel momento, pensé que era lo más sexy y romántico que me había pasado en la vida.

Luego Gabe se casó con Jacinda Lockwood casi inmediatamente después de que saliera el artículo y yo tuve que ver cómo le hacía lo mismo a ella en la gran pantalla durante la secuencia inicial de su primera película como Bond.

La tensión en el coche está por las nubes y sé que Gabe se acuerda de la canción. Sé que está pensando en lo que pasó en la discoteca.

—Sobre aquella noche… —dice.

Me cruzo de brazos.

—Sobre el fin de semana entero —se corrige—, lo siento.

—Ya te habías disculpado.

No quiero que lo sienta. Que lo sienta es la confirmación de que estuvo fingiendo todo el tiempo. Desde que me pidió el número de teléfono hasta que me llevó al estreno e incluso cuando me invitó a su fiesta.

—No pasa nada —le digo—. Los dos éramos jóvenes y estúpidos. Tendría que haber sido más lista.

Hay un silencio largo.

—¿Y ahora? —pregunta.

—También tendría que ser más lista, pero... —Señalo el coche y a él—. Supongo que no he aprendido nada.

Apoyo la cabeza en el asiento y miro por la ventana. Entonces me doy cuenta de que no estamos yendo al aeropuerto de Los Ángeles.

Como estoy bastante segura de que Gabe no me está secuestrando, no digo nada hasta que llegamos a un pequeño aeropuerto privado en el valle de San Fernando. Cuando entramos en la pista con el coche hasta donde espera un avión, me vuelvo incrédula hacia Gabe.

—¿Un jet privado?

Por lo menos Gabe tiene la decencia de parecer avergonzado.

—No es mío —dice—. Y no ha sido idea mía.

Le lanzo una mirada, pero él levanta las manos.

—Es absurdo —digo intentando estar lo más molesta posible, aunque la verdad es que estoy algo impresionada.

Y molesta conmigo misma por estar impresionada.

Se supone que estoy por encima de todo esto. Se supone que soy inmune a estos encantos. Inmune al canto de sirena de las estrellas de Hollywood y a toda la pompa que los acompaña.

Me decepciona descubrir que ganarme es tan fácil como siempre ha creído Jeremy.

«Te encanta la fama —decía—. Quieres ser famosa».

Lo decía como si fuera la cosa más desagradable que pudiera desear alguien; como si significara que me merecía lo que había pasado, que me merecía que la gente diera por hecho que mi éxito era una consecuencia directa de follarme a un famoso.

No es que Jeremy se salvara de querer ese tipo de atención. Se negaba a aceptarlo en voz alta, pero yo sabía la verdad. Quería que la gente hablase de él. Quería que la gente lo conociese.

Suplicaría de rodillas por tener un jet privado.

O, por lo menos, estoy bastante convencida de ello.

Al menos sé que yo no. No por un jet privado.

También sé que sigo enfadada por todo lo del baile, que sé que técnicamente no es culpa de Gabe y que, al final, en realidad estoy más enfadada conmigo misma que otra cosa, pero en este momento me es más fácil estar enfadada por lo del jet privado.

—No es mío —repite Gabe cuando salimos del coche—. Y él ha insistido.

Estoy confundida hasta que una cara conocida aparece en la parte de arriba de las escaleras. Hace una pose.

—¡Querida! —dice Ollie con los brazos en jarras—. Cuánto tiempo.

No puedo evitarlo, estoy encantada de verlo. Y agradecida de no tener que pasarme un viaje entero a Montana en un avión privado sola con Gabe. El trayecto en coche ya ha sido lo bastante tenso.

Gabe ayuda al conductor a sacar nuestro equipaje del coche mientras Ollie baja por las escaleras dando saltitos y me da un abrazo que me levanta del suelo.

—Cuando me enteré de que los dos locos ibais a recrear vuestra famosa entrevista, le supliqué a Gabe que me dejara unirme —me dice Ollie una vez que me ha vuelto a dejar en el suelo.

—Yo me negué —apunta Gabe.

—Se negó —confirma Ollie.

Tiene las manos en mis brazos y se inclina hacia atrás como un padre orgulloso cuya hija acaba de volver de su primer año de universidad.

—Te quería para él solo —dice Ollie por lo bajini.

—Sí —afirma Gabe pasando por nuestro lado con las bolsas de viaje.

Aunque sigo algo irritada con él, me sonrojo. Es difícil no sentirme abrumada y aturdida con toda esta atención.

—Conque un jet privado, ¿eh? —pregunto mirando el precioso avión reluciente.

—Sé que es absurdo —dice Ollie—. Y muy malo para el medio ambiente. Muy muy derrochador. —Me guiña un ojo—. Pero te dije que lo conseguiría.

Es verdad. Me lo dijo. Siento una extraña oleada de orgullo ajeno. Ha conseguido justo lo que quería, pero, con ese orgullo, también viene algo de envidia. Me la trago.

—Me alegro por ti —le digo.

Él me rodea con un brazo y me aprieta.

—Venga, vamos a llevaros a Montana.

PUNTO POR PUNTO – NEWSLETTER

LO ZEN DE LOS PUZLES

Llevo haciendo puzles mucho tiempo.

Me permite distraerme de mi propia mente. Me ayuda a lidiar con episodios ocasionales de depresión, soledad, aislamiento.

Me proporciona una tarea que no requiere toda mi atención.

Mi situación perfecta para un puzle es esta: ponerme una película después de cenar, tomarme una gominola de marihuana y hacer un puzle hasta que me sube. Suelo parar cuando ya no entiendo lo que está pasando en la película y me he quedado mirando el tablero del puzle con la cabeza vacía sobrevolando las piezas.

Me gusta empezar por los bordes.

Quiero crear límites, contexto, en todo lo que hago. Quiero saber cuándo termina. No es la forma más divertida de empezar a hacer un puzle —o un proyecto— y, a veces, los bordes pueden ser una pesadilla, pero es la única que sé.

Nunca sabes si un puzle será bueno hasta que te pones a ello.

La parte divertida empieza cuando conozco los límites, cuando sé con qué voy a trabajar. Ese es el momento en el que empiezo a clasificar las piezas, las agrupo por colores o por patrones. No las pongo en el tablero —todavía—, sino que creo montones por fuera de los bordes. No estoy aún del todo lista para unirlas.

Hasta que lo estoy.

No tiene lógica. No es racional. Es instintivo.

Y hay algo profundamente gratificante en terminar un puzle, en colocar la última pieza y oír el satisfactorio chasquido cuando encaja a la perfección.

Aunque esa no es mi parte favorita.

Mi parte favorita es cuando paso las manos por la superficie lisa de las piezas unidas maravillándome del trabajo que he terminado y, luego, lo deshago todo.

Besos,

Chani

16

Pues ¿sabes qué? —Ollie se recuesta en su asiento con un dedo en la barbilla—. Te sienta bien el divorcio.

—Joder —dice Gabe.

—¿Qué? —Ollie le da un codazo antes de volverse hacia mí—. Es verdad. Te brilla la piel, tienes el pelo exuberante. Toda tú pareces más ligera, casi como si te hubieran quitado un tumor que medía metro setenta y cinco.

—Ollie —dice Gabe.

—No medía uno setenta y cinco —señalo.

Ollie mira a Gabe y dice sin emitir sonido: «Medía uno setenta y cinco».

Gabe pone los ojos en blanco.

—Solo digo que estás genial —dice Ollie.

—¿Gracias?

—Siempre está genial —apunta Gabe.

—Estoy aquí delante —respondo yo a su tercera persona.

—¿Ollie insulta a tu exmarido y te enfadas conmigo? —pregunta más divertido que otra cosa.

—No me caía bien —interviene Ollie decidido a no quedarse fuera de la conversación.

—Estuviste con él solo una vez —digo—, cinco minutos.

—Fue suficiente.

A diferencia de Gabe, a quien solo había visto aquella vez en Nueva York, me había cruzado con Ollie varias veces durante los últimos diez años. Además de la tan publicitada entrevista que le había hecho, nos habíamos encontrado en alguna ocasión cuando yo volvía a mi ciudad.

La última vez, hace tres años, había sido pura casualidad. Una de esas raras ocasiones en las que Jeremy venía conmigo a Los Ángeles. Yo había quedado para hacer una entrevista en el restaurante italiano Little Dom's de Los Feliz, de modo que Jeremy se había buscado una distracción en la librería independiente que había cerca: había utilizado su encanto con los libreros y se había puesto a firmar los libros suyos que tenían en tienda. Cuando terminé, le mandé un mensaje, pero, de camino a la puerta, una mano salió de una de las mesas y me tiró amistosamente del brazo.

Ollie y su marido Paul estaban bebiendo mimosas y compartiendo un plato de tortitas en miniatura.

Había una chica en la barra intentando no muy discretamente sacarle una foto a Ollie. Cuando él la saludó con la mano, soltó un chillido y se le cayó el teléfono. Ollie la llamó para que se acercara, se hizo una foto con ella y le firmó la servilleta. La chica se iba justo cuando entró Jeremy.

Yo hice las presentaciones, todo el mundo se estrechó la mano. Hablamos solo unos minutos, pero fue suficiente para que Jeremy se ofreciera a volver a la librería y traerle un ejemplar de su libro a Ollie.

—Me compraré uno cuando nos vayamos —le había dicho Ollie.

—¿Tú crees que se lo comprará? —quiso saber Jeremy cinco veces aquel día.

—Seguro que sí —le respondí, aunque sabía que no.

Me supo mal y a la vez me encantó lo superior que la interacción me había hecho sentir. Jeremy era el más conocido en nuestro círculo de Nueva York. Era el novelista respetado y yo era su mujer, la que escribía publirreportajes.

En cambio, en Los Ángeles, yo era la que charlaba con famosos que sabía que no tenían ningún interés por el trabajo de Jeremy.

Sin embargo, ese recuerdo demostraba que Jeremy tenía razón. No me encantaba la fama, pero, después de haberla probado, no estaba dispuesta a renunciar a ella por muy amargo que fuera el regusto que dejaba.

Si lo estuviera, le habría dicho a mi agente que no quería hacer otra antología de artículos. Le habría dicho a mi editora lo que de verdad quería escribir. Me habría arriesgado.

—¿Cómo está Paul? —le pregunto a Ollie cuando sobrevolamos Nuevo México a diez mil metros de altitud.

—Se muere por conocerte mejor —dice—. Ahora que has vuelto a Los Ángeles, tendrás que venir a cenar con nosotros. Es fan.

—¿Mío?

—Sí, tuyo —responde Ollie—. Le encanta lo que escribes.

—Ah, qué majo.

—No lo dice por ser majo —repone—, lo dice de verdad. Paul tiene un gusto exquisito. Por eso se casó conmigo.

Gabe se ríe por la nariz.

Ollie lo ignora.

—Le encantó el artículo de *Vanity Fair*.

Cuando Ollie decidió salir del armario, se puso en contacto conmigo para que escribiera un artículo. Yo me sentí orgullosa del artículo y todavía más de que Ollie me hubiera confiado su historia.

—No llegué a darte las gracias por las flores —le digo—. Eran preciosas.

—Y bien merecidas —contesta—. ¿Sabes que hiciste llorar a mi madre?

—Y a la mía —apunta Gabe.

—¿Lloró también con el de *Broad Sheets*? —le pregunto.

Es una especie de broma, pero hay un silencio largo y terrible y se me revuelve el estómago.

—A ella le gustó —dice Gabe sin mirarme.

Enseguida me doy cuenta de lo que significan esas palabras.

—Pero a ti no.

Por un momento creo que voy a vomitar.

—Estaba bien escrito —señala Gabe.

—Gabe —lo regaña Ollie en voz baja.

—Guau —digo—. Vale, o sea que te pareció una mierda, ¿no? No contesta, pero no hace falta.

Me he quedado aturdida.

A pesar de los sentimientos encontrados que tenía acerca de lo que había supuesto para mi carrera, sabía que era un buen artículo. No, era la hostia. Había sido favorecedor y adulador y había hecho que pareciera que Gabe era la única opción posible para hacer de James Bond. Había cambiado el discurso acerca de su elección y, aunque no había aplacado a todos los detractores, sí que les había cerrado la boca a muchos. No era el único motivo por el que *El extraño Hildebrand* había sido un éxito, pero le había allanado el camino.

Y eso no lo decía solo mi ego. Lo decían numerosas reseñas. Señalaban mi entrevista con Gabe como el motivo por el que habían ido a ver la película con la mente abierta.

Y a Gabe le pareció una mierda.

¿Se puede saber qué coño hago aquí?

—Esto ha sido un error —digo levantándome de mi asiento y deseando poder tirarme por una ventana.

—Chani —me llama Gabe, pero yo desestimo lo que sea que quiera decirme con un gesto de la mano.

Me duele. Me duele más de lo que debería.

El avión es pequeño, pero hay espacio suficiente para que pueda escaparme a otro cuarteto de asientos de la parte de atrás. Me dejo caer en el asiento, con los brazos cruzados con fuerza abrazándome el torso como si pudiera contener todos los sentimientos horribles, rabiosos, que se agitan en mi interior.

Apoyo la cabeza en la ventana y veo pasar los estados nevados por debajo de nosotros.

Estoy furiosa y sensible.

Yo no lo sabía en aquel momento, pero el artículo era un trueque. Atención y estabilidad laboral a cambio de cierto tipo de notoriedad, de una reputación. Siempre me había parecido estúpido —e inútil— preguntarme si había valido la pena, porque por lo menos me había quedado contenta con el trabajo que había hecho. Hasta cuando todo el mundo pareció fijarse solo en el contenido del artículo, yo estuve orgullosa de la escritura.

Sin embargo, ahora que sabía que a Gabe ni siquiera le había gustado, aquel trueque me resultaba mucho más difícil de tragar.

Era solo la última de una larga lista de consecuencias inesperadas.

Después del artículo sobre Gabe, a mi agente le había llegado un tsunami de peticiones de los representantes de las estrellas emergentes más prometedoras. Unas pocas eran actrices, pero la gente quería que entrevistara, sobre todo, a actores jóvenes y guapos. Estaba claro lo que se insinuaba y en esas entrevistas siempre había un *quid pro quo* subyacente, pero nadie se atrevía a decírmelo a la cara.

Hasta que llegó Dan Mitchell.

Era la última incorporación a la segunda película de Bond. Me saludó con un abrazo dilatado en el tiempo y no dejó de intentar emborracharme durante la entrevista, que insistió que tuviera lugar en el Chateau Marmont, donde él se alojaba. Yo rechacé las bebidas que me ofreció y la conversación fue incómoda y forzada. Estaba claro que se sentía frustrado y la gota que colmó el vaso fue que yo no quisiera subir con él a su habitación de hotel para ver «algo guay».

—Oye —me dijo—, ¿por qué no vamos al grano? Vamos a subir arriba y me la chupas, ¿vale?

Tuvo la insolencia de guiñarme un ojo cuando me quedé mirándolo estupefacta.

—De esto saldrá un artículo genial y te garantizo que tengo la polla mucho más grande que Parker.

Me fui enseguida y no derramé ninguna lágrima cuando tuvo que dejar la película una semana más tarde por «conflictos de calendario». Una forma diplomática de decir que lo habían despedido.

En la otra punta del avión, oigo hablar a Gabe y Ollie. Lo hacen en voz baja y sus voces quedan algo amortiguadas por el rumor grave de los motores y del viento. Hablan de trabajo, de las entrevistas de promoción de *Historias de Filadelfia* y de algo llamado TCM.

—¿Estarás bien? —pregunta Ollie.

—¿Yo? Pues claro. ¿Cuándo no estoy yo bien?

Hay un silencio largo.

—No tienes por qué preocuparte por mí, Ollie.

Me parece que hasta puedo oír cómo Ollie pone los ojos en blanco.

—Estoy bien —insiste Gabe.

—¿Sí?

—Sí. Mira, estoy en un jet privado.

La última vez que yo había cogido un avión había sido para dejar Nueva York. Para dejar a Jeremy.

Katie y yo nos pasamos la mitad del vuelo viendo la obra maestra feminista *Magic Mike XXL* hasta que ella se durmió. Luego hice lo que estoy haciendo ahora: mirar por la ventana buscando el sentido de la vida en las nubes que pasan.

No lo encontré entonces y no creo que vaya a encontrarlo ahora.

Haberme ido a vivir a Nueva York para estar con Jeremy fue un error. Estoy bastante segura de que ir a Montana con Gabe también lo es. Un tipo de error diferente, pero un error, al fin y al cabo.

Si fuera lista, nunca saldría de California.

Aunque en toda mi vida he sido incapaz de quedarme dormida en un avión, el jet privado consigue dormirme con su arrullo y no me despierto hasta que oigo al piloto anunciar que empezamos el descenso inicial hacia Cooper, Montana.

Lo primero que veo cuando atravesamos las nubes es la catedral. Es una de las de verdad, con una aguja altísima y gran envergadura.

Cooper es pequeño. El aeropuerto está en una punta del pueblo y, a esta distancia, parece que todo él —el lugar donde se crio Gabe y que guarda los secretos de sus aventuras infantiles— me cabría en la palma de la mano.

Siempre que cogía un vuelo para volver a Los Ángeles a visitar a mi familia, sentía un alivio que no sabía que necesitaba, como si me hubiera acostumbrado a respirar solo con un pulmón.

Ahora me siento así, como si hubiera estado funcionando con la mitad de oxígeno durante a saber cuánto tiempo.

Respiro hondo.

Debajo de mí todo está cubierto de nieve.

Me alegro de haber traído un plumífero muy voluminoso de Katie que he tenido que meter a la fuerza en la maleta y un par de botas de nieve que esta ha insistido en que me comprase. El mundo parece helado y vasto y desconocido. Me estremezco, pero no es por imaginarme el frío.

Es casi como volver a casa. No a un lugar concreto necesariamente, sino a una sensación. A la posibilidad de algo más.

Y eso no puede aterrarme más.

VANITY FAIR

OLIVER MATTHIAS:
Es lo que es

[EXTRACTO]

—

CHANI HOROWITZ

Estamos sentados en el jardín trasero de la casa de Oliver Matthias y él me habla de la primera vez que se enamoró. Es el escenario perfecto para escuchar una historia de amor. Estamos en otoño y el aire tiene el frescor justo. Nos encontramos en unas tumbonas, tapados con mantas Pendleton («un regalo de un amigo») y bebiendo zumo de manzana caliente sin filtrar.

Halloween está a la vuelta de la esquina. Fue en Halloween cuando Oliver se enamoró por primera vez.

«Siempre ha sido mi fiesta favorita», me cuenta. «Hay cierta libertad implícita. Todo el mundo se disfraza y finge ser otra persona y no es por esconderse ni por engañar, sino porque ese día parece que todos estamos de acuerdo en que es bueno ponerse una máscara de vez en cuando».

Le da un trago largo al zumo de manzana. Yo, de momento, me conformo con dejar que me caliente las manos, aunque el rico olor a manzana y mantequilla y canela es tan embriagador como el chorrito de whisky que hemos echado a las tazas antes de salir.

«Un refuerzo», me ha dicho Oliver.

Los dos sabemos por qué estoy aquí, pero no pienso meterle prisa, porque, si algo sé de Oliver Matthias, es que sabe contar una historia.

«Seguro que muchos actores sienten cierta afinidad por Halloween. Aunque en Gran Bretaña es un poco diferente», dice.

Yo asiento como si lo supiera. No tengo ni idea. He vivido en Estados Unidos toda mi vida y el único viaje que he hecho al extranjero fue a Ámsterdam para ver la casa de Ana Frank con el grupo juvenil de mi sinagoga.

Oliver ha estado por todo el mundo, pero hace poco que se ha instalado en Los Ángeles. Se ha comprado una casa en Brentwood, en el distrito de Hollywood Hills.

«Es un buen barrio para hacer truco o trato», afirma. «O eso me han dicho». Este será el primer Halloween que pase aquí.

«Todos los años lo daba todo con el disfraz», continúa. «Y aquel año quería ir de Xena». Sonríe al recordarlo. «Mi madre siempre me había hecho los disfraces y aquel año echó el resto. Soy uno de cuatro chicos y resultó que lo de que las madres quieren una hija era bastante cierto».

«¿Sigues teniendo buena relación con tu madre?». Asiente.

«Y ahí me ves a mí con todo mi atavío de Xena yendo por Piccadilly con mis hermanos que, cómo no, iban de soldados. Siempre iban de soldados».

«Técnicamente tú también ibas de soldado», señalo.

Oliver se ríe. «No exactamente, iba de guerrera», dice. Y tiene razón. «Pues por ahí voy yo, en modo guerrera total, dándolo todo en mi desfile cuando ¡pum! Me topo con alguien. Con otra Xena».

Es fácil imaginárselo. Un Oliver Matthias pequeño y adorable, con los ojos azules resplandecientes y la frente alta, demasiado alta para darse cuenta de que está a punto de chocarse contra alguien que va vestido igual que él.

«Yo, indignadísimo, claro», afirma. «¿Cómo se atreve esta otra Xena, esta impostora, a arruinarme el desfile?».

«Claro», coincido.

«Levanto la vista, porque era una persona mucho más alta que yo, y veo que esa Xena también es un chico. Bueno, un hombre, en realidad. Me mira, sonríe y me guiña un ojo. Y, al momento, desaparece». Se lleva una mano al pecho. «Me enamoré».

Fue un amor que le trajo pesares. No en ese momento, ni siquiera al hablarlo con su familia y amigos, sino años más tarde, cuando les dijo al director y los productores de una película que era gay.

Y le contestaron sin pelos en la lengua que nunca le darían el papel de James Bond.

17

Vamos a cenar a un asador con asientos de cuero rojo, poco iluminado y con las paredes de piedra. Tengo la impresión de estar en una cabaña de caza lujosa. Estoy segura de que esa era la intención. Agradezco que, por lo menos, el número de cabezas de animales colgadas de la pared sea mínimo. El restaurante está casi vacío y la camarera nos sienta en un salón apartado del resto en la parte de atrás para que disfrutemos de mucha más privacidad de la que necesitamos.

No pedir carne parece una ofensa.

No estoy de muy buen humor, así que me pido también un whisky con hielo.

Ayer comiendo, Gabe insistió en que no pasaba nada por ver beber a otras personas y Ollie también pide alcohol —un old-fashioned—, pero sigo corriendo el riesgo de no ser respetuosa.

Sé que tengo que comportarme como una adulta respecto a toda esta situación, que tengo que gestionar mi orgullo herido y superar este fin de semana sin dañar otras emociones sensibles.

En lugar de eso, me pimplo el whisky con el estómago vacío y me vuelvo hacia Ollie.

—Debería recoger un par de frases tuyas sobre la película —digo—, ya que estás aquí.

—Claro —contesta.

Miro a Gabe.

—Si a ti te parece bien —digo—. No querría yo escribir otro

perfil de lo más favorecedor que, por algún motivo, te parezca horrible.

Pues sí que me he comportado como una adulta, sí.

—El artículo no me pareció horrible —dice Gabe, pero yo lo hago callar con un gesto.

—Ahora estoy hablando con Ollie.

He pasado de ser pasivo-agresiva a directamente agresiva y lo sé. No soy capaz de evitarlo. La rabia que siento es pura y cubre un montón de emociones más con las que todavía no puedo lidiar porque no estoy preparada.

—¿Por qué *Historias de Filadelfia*? —le pregunto a Ollie cuando ya he sacado el móvil y he empezado a grabar.

—Me dijeron que a la película no le vendría mal actualizarse.

Es casi justo lo que me dijo Gabe a mí. Parece que será una de las frases que repitan muchas veces durante la promoción.

—Qué mono —digo, y le lanzo una mirada a Gabe.

Él se encoge de hombros. No pica.

—Es una obra muy buena —dice Ollie. Es evidente que intenta calmar la tensión que va en aumento—. Siempre ha estado en mi lista de posible material, pero fue Gabe el que pensó que deberíamos hacer un *remake* moderno.

—Empezaste en el mundo del teatro —le digo a Ollie—, ¿tienes planes de volver?

Cruza una mirada con Gabe.

—Lo cierto es que es una de las razones por las que estoy aquí, en Cooper.

He estado tan distraída con lo del jet privado y el posterior descubrimiento sobre el artículo de *Broad Sheets* que ni siquiera me he parado a pensar por qué nos ha llevado Ollie a Montana.

—Es mejor aclarar que esto es confidencial —apunta Gabe.

No me gusta su tono ni lo que insinúa con él.

De todos modos, enfatizo el movimiento de guardar el teléfono. Ollie nos mira alternativamente, y es evidente que no sabe cómo proceder.

—No sé si te acuerdas, pero Gabe hizo una obra en Broadway hace unos años.

La tensión alrededor de la mesa, de pronto, escala hasta el ocho.

—Sí que me acuerdo —digo.

Sabía que esta conversación era inevitable, igual que sé que voy a tener que hablar con Gabe sobre la llamada. Es solo que no esperaba que Ollie fuera el que arrojara luz sobre este tema en concreto que pululaba entre las sombras en un rincón.

—La vio —dice Gabe.

—La vi —confirmo—. Lo vi tooodo.

El whisky ha hecho que no controle muy bien el tono.

La mirada de Ollie va de uno al otro como si estuviéramos jugando al ping-pong.

—Entiendo.

No lo entiende. No tiene ni idea de lo que hablamos.

—Vino la noche del estreno —señala Gabe.

Por fin lo comprende y mira el móvil.

—Ay, mira —dice—, una llamada importante.

—Si ni siquiera te ha sonado —repongo.

—Tengo que cogerla —se excusa, y se levanta de la mesa.

—No eres tan buen actor —le dice Gabe mientras se aleja con el teléfono que no ha sonado en la oreja.

Me mira. Yo lo miro.

—Bueno —dice.

No tenía pensado ir. Cuando vi que Gabe había firmado para hacer de Karl Lindner en *Un lunar en el sol* durante la pausa entre rodajes de Bond, decidí que ni me acercaría a Times Square durante el tiempo que durasen las representaciones.

Entonces recibí una entrada. Para el estreno.

No se lo había dicho a Jeremy. Había estado trabajando sin parar en su segunda novela y hacía meses que nuestra relación era tirante.

Gabe seguía casado, pero las columnas de cotilleos le habían dado una importancia enorme al hecho de que Jacinda no fuera a pasar aquella temporada en Nueva York con él y se quedara en Londres. Todo el mundo decía que o estaban separados o les faltaban días para divorciarse.

Me dije a mí misma que la invitación no significaba nada, que era cosa de negocios, que tal vez su equipo había pensado que escribiría algo sobre la obra, que igual Gabe ni siquiera sabía que iba.

Sin embargo, me puse mi mejor vestido y fui a la peluquería para que me peinaran. Me puse pintalabios, tacones.

Jeremy ni se dio cuenta cuando salí de casa.

En el metro me dije a mí misma que estaría bien ver a Gabe después de tantos años. Como si fuéramos viejos amigos. Ocupé mi asiento en el teatro, nerviosa y temblando como un flan, como si fuera yo la que iba a subirse al escenario.

Y entonces lo vi...

Fue como si el teatro entero desapareciera a mi alrededor, como si el resto del reparto se desvaneciera. Lo único que veía era a Gabe.

Verlo tan cerca después de tantos años era una droga.

Y, entonces, durante el intermedio, una de las acomodadoras vino hasta mi asiento.

—Al señor Parker le gustaría que lo visitara en su camerino —me dijo—. La llevaré allí cuando termine la representación.

Me pasé el resto de la obra en una especie de estado de fuga disociativa sin captar apenas lo que pasaba en el escenario. Solo podía pensar en lo que iba a pasar cuando lo viera en el camerino. ¿Qué iba a decirle? ¿Cómo iba a saludarlo? ¿Con un apretón de manos? ¿Con un abrazo? ¿Con un beso en la mejilla?

Cuando bajó el telón, una energía nerviosa me hacía temblar y tenía los dedos fríos como el hielo y la garganta ardiendo.

Cuando el teatro se hubo vaciado, la misma acomodadora vino a buscarme y yo la seguí entre bastidores. Los estrechos pasillos estaban llenos a rebosar de flores y gente.

—Es aquí —dijo la acomodadora, y me dejó delante de una puerta cerrada en la que ponía el nombre de Gabe.

Se fue. Yo llamé y, con un entusiasmo excesivo, giré el pomo al mismo tiempo.

Ese fue el error.

Abrí la puerta y me encontré a Gabe. Con Jacinda entre sus brazos.

Mientras me alejaba de la escena marcha atrás e iba trastabillándome con los tacones, me di cuenta de que me había mentido a mí misma sobre por qué había ido. Igual que siempre me mentía a mí misma cuando se trataba de Gabe.

En mi intento de huir, giré por donde no era y terminé en el escenario. El telón estaba cerrado y el espacio parecía más pequeño de lo que aparentaba desde el público.

—No puede estar aquí —me dijo un tramoyista.

—Está conmigo —contestó Gabe.

Todavía tenía puesto el vestuario de la obra. Todavía iba maquillado, pero estaba bastante segura de que la mancha de pintalabios que tenía en la mejilla no formaba parte del espectáculo.

—Chani —dijo.

Fue como si alguien me recorriera la columna vertebral con un dedo. Me estremecí.

—Has venido —continuó.

—Gracias por la entrada —le dije—, pero debería irme.

Me volví para alejarme, pero al otro lado del escenario el paso estaba bloqueado por partes del decorado y sacos de arena. Si quería irme, tendía que ser por donde estaba él. Me armé de valor y me encaré a él, aunque fuera solo para poder escapar.

—Gabe, debería...

—Esperaba que...

—La obra ha estado muy bien. —Menos mal que tenía la verdad y podía usarla como escudo—. Tú has estado muy bien.

Agachó la cabeza.

—Gracias.

Nos quedamos ahí parados un momento. Me dolían los pies. Y el orgullo.

—Estás guapa —me dijo.

—Y tú tienes pintalabios en la mejilla.

Soltó un taco y se la frotó con la parte baja de la palma de la mano.

«Fuera, maldita mancha», pensé.

—Jacinda me... —empezó a decir.

—Te espera en el camerino, supongo.

Gabe miró hacia atrás.

—No es eso —dijo—. Me ha sorprendido.

—A mí también.

—Y también está mi madre.

Como si eso ayudase en algo.

—Vaya —dije yo—. Eso no... Quiero decir, ¿en serio?

Soltó un suspiro, claramente frustrado, aunque no estaba claro con quién.

—¿Podemos...? —Señaló un sofá en el centro del escenario.

Yo levanté una ceja. ¿Quería sentarse? ¿Allí? ¿Como si fuera el momento para una charla íntima?

Lo peor fue que quise hacerlo.

—¿No te echarán de menos? —pregunté.

Gabe se frotó la nuca. Yo no sabía qué esperaba al ir a ver la obra —ni al pasar al camerino—, pero, desde luego, no era eso. En todo caso, me había imaginado algo tan alejado de la realidad que volver a esta había sido una caída dura y dolorosa.

—Hay una posfiesta —dijo él—, podrías venir con...

—¿Contigo y con tu mujer? —le pregunté—. Qué divertido.

—Podría presentaros —se ofreció—. Conoce tu trabajo.

—Tienes que estar de coña.

Entre los ojos de Gabe apareció una arruga cuando frunció el ceño sin dejar de mirarme. Yo vi los engranajes girando dentro de su cabeza y me pregunté qué había esperado conseguir él.

—Sí —dijo—, perdona.

—Bueno, pues debería irme.

—Me alegro de verte.

La sinceridad de sus palabras fue como un puñetazo en el pecho.

—Y yo a ti.

Me aferraba al bolso como si fuera un salvavidas. Otra vez, la verdad.

Asintió, me recorrió con la mirada y se detuvo en mi mano.

Yo bajé la vista también y vi que estaba mirándome la alianza, que de pronto me pareció que pesaba una tonelada. Volvió a asentir y me atravesó una oleada de vergüenza. Porque, por un momento, se me había olvidado.

—Dale recuerdos al Novelista —dijo con retintín.

—Jeremy —respondí—. Y dile a Jacinda que me encantó su última película.

Gabe me dedicó una inclinación de cabeza educada.

—Gracias por venir —me dijo.

—Un placer siempre —respondí yo, y me encaminé a la salida.

Cuando pasé a su lado, pude oler su colonia. Cedro caro. Casi me tropiezo, pero no.

Cuando salí del teatro, estaba oscuro y hacía frío, pero la gente esperaba en la entrada de artistas por si podía ver a James Bond. Yo me fui a casa a pie sintiéndome igual que cuando me enteré de que se había casado con Jacinda. Como un globo reventado bajo la suela de un zapato. Como si me hubieran tomado el pelo.

Es una sensación que recuerdo ahora mismo a la perfección.

Ollie sigue en algún lugar del restaurante haciendo como si estuviera al teléfono. Gabe mira su vaso de agua húmedo y lo rota entre las manos como si estuviera intentando en vano encender un fuego.

—No sabía que estaría allí aquella noche —dice—. Pensaba que estaba en Londres y, cuando bajé del escenario, me la encontré en el camerino.

Alza la vista y me mira.

—¿Y se supone que esa explicación arregla algo? —le pregunto.

—No lo sé. Solo sé lo que pareció y que las cosas no tenían que ser así.

—¿Y cómo tenían que ser?

—¡No lo sé! —Está enfadado. Frustrado. El sentimiento es mutuo—. No lo sé. Pensé que… Como no habías escrito sobre él…

—Sobre el Novelista.

Gabe me mira perplejo.

—Jeremy —me corrijo.

Guarda silencio, como si estuviera contando hasta diez en su cabeza.

—No habías escrito sobre él en un tiempo y Jacinda y yo nunca estuvimos... Bueno. —Gesticula—. No era real.

—¿Y Jacinda lo sabía? Porque la verdad es que también pareció sorprendida de verme.

—Puede que nos casáramos por un impulso mío, pero nuestro acuerdo inicial fue idea suya.

—No le importó que tú y yo... —Se me apaga la voz; no estoy muy segura de adónde quiero ir a parar.

Gabe mira la mesa.

—No lo sabía. Lo de ese fin de semana.

Me cruzo de brazos, sintiéndome resarcida y, a la vez, como una mierda.

—Se lo conté —dice—, pero más tarde.

—Muy amable —repongo.

—Estúpido. —Se señala a sí mismo—. Joven.

Asiento, no discrepo.

—Sí que conoce tu trabajo —apunta—. Y le gusta.

—Pues ya es una.

—Chani.

Pienso en la entrevista que tenía que hacerle. En cómo me eché atrás por miedo.

—Me alegré tanto de verte... —dice Gabe—. Ni te lo imaginas.

—Seguías casado.

—¡Ya lo sé! —Se pasa la mano por el pelo—. Pero que no se te olvide que tú también.

Abro la boca. La cierro. Tiene razón, y de pronto todo parece absurdo. Los dos estamos enfadados con el otro justo por el mismo motivo. Los dos enfadados por algo por lo que ninguno tiene derecho a enfadarse.

Eso hace que se deshinche la rabia que siento.

—Yo también me alegré de verte —le digo.

Gabe suelta el vaso de agua y me tiende una mano. Se la cojo sin pensarlo dos veces.

—¿Por qué me invitaste? —pregunto.

—No pude no invitarte. No es una razón lo bastante buena, pero es una buena razón.

—Yo no pude no ir.

—Yo… —empieza a decir.

—Bueno, parece que no os habéis matado el uno al otro —lo corta Ollie.

Se sienta, ajeno al momento que acaba de interrumpir. Mi mano ya ha vuelto a mi regazo. La de Gabe está plana encima de la mesa.

—No —dice Gabe.

—No ha habido homicidio —añado yo.

No nos miramos.

—Qué bien —dice Ollie—. Me alegra saber que puedo confiar en vosotros hasta cuando hay cuchillos de carne cerca. Vamos a comer.

TIME OUT NEW YORK

Bond en Broadway

[EXTRACTO]

Nina Wood

Este fin de semana, Gabe Parker vuelve a sus raíces.

«Me siento un poco como si hubiera vuelto a la universidad», me cuenta. «Y estoy igual de nervioso que entonces».

Se ha tomado un momento entre los preestrenos de matiné y de noche de este sábado para hablar conmigo sobre su debut en Broadway en el papel de Karl Lindner en *Un lunar en el sol*.

El papel no es el que esperaríamos que adoptara una estrella de renombre como Parker, pero dice que siempre le ha gustado mucho la obra y que aprovechó la oportunidad de poder participar de la forma que fuera.

«No soy un ingenuo», asegura. «Sé que habrá mucha gente que venga a ver si me equivoco o si me pierdo en el escenario, pero, mira, si eso hace que la gente compre entradas y venga al teatro, pueden desearme el fracaso todo lo que quieran».

Lo dice con una sonrisa, porque debe de saber tan bien como yo que cuando mejor hace su trabajo es cuando no se espera demasiado de él. «Cuanto más bajas estén las expectativas, mejor», bromea.

Le pregunto por su familia, por si están emocionados por su debut en Broadway.

«Mi madre será mi acompañante la noche del estreno. Está muy emocionada», contesta.

¿Y su esposa, la antigua modelo y chica Bond Jacinda Lockwood? Se rumorea que sigue en Londres y no podrá ver el debut de su marido. «Jacinda siempre me anima, si no es en persona, desde la distancia», afirma Parker.

18

ré a ver las obras mañana —le dice Gabe a Ollie mientras cruzamos el aparcamiento.

—Podríamos ir ahora —contesta Ollie—. No es muy tarde.

Gabe me mira. De este viaje emana una potente energía de sujetavelas, pero no sé muy bien si la sujetavelas soy yo u Ollie.

—Yo estoy bastante cansada —digo.

Gabe mira a Ollie. Hay un intercambio silencioso entre ellos y Ollie se encoge de hombros.

—Sí —dice Gabe—. Ha sido un día largo.

Es probable que a cualquier observador el resto de la cena le hubiera parecido algo tranquilo. Sin embargo, yo sentía todo el cuerpo en alerta máxima. No sabía qué iba a decir Gabe antes de que volviese Ollie, pero las cosas entre nosotros han cambiado. Todavía siento el tacto áspero de sus duros dedos contra los míos. El calor se ha quedado y hay una cuerda tensa que va del uno al otro, tan tirante que estoy segura de que se tiene que romper.

No sé qué pasará entonces, pero tengo ganas y, al mismo tiempo, me aterra descubrirlo. Es el motivo por el que me he pedido otro whisky con hielo. El motivo por el que estoy algo más mareada de lo que me gustaría.

Ollie me da un abrazo. Si está decepcionado porque ha perdido la batalla en la que nos jugábamos la atención de Gabe, no lo demuestra. En todo caso, parece más bien contento.

—Trátalo con cuidado —me susurra—. Es frágil.

—¿Él es frágil? —le pregunto—. ¿Y yo qué?

Se echa atrás y me observa.

—Bueno —dice.

Cuando abraza a Gabe para despedirse, me mira por encima de su hombro y levanta un pulgar.

Me preocupa que vaya a decepcionarlo.

Gabe tiene una camioneta y hasta yo, que no sé nada de coches, intuyo que es de las caras, aunque le haga falta una agüita. Nos quedamos ahí sentados en el aparcamiento con la calefacción al máximo y yo pego las manos a las salidas de aire.

Hemos estado en la calle menos de diez minutos, pero ha sido suficiente. Ni los inviernos de Nueva York eran tan fríos, casi como si hubiera una ausencia de todo excepto de frío en el aire. Es fortalecedor.

—Puedes elegir —dice Gabe—. O te reservo una habitación de hotel. Una buena, para ser Cooper. O te quedas en mi casa. Tengo un cuarto de invitados. Con mucho espacio.

—No sé si es buena idea —digo casi en piloto automático.

Gabe asiente.

—Puede, pero ya estás aquí. ¿Qué más da otra mala decisión?

Describir la casa de Gabe como un piso es poco apropiado. Es un chalet encima de una librería.

La oigo antes de verla. Ese sonido maravilloso, reconfortante y perfecto de uñas sobre el parquet. Dejo la bolsa en el recibidor y me arrodillo cuando vuelve la esquina.

—Hola, perrita —digo.

Tiene el hocico muy blanco y ahora es alta —muy alta— y la grasa de cachorrita ha desaparecido, sustituida por una delgadez que desvela su edad. Le veo las caderas a través de la piel, pero mueve la cola y, cuando nos ve, se precipita hacia la puerta y vuelve a tener diez semanas.

Al principio, creo que va a abalanzarse sobre Gabe —su dueño—, pero se lanza sobre mí y me hace perder el equilibrio. Me caigo al suelo de culo con fuerza, pero me da igual.

La perrita de Gabe está viva y me está lamiendo la cara.

Me pongo a llorar.

—Se acuerda de ti —dice Gabe sin reparar en mis lágrimas.

—Qué buena perrita.

Entierro la cara en su costado.

Sé que es absurdo y que sin duda todavía estoy algo entonada por el whisky, pero inhalo y me convenzo a mí misma de que sigue habiendo un rastro pequeñísimo de olor a cachorrito.

—Oye, eh. —Gabe se arrodilla a nuestro lado—. ¿Estás bien?

Me limpio la nariz con la manga, que se queda mojada y hecha un desastre y da mucho asco, pero no me importa.

—Estoy bien. Es que me alegro de verla.

—Ella también se alegra de verte a ti —contesta Gabe con el tono bajo y algo inquisitivo de alguien que no entiende por qué otra persona llora, pero no quiere volver a provocarle el llanto.

—¿Cómo se llama? —pregunto.

Me estoy dando cuenta de que todo este fin de semana consiste en encontrar respuestas a preguntas que han quedado en el aire, pero no pensaba que esta fuera a ser una de ellas.

—Peluche —dice Gabe.

Lo miro.

—No soy un adulto creativo —dice.

Vuelvo a secarme la nariz y rasco a Peluche detrás de las orejas. Ella se apoya en mí y luego se tumba de espaldas, enseñándome la barriga. Nos quedamos ahí en el recibidor del piso de Gabe un buen rato, yo rascándole la barriga, ella golpeando el parquet con la cola.

—Te llevo la bolsa a la habitación —dice Gabe.

Se levanta y nos deja solas.

Sé que el piso está encima de La Acogedora —la librería que Gabe le regaló a su madre y a su hermana—, pero hemos entrado por detrás, así que no he podido ver el edificio.

Me pongo de pie —para disgusto de Peluche— y me quito sus pelos de los pantalones.

Hay una mesita en el mismo recibidor llena de fotografías enmarcadas. La mayoría son de la sobrina de Gabe, Lena.

Sonrío al ver la que debe de ser la más reciente: una chica de trece años mira mal a la cámara como suelen hacer las chicas de trece años. Siento esa mueca en la profundidad del alma.

Hay una foto de familia al final de la mesa: Gabe, su madre, su hermana, Lena y un hombre con la cara redonda y los ojos de Lena.

Se me borra la sonrisa.

Leí lo que le pasó al cuñado de Gabe. Murió en un accidente de coche hace unos años.

Hablamos de él, poco, durante la primera entrevista. Gabe me dijo que se iban de viaje juntos a Italia; que su cuñado, Spencer, nunca había salido del país. Se publicaron artículos tras su muerte. La mayoría fueron una excusa para mostrar fotos granulosas de Gabe y Jacinda y comunicar con emoción que su relación seguía tan sólida como siempre.

Hay una foto —la más vieja de la mesa— de Gabe y su hermana cuando eran pequeños. Puede que tuvieran dos y tres años. Están sentados cada uno en un regazo. Lauren en el de su madre. Gabe en el de su padre.

Nunca había visto fotos del padre de Gabe, pero está claro que ha heredado muchas cosas de él. Sin embargo, lo que más me gusta es el bigote enorme y frondoso vuelto hacia arriba encima de su sonrisa.

Entro en la sala de estar. Peluche me sigue con esas patas grandes y peludas.

El piso de Gabe es enorme. Dos dormitorios, por lo menos, una cocina amplia y muy bonita y una sala de estar con la tele más grande que he visto en mi vida. A pesar del tamaño, sigue siendo acogedor. La chimenea de metal de aspecto vintage en un rincón, pintada de un rojo óxido, hace que la casa parezca una cabaña sesentera.

En la mesita de café hay un puzle a medio hacer.

—¿Haces puzles? —le pregunto a Gabe cuando sale de lo que supongo que será la habitación de invitados.

—Sí. Ha pasado a formar parte de mi rehabilitación.

Miro a ver qué puzle ha escogido.

—Mamíferos de Yellowstone.

Lo tiene más o menos al cuarenta por ciento.

—Empiezas por los bordes —observo.

—Ajá —dice cruzándose de brazos.

Se apoya en la pared de la cocina, está guapísimo y parece que se siente cómodo. Peluche se sienta en su cama al lado del sofá. La situación no deja de entrar y salir de la normalidad. ¿De verdad estoy en Montana en casa de Gabe Parker?

¿Qué está pasando?

Con tal de ignorar la disonancia cognitiva que no deja de amenazar con cortarle las amarras a la realidad, me inclino sobre el tablero del puzle para buscar piezas.

—Pensaba que ya había quedado claro que leo lo que publicas.

Me yergo. Se me había olvidado. O no había hecho la conexión.

—¿Empezaste a hacer puzles por mí?

—En cierta manera —dice empujando para separarse de la pared—. Probé unas cuantas cosas, pero esta fue la que se me quedó.

La mirada que me lanza es tan intensa que tengo que girar la cara. Me hace sentir vulnerable. Expuesta.

—¿Tienes frío? —pregunta.

Me doy cuenta de que me he envuelto a mí misma con los brazos.

—Siempre tengo frío.

Sonríe un poco y pasa rozándome de camino a la chimenea. No está mucho rato ahí, pero me gusta verlo trabajar. Es primitivo, observar a un tiarrón hacer fuego para calentarme.

El fuego ayuda a crear atmósfera, chisporrotea alegre y tiñe la sala de un dorado rojizo. Peluche levanta la cabeza y apoya el hocico en el borde de la cama cuando el calor empieza a extenderse por la casa.

—Gabe —le digo—. ¿Qué hago aquí?

Él, que está en cuclillas, se levanta y viene hacia mí.

—¿No lo sabes? —pregunta.

Me cuesta respirar y algo que creo recordar que era esperanza sale a la superficie dentro de mí como un bote salvavidas que hacía tiempo que iba a la deriva.

Niego con la cabeza.

Él sonríe un poco.

—Chani.

—Nunca me llamaste —digo—. Podrías haberme llamado. Después. Cuando pasó el tiempo.

Mi voz tiembla menos que yo. Espero que me diga que lo hizo, que saque el tema de la llamada.

Pero no.

—Tú todavía estabas casada —dice Gabe—. A diferencia de lo que dicen los rumores, no soy de esos.

Le lanzo una mirada.

Él levanta las manos.

—Fui fiel todo el tiempo que estuve casado. Esa era una de nuestras normas. Lo que queríamos era alejarnos de los cotilleos, no hacer nada que pudiera provocarlos. La bebida ya era suficiente, no iba a buscarme más problemas con mujeres casadas.

—¿Invitarme a la obra no cuenta? —pregunto.

Hace una mueca.

—*Touché*.

Nos miramos.

—¿Y luego? —pregunto—. Cuando yo ya...

Hice el gesto aquel de tirar piedras al agua entre nosotros.

—Intenté aprender de mis errores —dice—. No te llamé. Esperé. Quería darte tiempo.

No estaba segura de entenderlo.

—Me divorcié hace más de un año.

Su expresión es incómoda, pero sigue siendo inescrutable.

—¿Qué? —quiero saber.

—¿Que te divorciaste hace más de un año?

—Y me separé hace más —aclaro—. Hace casi dos años que lo dejamos.

Apoya la cabeza en las manos. Durante un rato, no sé lo que está pasando y entonces lo oigo reír. No es una carcajada divertida, sino más bien de las de «¿Qué coño?».

—¿Qué? —vuelvo a preguntar—. ¿De qué te ríes?

Levanta la cara. Qué verdes tiene los ojos. Reflejan una especie de diversión desesperanzada.

—Me enteré de lo del divorcio cuando lo escribiste —dice—. Hace un mes.

—Oh.

Pues claro.

¿Se puede saber cómo iba a saberlo si no? Si mi *newsletter* es su forma de estar al día de mi vida, lo normal es que piense que acabo de divorciarme.

—Iba a esperar seis meses —dice, casi hablando consigo mismo—. Seis meses parecía razonable.

No estoy segura de estar oyendo lo que oigo.

—Iba a esperar seis meses y entonces mandarte un mensaje. O llamarte. No había decidido todavía cuál de las dos era mejor. Pensaba que sería el momento oportuno. Habría salido la peli y mi carrera habría resucitado o estaría para siempre en la basura. Haría más de dos años que no bebo. Habría tomado algunas decisiones.

—¿Y qué pasó? —susurro como si fuera un secreto que se supone que no debo oír.

—Mis representantes. Tu agente —explica. Suelta una carcajada. Corta. Dolorosa—. No sé de quién fue la idea, pero, cuando me la propusieron, no pude decir que no.

—¿No?

—No. Quería verte. Como aquella noche en Nueva York. Eso fue lo que pasó. Por eso te invité. Aunque en el momento era consciente de que era una mala idea, no pude evitarlo. Me moría por verte. Quería saber cómo estabas.

Suelta una exhalación.

—Y ahora…

—Estoy bien —le digo.

Es la tontería más grande que puedo decir, pero Gabe sonríe.

—Sí, ya lo veo.

TODO cambia.

—¿Hace dos años que no bebes? —le pregunto.

Asiente.

—Estoy divorciada —le digo—. Felizmente divorciada.

—¿Sí? ¿Eres feliz?

Levanto un hombro.

—Podría ser más feliz, supongo. Pero como todos, ¿no?

Tiende una mano y me pasa los dedos por el pelo, me acaricia la sien con el pulgar. Me estremezco. No es por el frío.

—Yo podría hacerte feliz.

Trago con dificultad.

—¿Sí? —pregunto.

—Sí.

—Demuéstramelo.

THE RUMOR MILL

JACINDA LOCKWOOD
Y GABE PARKER: SE ACABOND

L o único sorprendente que hay en el anuncio de su divorcio del antiguo James Bond, Gabe Parker, es que haya tardado tanto.

Hay rumores de que no estaban bien desde que a él lo despidieron de la tercera película de la saga Bond y, cuando él entró a rehabilitación (por segunda vez), la cuenta atrás para el anuncio del divorcio empezó de verdad.

La última vez que los vimos juntos fue en el funeral del cuñado de Parker, que murió en un trágico accidente de tráfico. Circularon fotos granulosas de ambos en Montana y eso les dio a los fans de Gabcinda un ápice de esperanza de que el matrimonio sobreviviría a la constante caída en desgracia de él.

Sin embargo, está claro que aquella chispa que hizo que se escaparan a Las Vegas hace años por fin se ha apagado.

Domingo

BROAD SHEETS

GABE PARKER:
Mezclado, no agitado - Tercera parte

—

CHANI HOROWITZ

¿Os acordáis de lo que he dicho de no tener aguante? Bueno, pues me despierto el domingo por la mañana con un dolor de cabeza palpitante que me recuerda que, aunque son bonitos y están de muerte, los cócteles con degradados de color rosa no son mis amigos.

Sin embargo, el motivo por el que me he despertado es casi suficiente para curarme la resaca.

Porque es un mensaje de Gabe en el que me pregunta cómo estoy. Sí, el futuro Bond, James Bond, me ha mandado un mensaje la mañana después de un estreno y una posfiesta en los que básicamente me colé como un hurón. Me ha escrito para ver cómo estoy y para darme su cura para la resaca.

«Tómate un buen desayuno. Nada de cafeína. Mucha agua».

Qué majo.

No sé cómo, consigo salir de la cama y sentarme delante del ordenador. Mi intención es, cómo no, escribir este artículo.

Antes de que pueda ponerme a ello, llega otro mensaje de Gabe.

«Si estás libre, esta noche doy una fiesta».

¿Si estoy libre?

No he estado más libre en mi vida.

Me paso el resto del día hidratándome y diciéndole a mi reflejo en el espejo que no se nos permiten más bebidas. De ningún tipo.

Lectores, estoy segura de que no os sorprenderá saber que esos discursos motivacionales no sirvieron de nada ante una fiesta con barra libre en casa de un famoso.

Os describo la escena.

Está la susodicha barra. Hay un jardín trasero precioso con piscina y jacuzzi. Está todo lleno de gente igualmente preciosa. Sí, es diciembre, pero también estamos en California y la piscina es climatizada. Veo que el vapor sale flotando de ella desde donde me encuentro en la sala de estar, esperando a que empiece la siguiente ronda del tabú por relevos.

Sí, el tabú por relevos.

No se me dan bien los juegos.

No se me dan bien los juegos de correr. No se me dan bien los juegos de adivinar palabras. No se me dan bien los juegos en general.

No os sorprenderá saber que a Gabe se le da muy muy bien el tabú por relevos.

Sin embargo, puede que os sorprenda que las fiestas en su casa consistan en eso. No son las interminables orgías empapadas de alcohol que cuentan las leyendas de Hollywood. No, en lugar de eso, nos estamos turnando para ir corriendo de una habitación a otra intentando que nuestros compañeros de equipo adivinen un concepto a partir de algunas palabras bien elegidas.

Me han asegurado que sería más fácil con una copa en el cuerpo.

Puede que para algunos sí, pero yo lo he intentado y creedme cuando os digo que de eso nada. Me gustaría contaros historias de cómo actores como Oliver Matthias y diseñadores como Margot Rivera lo han petado en el juego, pero, por desgracia, después de solo una copa y de apenas haber dormido, me quedo roque.

En la cama de la perrita de Gabe.

No me acuerdo de mucho más de lo que pasó esa noche, pero sé que, en algún momento, el mismísimo Gabe me cogió en brazos de la cama de su perra y me llevó a la habitación de invitados, donde me arropó y me dejó durmiendo la mona de la segunda noche de borrachera que pasamos juntos.

La noche no terminó ahí.

Al principio, cuando me desperté —con un fuerte dolor de cabeza y la boca seca—, no tenía ni idea de dónde estaba. Era una habitación oscura y desconocida. El sonido bajo y amortiguado de una conversación venía del otro lado de la puerta. Casi sonaba familiar. No sé cómo, conseguí ponerme en pie y encontré la salida. Hasta que no llegué a la sala de estar, no me acordé de lo que había pasado.

Me ayudó encontrar a Gabe sentado en el sofá viendo la tele. Él me informó de los detalles que me resultaban menos familiares, como que había revelado un talento natural por el tabú por relevos y que era muy mala perdedora. Al parecer, había terminado en la cama de la perrita porque no me gustaba que el otro equipo no dejara de ganar. Estaba convencida de que hacían trampas.

Gabe me ayudó a mitigar la vergüenza ofreciéndome palomitas. Tiene su propia máquina en la encimera de la cocina. Así puede darle algunas a la perrita antes de ponerse él sus propios condimentos.

¿Cuáles elige? Azúcar y canela.

¿Y la serie con la que las ha maridado? *Star Trek: La nueva generación.*

Sí, queridos, Gabe Parker es *trekkie.*

Yo también lo soy, pero no finjamos que eso le sorprende a alguien.

¿Cuál es su personaje favorito? Worf. ¿Y el mío? Data. Estoy segura de que un psicólogo podría ponerse las botas con esas revelaciones, pero lo que hicimos Gabe y yo fue ver varios capítulos de nuestra serie favorita antes de irnos a dormir.

Él en su habitación. Yo en la de invitados.

Hace diez años

19

Tenía la cabeza y la boca como si me hubieran arrastrado por el pelo durante una tormenta de arena y, teniendo en cuenta que no recordaba cómo había llegado a casa la noche anterior, era algo que no podía descartarse del todo.

Por lo menos, había conseguido quitarme los zapatos y el vestido antes de caer rendida en la cama, aunque, al parecer, no me había quitado nada más. Solamente por el tacto, descubrí que todavía llevaba el sujetador y que este todavía tenía un imperdible enganchado. El hecho de que estuviera cerrado parecía deberse más a la suerte pura y dura que a ningún tipo de precaución mía.

Oía un repiqueteo, un zumbido, pero no era constante. Zumbaba una vez, paraba, zumbaba dos veces y luego otra más.

Tardé diez minutos largos en darme cuenta de que era el móvil vibrando encima de la mesita de noche.

Alguien me estaba mandando mensajes.

Me pareció una afrenta personal, sobre todo teniendo en cuenta que no conseguía abrir los párpados lo suficiente para leer lo que aparecía en pantalla. Cada vez que lo intentaba, la luz cegadora de la ventana de mi habitación me hacía recular como un vampiro. Puede que, en el primer intento, hasta bufase.

Al final, conseguí quitarme suficientes legañas de las comisuras de los ojos para poder parpadear y mirar la pantalla con los párpados entrecerrados. Tardé diez segundos en enfocar.

Luego tardé diez segundos más en creerme lo que estaba viendo. Mensajes. Varios mensajes.

De Gabe.

«Pídete unos chilaquiles», me había escrito. «Mano de santo para curar la resaca».

«No, espera. Una hamburguesa. Una hamburguesa grande y grasienta con patatas fritas». Ese había sido el segundo mensaje.

En total, Gabe me mandó siete mensajes con siete sugerencias distintas de cosas que debería comer. Me llegó al corazón, pero mi estómago se rebeló y se pasó los siguientes quince minutos recordándome que, además de los cócteles rosas de la posfiesta, también me había tomado varios chupitos de gelatina en la discoteca. En mi baño parecía que habían asesinado a alguien y deseé no tener que comer nunca más nada que supiera a piña o a cereza.

Cuando conseguí levantarme del suelo y volver a la cama, vi que Gabe me había mandado varios mensajes más.

«Ollie dice que nada de cafeína», me había dicho. «Pero yo he encontrado por fin la receta de chai de Preeti, así que ahí va».

Mandó la foto de una receta escrita a mano en un papel en el que estaba Spider-Man en la parte de arriba.

«Y mucha agua», me había escrito también. «Una bañera entera».

Eso sí que podía hacerlo.

Empecé en la ducha tragando tanta agua como pude mientras me quitaba el sudor seco y los restos pegajosos de bebida. A medida que fui resucitando, el resto de la noche me vino a la cabeza.

Después de que Gabe se fuera, Ollie y yo bailamos un par de horas más y entonces él pidió un taxi para que me llevara a casa. Por pura fuerza de voluntad, conseguí no dormirme ni vomitar en el asiento de atrás del coche y operar las llaves de la puerta de mi casa, así como superar la escalera que llevaba a mi habitación antes de pelearme con el vestido para quitármelo y quedarme dormida.

Cuando salí de la ducha —con el baño lleno de vapor—, sintiendo que me había frotado hasta lograr un resultado que se asemejaba algo a la normalidad, vi que me habían llegado TODAVÍA MÁS mensajes de Gabe.

Enrollada en la toalla, me senté en el borde de la cama y leí los mensajes, con una carencia sorprendente de abreviaciones o vocabulario propio del medio. Al parecer, a Gabe Parker le gustaban los mensajes con frases completas.

«Doy una fiesta en mi casa esta noche», me había escrito. «Habrá juegos y diversión abondo».

«Abondo».

Gabe Parker había usado «abondo» en un mensaje de móvil.

Me acordé entonces de aquel momento en la pista de baile. De cómo me había sentido. De cómo había sido sentirlo a él.

Tenía la piel sensible y enrojecida de la ducha, pero el calor que noté fue algo completamente distinto.

Gabe había bailado «abondo» cerca de mí la noche anterior. Gabe se sentía, como mínimo, atraído por mí en lo físico. Gabe me estaba invitando a una fiesta en su casa.

De pronto, la posibilidad de que llegase a pasar algo entre nosotros, que en cierto momento había sido absurda, ya no me parecía tan absurda.

El teléfono vibró.

«Puedes traer la grabadora si quieres».

El mensaje llegó seguido del emoji del guiño.

Ese emoji fue un jarro de agua fría para mi esperanza, que ya titilaba.

Porque se me había olvidado por completo el artículo, el único motivo por el que Gabe me hablaba. Estaba claro que quería que fuera a su casa para poder encandilarme con un elemento más de su glamurosa vida y que yo lo incluyese en el artículo de *Broad Sheets*.

Ya me habían avisado de que tendría un acceso sin precedentes al entrevistado.

Si Gabe hubiera querido que pasara algo, se habría lanzado la noche anterior. No habría desaparecido entre la neblina del humo y los chupitos de gelatina justo cuando la cosa se ponía interesante.

¿No?

Miré el teléfono y sopesé las posibilidades.

Después de lo de la noche anterior, tenía material más que suficiente que incluir en el artículo. No podía hablar de Ollie —de cómo la homofobia había impedido que le dieran el papel de Bond—, pero podía hablar de su amistad con Gabe, de que no había resentimiento. Podía hacerlo creíble, eso ayudaría a Gabe. Mejoraría su imagen.

Me parecía que sería poco profesional ir a la fiesta aquella noche.

Pero ya había sido poco profesional autoinvitarme a un estreno y luego ir a una discoteca gay de la que, por los pelos, no salí con un coma etílico.

«¿A qué hora?», le pregunté a Gabe.

En lugar de ponerme a trabajar en el artículo, que tenía que entregar esa misma semana, me pasé las horas siguientes intentando quitarme la resaca y preparándome para la fiesta de Gabe.

No le pedí ayuda a Jo.

No sabía qué ponerme para un encuentro en casa de una estrella de Hollywood. No sabía cuál sería el rollo. Estaba bastante segura de que sería intenso: mucha gente guapa, unos cuantos actores famosos y, seguramente, muchas drogas.

Al final, me decidí por unos vaqueros que una vez Jeremy dijo que me hacían culazo y un top tal vez un pelín más apretado de lo que me habría puesto cualquier otro día. Me miré en el espejo mientras practicaba cómo rechazar con amabilidad la cocaína que daba por hecho que me ofrecerían:

—No, gracias —le dije a mi reflejo echándome el pelo hacia atrás—, ya voy puestísima.

¿Era esa la terminología correcta?

—No hace falta —lo volví a intentar—, la vida ya me coloca suficiente.

Negué con la cabeza.

—Qué ridícula —me dije—, nadie va a desperdiciar cocaína ofreciéndotela a ti.

Esperaba que fuera cierto.

Cuando llegué a casa de Gabe, esperaba ver gente durmiendo la mona en el jardín delantero o haciéndole cosas obscenas a la puerta de la valla, pero no había nadie fuera. La casa estaba muy iluminada y vi que había gente dentro, pero, de momento, era igual que el resto de las fiestas a las que había ido.

El corazón me golpeaba las costillas cuando me acerqué a la casa. Oía risas y conversaciones. Me sentí rarísima, no sabía si llamar a la puerta o abrirla directamente. ¿El resto de las personas se preocupaban por esas cosas o es que yo estaba histérica? Al final, las combiné: llamé a la puerta con los nudillos mientras la empujaba.

Esperaba que nadie reparase en mi llegada o que, si se daban cuenta, solo hubiese un intercambio de miradas confundidas entre gente guapa que se preguntaba por qué habían permitido que esa persona normal estuviera en su presencia. Suponía que, por lo general, me ignorarían.

En lugar de eso, muchas cabezas se volvieron hacia mí y para gran sorpresa mía —y también gran alivio—, reconocí una.

—¡Has venido! —Ollie se me acercó con los brazos abiertos y me envolvió con ellos.

—Hola —contesté.

—Gabe me ha dicho que te ha invitado. —Ahora vamos del brazo—. Me alegro de que hayas venido.

—Gracias.

—Vamos a por algo de beber para ti. —Me hizo girar para ir a la cocina y me iba presentando a gente por el camino—. Chani, esta es Margot. Es una diseñadora de moda maravillosa de Nueva York. Y Jessica escribe para uno de mis blogs de moda favoritos. Chani también escribe, está preparando un perfil de nuestro querido anfitrión.

Lo dijo como si fuera alguien importante. La gente me miró con interés.

Yo estaba abrumada con todas las caras, algunas de las cuales eran muy bonitas y otras también, pero de una forma más normal. Me hicieron sentir menos fuera de lugar.

—¿Qué te apetece? —me preguntó Ollie haciendo un gesto hacia el minibar—. Gabe está bien provisto de cerveza, pero la selección de cócteles es bastante minimalista. Aquí Davis podría prepararte un martini si quisieras. —Señaló a un tipo alto y delgado que estaba apoyado en la nevera.

—O podríamos darte algo más fuerte —dijo Davis—. Está en la sala de estar.

Entré en pánico.

—No, gracias, no tomo cocaína —me di prisa por decir.

Davis y Ollie se miraron y luego me miraron a mí.

—Me refería al whisky —contestó Davis—. O al tequila.

Ollie se rio.

—No creo que Gabe tenga cocaína —me dijo con amabilidad.

No había sentido tanta vergüenza por ser tan estúpida en mi vida. Ingenua y desfasadísima a la vez.

Por suerte, Ollie no insistió en mi metedura de pata y me llevó por el resto de la casa. Seguía sin ver a Gabe.

—Gabe me dijo que habría juegos y diversión —dije vacilante.

Ollie soltó un quejido.

—Gabe y sus dichosos juegos.

Me pregunté demasiado tarde si aquello era una forma de referirse a juegos sexuales, si había aceptado sin saberlo una invitación a una orgía hollywoodiense.

No. Era absurdo. Si no había cocaína, tampoco habría amor libre. A pesar de que la casa, con su rollo porno setentero, casi lo pedía a gritos.

—¿Qué tipo de juegos? —pregunté.

—Ya te lo explicará él.

Y, entonces, como si estuviéramos en una película de verdad y no solo viviendo una fantasía con una estrella de Hollywood, pareció que la multitud se separaba y ahí estaba él.

Gabe.

Era el centro de atención en una punta de la sala de estar con la perrita todavía sin nombre sentada a sus pies. Iba descalzo y cada vez que la cachorrita le lamía los dedos, Gabe le daba algo del platito de papel que tenía en la mano.

—La estás malcriando —le dijo Ollie cuando nos acercamos.

Pero Gabe no le prestaba atención. Me estaba mirando a mí. Sin apartar la vista.

—Eres tú —dijo.

—Hola.

Ollie me dio unas palmaditas en el hombro.

—Os dejo para que habléis del tabú por relevos.

Y desapareció.

Aunque la sala de estar estaba llena de gente y había música y conversaciones y risas, todo eso pareció acallarse y quedar reducido a un susurro apacible. La expresión del rostro de Gabe no era muy diferente de la que tenía cuando me reuní con él en la alfombra roja.

Sin embargo, esta vez yo no llevaba un bonito vestido con brillibrilli, no iba toda maquillada y tenía el pelo ondulado y encrespado y despeinado como solía tenerlo normalmente.

Y aun así…

—Hola —me dijo.

—Hola —repetí yo.

La perrita soltó un ladrido corto. Los dos la miramos y ella levantó la cara con inocencia, como si no tuviera ni idea de por qué, de pronto, le estábamos prestando atención.

—Ollie tiene razón —le dijo Gabe—, te estoy malcriando.

Me tendió el plato, se arrodilló y la levantó en brazos. Todavía era pequeña, pero era fácil adivinar por las patas sobredimensionadas que sería grande. Le lamió la cara.

—Malcríala tú también si quieres —me dijo Gabe señalando con la cabeza el plato que tenía yo en la mano—. Solo es queso.

Le di unas cuantas migas y ella se las comió con ganas y me limpió los dedos con la lengua blandita.

—Le caes bien —me dijo Gabe.

—Creo que cualquiera que tuviera comida le caería bien.

—Igual que a su dueño. —Rozó a la perrita con la nariz y ella le olisqueó la cara—. Buena chica.

—Buena chica —repetí.

Gabe sonrió.

—Vamos a buscarte algo de beber.

THE RUMOR MILL

GABE PARKER:
SIN FIGURA PATERNA

[EXTRACTO]

A estas alturas, todos hemos visto ya la foto de Gabe Parker —que captó la atención del mundo entero en el sexy drama rústico *Cold Creek Mountain*— en el estreno de la película con su madre.

Ni con una estrella en ciernes, ni con su espléndida compañera de reparto, ni con nadie de la industria del cine.

Eso bastó para dejar embelesado a un ejército de fans femeninas.

Lo que vino a continuación fueron numerosas entrevistas sobre lo bien que se lleva no solo con su madre, sino también con su hermana. Hasta afirma que es su mejor amiga.

Uno no puede evitar preguntarse cómo consiguió Parker conservar su innegable masculinidad rodeado de tanta feminidad.

Y todavía más cuando se niega a hablar de —o siquiera mencionar a— su padre.

Las especulaciones se han disparado de forma descontrolada y el silencio de Parker no ayuda en nada a sofocar los rumores. De hecho, solo sirve para fomentarlos.

Si no hay nada que esconder, ¿por qué no quiere Gabe hablar de su padre? ¿Quién es el padre de la familia Parker?

Sin embargo, en Hollywood nada puede permanecer escondido mucho tiempo, tampoco los detalles de la vida de los Parker.

The Rumor Mill ha descubierto la verdad tras el silencio de Gabe y es una verdad trágica.

Thomas Parker trabajaba en la construcción en Cooper, Montana, donde nació y se crio. Se casó con Elizabeth Williams cuando ambos tenían veintisiete años. Tuvieron a su primera hija —Lauren, la hermana de Gabe— a los veintinueve y a Gabe al año siguiente. Diez años más tarde, Thomas los dejó. Murió por un tumor cerebral.

20

Estaba agotada, la noche anterior estaba pasándome factura, era más tarde de lo que yo solía acostarme y me aburría. Casi todo el mundo a mi alrededor iba borracho y, aunque Oliver había insistido en que no había cocaína en aquella fiesta, yo estaba bastante convencida de que unas cuantas personas que había en un rincón se habían traído la suya de casa.

Mantuve una distancia prudencial porque seguía sin saber cuál era la forma guay de rechazarla.

Todo aquello era absurdo y Gabe estaba raro. O puede que fuera cosa mía.

Me había servido ese algo de beber: un buen chorro de whisky en un vaso rojo de plástico lleno de Coca-Cola Light. Yo le había dado un sorbo o dos, me había acordado de cómo me había sentido por la mañana y había dejado el vaso por ahí, en una mesa.

No obstante, en cuanto tuve el vaso en la mano, Gabe desapareció. La perrita y él se perdieron entre la multitud y me dejaron sola cerca del minibar en una casa llena de gente a la que no conocía.

Era su fiesta, así que intenté no sentirme demasiado decepcionada. Tenía amigos con los que hablar e invitados a los que recibir. Pensé que yo había puesto demasiadas expectativas en aquella invitación, lo más probable era que hubiera invitado a todas las personas de Los Ángeles a las que conocía.

Pensé en mi bolso —que se había quedado bajo una montaña enorme de bolsos y chaquetas sobre la cama de la habitación de invitados— y en la grabadora que había al fondo. Gabe me había dicho que la trajera, pero en ese momento no sabía si había sido una broma. No parecía querer que lo entrevistara más —de hecho, parecía estar evitándome— y yo no conocía a nadie más allí aparte de a Ollie, que estaba entreteniendo a los invitados en el jardín de atrás.

No quería interrumpir.

Me senté en un sofá delante de un cuenco lleno de gominolas intentando ignorar a las emociones gemelas: vergüenza e incomodidad. Nunca se me habían dado bien las fiestas. Esa era una de las cosas que Jeremy y yo teníamos en común. Los dos, por lo general, éramos muy caseros. Nos gustaba quedarnos en casa por la noche viendo películas o leyendo en el sofá con los pies entrelazados. De vez en cuando, íbamos a alguna fiesta, sobre todo a presentaciones de libros y quedadas más pequeñas en casa de amigos, pero nada parecido a aquello. Por un breve e inesperado instante, lo eché de menos.

Observé a Gabe en la otra punta de la habitación. Parecía de lo más cómodo con toda aquella gente a su alrededor, con el caos y el ruido. Me sentí un poco como una acosadora por cómo mis ojos lo encontraban entre la gente y por cómo empecé a vigilar dónde estaba y con quién. No dejaba de volver la vista hacia la puerta preguntándome si aparecería Jacinda Lockwood. Continué comiendo gominolas y sentí que el azúcar combatía mi agotamiento. Me volví en mi asiento y el sofá hizo un chirrido lo suficientemente alto para que dos personas se volvieran a mirarme.

—Ha sido el sofá —les dije señalándolo.

Los dos fruncieron el ceño y apartaron la vista. Parecía posible que tuviera pinta de estar loca de remate —ahí sentada, sola, embutiéndome puñados de gominolas en la boca—, pero no dejaba de repetirme que a nadie le importaba. Nadie se fijaba en mí.

Pensarlo era reconfortante y deprimente a la vez.

Me dije a mí misma que, cuando encontrara otra gominola con sabor a manzana ácida, me iría. Cuando la encontré, me puse en pie perdiendo un poco el equilibrio antes de llegar a erguirme del todo. Estaba alterada por el azúcar, pero seguía cansada. Mis párpados lucharon contra la gravedad.

Gabe se plantó en el centro de la habitación.

Yo volví a sentarme y el movimiento súbito me drenó toda la energía.

—Vale —dijo Gabe—, es hora de jugar.

Sentía la cabeza pesada y tambaleante, pero estaba decidida a mantenerla levantada. Aunque tuviera que ponerme la mano en la base del cuello y usar la palma para estabilizarlo como si fuera esa torre resbaladiza e inestable de tartas de cumpleaños de *La bella durmiente*.

—¿Cuánto tiempo duran las partidas? —le pregunté a la persona que había a mi lado, que me miró con ojos ebrios y soñolientos y me levantó el pulgar.

No era la respuesta que buscaba, pero le devolví el gesto de todos modos.

Solo era un recordatorio más de lo fuera de lugar que estaba. Aquella era la vida de Gabe —fiestas infinitas— y yo al cabo de dos días ya no podía más. ¿Cómo podía mantener ese ritmo?

Miré a mi alrededor y vi que parte de la apariencia exterior que había admirado al llegar allí —el mismo brillo en el que había reparado en el estreno de la noche anterior— había empezado a desvanecerse.

Escondidos entre los invitados más jóvenes y de cara más fresca, había unos cuantos que tenían pinta de llevar de fiesta desde que se había construido aquella casa. Transmitían una especie de sordidez desgastada y sus arrugas alrededor de los ojos indicaban que llevaban en aquella ciudad demasiado tiempo.

Me pareció una advertencia.

Para mí. Para todos los presentes.

En mi estómago se revolvieron las gominolas, que estaban ahí solas.

—Venga —animó Gabe a los invitados, la mayoría de los cuales parecían tener cierta idea de lo que estaba pasando.

Algunos de los más veteranos iniciaron su retirada, sacaron

paquetes de tabaco y migraron al jardín trasero. Fuera lo que fuese lo que iba a pasar, quedó claro que no era lo suyo.

Yo no tenía ni idea de lo que ocurría, pero, de todos modos, volví a ponerme de pie.

Gabe daba vueltas por la sala señalando a la gente y diciendo «uno» y «dos» como hacía el profe de educación física del instituto cuando tocaba jugar al balón prisionero.

Gabe llegó a mí. Se quedó apuntándome con el dedo. Me tocaba el uno.

—Dos —dijo en cambio y, luego, se señaló a sí mismo—. Dos.

Terminó de ir por toda la habitación y volvió a plantarse delante de mí.

—Venga. —Me cogió del brazo—. Estás en mi equipo.

El juego se llamaba el tabú por relevos. Nos dio instrucciones a todos de escribir una lista de diez cosas. No podíamos enseñársela a nadie.

—No sé qué poner en la lista —dije sin dirigirme a nadie en particular.

—Lo que quieras —respondió Ollie—, pero que no sea muy enrevesado.

Había aparecido a mi lado, pero yo no era capaz de recordar cuándo. Si estaba borracho, lo escondía muy bien.

Gabe también. Si no fuera por los párpados caídos y la ligera inclinación de su cuerpo en la que solo el observador más centrado podía reparar, tal vez hubiera dado por hecho que estaba sobrio.

—Ni siquiera sé qué sería demasiado enrevesado —le repliqué a Ollie.

Alguien repartió papel y lápices. Me impresionó lo bien organizado que estaba el juego, pero, para cuando me llegaron los materiales, ya se me había olvidado lo que tenía que hacer con ellos.

—¿Diez cosas? —le pregunté a Ollie.

Él me miró y me dirigió una sonrisa compasiva.

—Ay, querida —me dijo—. Estás más pocha que un pudin de higos.

—No sé qué es eso, pero la verdad es que estoy cansadísima, hasta el higo.

Me dio unas palmaditas en el dorso de la mano.

—Venga, escribiré tu lista y la mía.

—Gracias.

Le tendí mi trozo de papel, aunque seguía sin tener ni idea de lo que pasaba.

—¿Está preparado todo el mundo? —preguntó Gabe—. Ollie, ¿listo para hacer el ridículo?

Ollie le hizo un gesto obsceno.

—Ollie está listo. ¿Chani?

Levanté la cabeza para mirarlo, aunque no sabía muy bien cómo, con lo pesada que la sentía.

—Tengo sueño —dije.

—Está borracha —aclaró Ollie.

Negué con la cabeza.

—Borracha no, pero he comido demasiadas gominolas.

—Venga.

Gabe me levantó del asiento por el brazo. Tenía la mano cálida y sentí su palma áspera en la piel suave del pliegue del codo.

—El equipo dos, conmigo.

Yo lo seguí, aunque tampoco tenía mucha elección, porque él seguía sujetándome el brazo.

—Qué fiesta más divertida —le dije.

Me salió sarcástico.

—¿No te gusta mucho jugar? —preguntó Gabe.

Negué con la cabeza, pero perdí el control del movimiento cuando lo tenía a medias y no pude parar. Tuve que dejar que a mi cabeza se le agotara la energía y se me quedó ladeada hacia un lado mirando a Gabe. Qué alto era.

—Sí que estás borracha —me dijo.

—No se me dan bien los juegos.

—¿No?

—No.

Me salió igual que un niño responde cuando le ofrecen verduras: un quejido prolongado.

Gabe no dijo nada, pero vi cómo se replanteaba la opinión que tenía de mí. No me gustó.

—Lo intentaré —dije.

Sonrió.

—Bien. —Me dio una palmada en el hombro como si fuéramos jugadores de rugby y se volvió hacia el resto del equipo—. ¿Quién quiere ir primero?

En ese momento me di cuenta de que habíamos pasado de la sala de estar a su dormitorio. Nosotros y unas diez personas más.

Parecía que el resto sabía exactamente lo que estábamos haciendo. Una chica delgada con el pelo negro como el regaliz que llevaba un vestido de punto y un collar colorido levantó la mano.

—Yo iré la primera —dijo, y se puso a hacer zancadas largas y exageradas.

Me quedé mirándola horrorizada.

—¿Eso es parte del juego? —pregunté.

Gabe se rio.

—No. Adrienne solo está calentando.

No lo entendí hasta que la voz de Ollie vino de otra habitación:

—¿Están listos los dos equipos?

—¡Listos! —dijo todo el mundo a mi alrededor.

—Vale… ¡Ya!

Adrienne salió corriendo de la habitación. Al cabo de unos segundos, había vuelto.

—Vale. —Estaba sin aliento, pero consiguió cantar—. «Thank you for being a friend…».

—*Las chicas de oro* —gritó una chica a mi izquierda.

Llevaba unos zuecos rojos.

Adrienne la apuntó con el dedo, triunfal, y la Zuecos Rojos salió de la habitación a toda prisa.

Y luego volvió.

—Fred Astaire, pero hacia atrás y con tacones —dijo.

—Ginger Rogers —gritó alguien.

—¡Sí! —exclamó Zuecos Rojos, y la persona que había respondido correctamente corrió hacia la sala de estar.

Lo hicimos siete veces más hasta que oí vítores que venían de la otra habitación. La perrita también ladraba. Estaba claro que se había puesto de parte del equipo ganador.

—Mierda —dijo Adrienne.

—Es solo la primera ronda —le respondió Zuecos Rojos—. Ya le pillaremos el ritmo.

—Igual si Gabe empezara a jugar… —comentó Adrienne lanzándonos una mirada que era, a la vez, bromista y amenazadora.

Gabe se rio.

—Le estoy enseñando a jugar a la novata.

—Ya, claro —respondió Adrienne, y se echó el pelo atrás.

Le saqué la lengua y se rio.

—¿Por qué tienes la lengua morada? —me preguntó.

—Ya lo he dicho, he comido demasiadas gominolas.

—¿Lo vas pillando? —quiso saber Gabe.

Estaba muy cerca de mí. Sentí el calor de su aliento impregnado de whisky contra mi sien.

—Creo que sí. —La voz me salió rasposa.

—Bien.

Quise apoyarme en él y no fue hasta que la gravedad empezó a tirar de mí hacia abajo cuando me di cuenta de que había empezado a hacer justo eso. Claro que no comprobé exactamente lo cerca que estaba y, por un momento horrible, estuve convencida de que iba a caerme de culo.

Sin embargo, Gabe me cogió por las axilas y volví a ponerme de pie antes de poder completar mi imitación del puente de Londres.

—¿Todo bien? —preguntó Adrienne.

—De maravilla —respondí avergonzada y de mal humor.

—¿Vas a intentarlo en esta ronda? —quiso saber Gabe.

El reto de su voz despertó mi lado más competitivo, que estaba adormecido.

—Sí —contesté con la cabeza alta.

—Esa es mi chica.

Me puse roja. De un rojo intenso.

Aunque estaba segura de que Gabe ya lo había visto, giré la cara fingiendo con teatralidad que vigilaba la puerta.

Adrienne volvía a estirar. Estaba haciendo unas zancadas tan profundas que tocaba el suelo con la rodilla.

—¿Estás lista? —me preguntó, y, haciendo una V con los dedos, se apuntó a los ojos, luego a mí y luego a ella otra vez.

—Listísima.

No lo estaba.

El equipo perdió dos rondas más.

—Menuda mierda —dijo Zuecos Rojos, cuyo nombre, por lo que me había enterado, era Natasha—. ¿Quién ha elegido los equipos?

Todo el mundo señaló a Gabe. Él se encogió de hombros y le dio otro trago a lo que fuera que tuviera en el vaso de plástico rojo. Por el olor, era una delicada mezcla de whisky y whisky.

—Por lo menos yo lo intento —dijo.

Entonces todo el mundo me miró a mí.

—Gominolas —dije.

—Vale.

Gabe dejó el vaso y levantó los brazos por encima de la cabeza antes de bajarlos y extender los codos hacia los lados. La camiseta se le subió y le dejó el vientre plano y liso al descubierto. Me quedé mirándolo. Ni siquiera intenté disimular. Él se estiró más, ocupando espacio.

—Ahora voy yo —dijo.

Sin embargo, antes de irse, me puso las manos en los hombros y la cara muy cerca de la mía.

—Tú puedes —me animó.

No me gustaba nada aquella fiesta.

Salió corriendo de la habitación y lo oí soltar un aullido de celebración. Luego apareció en la puerta con una mano en el marco y la otra señalándome a mí.

—Es un mierda —dijo.

—¿Woody Allen?

—¡Sí!

Sentí una oleada de satisfacción. Lo había adivinado. Aunque se me había olvidado del todo lo que tenía que hacer a continuación.

Unos cinco pares de manos me empujaron por la espalda y fui trastabillándome hacia la puerta, casi incapaz de mantenerme en pie.

—¡Vamos, vamos, vamos! —coreaba mi equipo.

Ah, sí. Tenía que correr a la habitación de al lado para que me dieran la siguiente palabra.

Cuando pasé al lado de Gabe, me dio una palmada deportiva en el culo. Yo le di un puñetazo en el brazo.

—Ay —dijo.

—Quejica —le solté cuando ya me iba.

De algún modo, moverme ayudó a que se me despejase la cabeza. Corrí hacia Ollie, que estaba de pie en medio de la sala de estar con un trozo de papel en la mano. Parecía que era el árbitro. O algo así. Yo no tenía todavía del todo claro cómo funcionaba el juego. Me enseñó el siguiente nombre que mi equipo tenía que adivinar.

«Cary Grant».

Volví corriendo al dormitorio y, antes de haber entrado por la puerta, ya estaba gritando:

—¡C. K. Dexter Haaaven!

—¡Cary Grant! —dijo Gabe mientras me empujaba para pasar.

Cuando volvió, tenía los ojos fijos en mí.

—«Me criaron para ser encantador, no sincero».

—¡*Into the Woods!*

El resto de la ronda siguió así, intercambios trepidantes entre Gabe y yo hasta que volví corriendo hasta Ollie y él agitó el papel.

—Habéis ganado —dijo.

Solté un grito de alegría como no lo había soltado en mi vida. Fue tan fuerte que asustó a la perrita, que estaba durmiendo en su cama cerca de la tele.

—¡Hemos ganado! —le dije al equipo, que estalló en celebraciones como si acabásemos de ganar la Super Bowl o algún otro acontecimiento deportivo de esos importantes.

Gabe me abrazó y me levantó del suelo mientras me daba vueltas por la habitación.

—Qué fuerte —dijo Adrienne una vez que Gabe me hubo dejado en el suelo—. Sois el *dream team*, ¿no?

PUNTO_POR_PUNTO_COM. BLOGSPOT.COM

EL DÍA PERFECTO

El Novelista y yo jugábamos a un juego llamado «el día perfecto». Jugábamos a ese juego las pocas noches que nos podíamos permitir salir a cenar a un buen sitio.

El Novelista tenía un día perfecto muy concreto y detallado para el que se necesitaba más suerte que dinero. Le encantaba la playa, sobre todo las que tenían viejos paseos marítimos entablados. Su día perfecto sería en uno de esos paseos marítimos de la costa este. Sería verano, haría calor, pero no un calor insoportable. Nos pediríamos un perrito caliente y un granizado de limón y, entonces, por alguna coincidencia maravillosa, en cuanto quisiéramos ponernos a la sombra, veríamos una librería. Entraríamos y nos encontraríamos con que estaba a punto de dar una charla uno de los escritores favoritos del Novelista. Uno de los Jonathans de la literatura seria, como Jonathan Safran Foer o Jonathan Franzen. Sería un acontecimiento pequeño, íntimo, que casi no se habría publicitado. De hecho, seríamos los únicos allí. Y el Jonathan de la literatura seria miraría a su público de dos personas y nos diría: «Venga, vamos a cenar juntos». Y cenaríamos juntos. En una marisquería cara en la que comeríamos langostas con unos baberos de plástico puestos. El Novelista se haría una foto graciosa con el escritor. Hablarían de libros y el Jonathan de la literatura seria diría algo del estilo de «Esa idea que tienes me parece increíble, toma mi correo personal y mándamela cuando termines. Haremos que te la publiquen».

Mi día perfecto era diferente en casi todo, excepto en que también implicaba andar y encontrar una librería. Supongo que era apropiado, puesto que el Novelista y yo nos conocimos en una librería.

Yo no tenía un lugar concreto en el que debía darse el día perfecto. Solo sabía que sería en uno en el que hiciera frío. Quería llevar un jersey calentito y una chaqueta que abrigase. No hacía falta que el frío fuera polar, pero sí que me imaginaba que las mejillas se me pondrían rojas. Sería en un pueblecito. De esos en los que la gente te conoce, en los que pasas por delante de una tienda y la dueña asoma la cabeza por la puerta intentando convencerte para que entres a ver las últimas joyas que ha recibido o de que pruebes la última receta con la que ha estado experimentando. En algún momento, yo me compraría un chocolate caliente con muchas nubes de golosina encima y usaría el calor del vaso para calentarme las manos. Iría por una calle llena de lucecitas y guirnaldas colgando de una farola a otra. Todo el mundo con el que me cruzara me saludaría. Justo cuando empezara a hacer demasiado frío, pasaría por delante de la librería. Dentro olería a zumo de manzana caliente y, cómo no, habría un carrito de bebidas cerca de la puerta con vasos y un cartelito jovial en el que se leería: SÍRVETE. Cambiaría el chocolate caliente por el zumo de manzana y pasearía por la librería, que sería grande, pero estaría llena de libros y butacas de cuero y hasta habría un gato descansando en una estantería. Tendrían allí mismo todos los libros que quisiera comprar y encontraría un par más que ni siquiera sabía que quería. Sin embargo, lo que lo convertiría en el día perfecto sería que, cuando fuera a la caja, la dependienta me reconocería. «Eres tú», diría, y señalaría una estantería en la que aparecería destacado mi libro. «¿Te importaría firmar algunos ejemplares?», me preguntaría. «Nos encanta tu trabajo».

Y creo que ese sería el verdadero día perfecto.

Besos,

Chani

21

Me dolía la cabeza y tenía la boca pastosa. Sentía náuseas y sabía que, si intentaba volver a dormirme, lo único que conseguiría serían unas cuantas horas de sueño inquieto y raro y era probable que tuviera pesadillas. Me encontraría asqueada y cansada y sabía que me pasaría el resto del día tumbada en la cama.

Entonces me di cuenta de que no estaba en casa. Y no era de día.

Estaba oscuro, pero entraba algo de luz por las cortinas que llegaban hasta el suelo, lo suficiente para echarle un vistazo al lugar en el que me encontraba. Un dormitorio. Un dormitorio grande. La cama era de un tamaño gigantesco. Nunca me había tumbado en una cama de matrimonio de esas de metro ochenta, pero esta parecía todavía más grande. Me daba la sensación de que tal vez pudiera empezar a dar vueltas desde una punta y que, cuando llegara a la otra, se habría hecho de día. Las sábanas eran muy agradables: suaves y lujosas.

Tardé un momento en reparar en su olor exacto. Cedro caro, exclusivo.

Me incorporé deprisa y mi cabeza me castigó por ello.

Estaba en casa de Gabe. En la cama de Gabe.

Miré a mi alrededor y confirmé que estaba sola y, a excepción de los zapatos, vestida. Volví a dejarme caer sobre las lujosas almohadas.

«Joder».

No sabía qué me daba más vergüenza: haberme quedado dormida en la cama de Gabe o estar en la cama de Gabe yo sola.

Oía ya a mi compañera de piso quejarse.

«¿Estuviste tan cerca de tirártelo y terminaste así?», me diría.

Estaba claro que necesitaba amigas nuevas.

Intenté reconstruir lo que había pasado aquella noche. Había dado un trago o dos de whisky, seguidos de un cuenco entero de gominolas. Luego habíamos jugado al tabú por relevos y se me había dado fatal hasta que se me había dado bien —supongo que cuando tuve el subidón de azúcar de las gominolas— y, en algún momento, habíamos celebrado una victoria. La perrita de Gabe saltaba y ladraba y todo el mundo se reía y, después, recuerdo haberme tumbado en la cama de la perrita con ella, que estaba tan cansada y agobiada por la fiesta que se había acostado. Ahora me viene a la memoria Gabe intentando levantarme de la cama para perros y riéndose mientras yo intentaba alejarlo de mí a manotazos.

Me dio un vuelco el corazón y se me revolvió el estómago cuando recuperé el resto del recuerdo. Gabe se había arrodillado a mi lado, con la cara cerca de la mía.

—¿Quieres irte a la cama? —me había preguntado.

Yo debí de asentir o de acurrucarme todavía más contra la perrita, que soltó un suspiro de satisfacción, y creo que le dije que me quedaría ahí con ella, pero Gabe me contestó que no podía dormir en la cama para perros, me rodeó con los brazos y me levantó apretándome contra su pecho. Yo no era una persona chiquitita —era alta y con extremidades desgarbadas— y, aun así, me había cogido en brazos como si fuera el mismísimo cachorrito y me había llevado a su habitación.

A su habitación.

Tenía el vago recuerdo de que algunas personas habían aplaudido y lo habían jaleado. Gabe los había ignorado y me había metido en su cama. Yo me había quedado roque.

Había caído sobre el colchón bocabajo, había cogido una almohada y me había abrazado a ella. Apenas recordaba que Gabe me hubiera quitado los zapatos —me encogí de vergüenza al pensar que había entrado en contacto con mis pies, que debían de oler fatal— y se hubiera marchado cerrando la puerta al salir.

No tenía ni idea de qué hora era. No tenía el bolso ni el móvil. Debían de estar donde los había dejado: con el abrigo en la habitación de invitados.

Por qué Gabe no me había dejado ahí con los abrigos era algo que no sabía.

Entonces me di cuenta de que la casa estaba en silencio. O casi. Había un ruido que venía de lejos, pero era uno de esos sonidos nocturnos callados, no de los que una esperaría de una fiesta que sigue activa. Parecía una conversación entre dos personas. Tal vez Gabe y un amigo.

Cuando bajé los pies de la enorme cama, encontré mis zapatos bien colocados uno al lado del otro.

Aunque lo último que quería mi cuerpo era abandonar el confort de una cama de lo más cómoda y calmante, no podía permitir que Gabe me dejase a mí su habitación y no podía permitirme quedarme más. Estaba a años luz de un comportamiento apropiado y no sabía muy bien cómo iba a escribir el artículo sin parecer una acosadora. Si había albergado esperanzas de romper con el estereotipo de la periodista que consigue lo que quiere mediante sus artimañas de mujer, lo estaba haciendo de pena. Tampoco es que mis artimañas de mujer me hubieran ayudado en nada, pero, de todos modos, era muy poco profesional.

Tenía la grabadora en el bolso. Si quería hablar de lo que había pasado aquella noche —y no estaba segura de querer, porque era muy lamentable—, tendría que reconstruirlo mentalmente y, en ese momento, mi cerebro pareció resecarse solo con la mera sugerencia de tener que pensar mucho.

Ese era un problema del que tendría que encargarse mi cabeza cuando se hubiera deshecho de todo el azúcar y se hubiera hidratado. Antes tenía que salir de allí. Tenía que ponerme los zapatos y encontrar el bolso y el abrigo. Tenía que llamar a la empresa de taxis que me había llevado hasta allí. Tenía que irme a mi casa.

Con los zapatos en la mano, abrí la puerta del dormitorio.

El ruido venía de la otra punta de la casa, pero enseguida quedó claro que no se trataba de Gabe. Eran una mujer y un hombre, pero el hombre era británico. A no ser que Gabe estuviera practicando su acento británico a las tantas de la noche con una invitada, parecía que lo más probable era que estuviera viendo la tele.

Eso se confirmó cuando avancé en silencio hacia el sonido —también en dirección a la habitación de invitados— y vi que el azul característico de un televisor iluminaba la sala de estar.

Una parte de mí esperaba que Gabe se hubiera dormido, poder salir de allí sin que me viera, sin embargo, la conversación con poco volumen se paró de inmediato y la imagen quedó congelada en la pantalla.

—Hola —dijo Gabe.

Estaba sentado en el sofá. Solo.

Todavía llevaba la misma ropa que en la fiesta —unos vaqueros y una camiseta—, pero mucho más arrugada. Como si hubiera estado tumbado.

—Hola —respondí.

Me dolía la cabeza y estaba avergonzada a más no poder.

—¿Cómo te encuentras? —preguntó.

—Lo siento mucho —fue mi respuesta.

Me sonrió.

—Estabas bastante graciosa —me dijo con una mueca burlona.

—No tenías por qué meterme en tu habitación.

—No podía dejarte en la cama de la perra.

La señaló. La cachorrita seguía durmiendo.

—Podías haberme llevado a la de invitados.

—La gente habría estado entrando y saliendo un buen rato —dijo—. La fiesta ha terminado hace una hora nada más.

—¿Qué hora es? —le pregunté sintiéndome totalmente descompuesta.

—Solo son las tres.

—¿Las tres?

«Solo» las tres.

—No tendrías que estar durmiendo en el sofá —le dije.

—No estaba durmiendo —respondió—. Y pensaba irme al cuarto de invitados cuando estuviera cansado.

—No tendrías que dormir en el cuarto de invitados.

Arqueó una ceja.

—¿Acaso es eso una invitación?

No sabía que decir. ¿Lo decía en serio? Y, si lo decía en serio, ¿era una invitación?

¿Podía aceptar la que él me acababa de hacer?

—Me imagino que querrás agua —dijo salvándome de tener que contestar—. Siéntate.

Dio unas palmadas en el sofá mientras se levantaba y se dirigió a la cocina. Yo me coloqué allí, al borde de uno de los cojines, observando cómo dormía la perrita. Era monísima. Tenía el hocico escondido debajo de la cola. Entonces fue cuando por fin presté atención a lo que Gabe estaba viendo en la tele.

—Sí —dijo al volver con un vaso de agua grande—, soy muy friki.

—Me encanta este capítulo —respondí cuando me hube bebido casi todo el vaso.

—¿Sí?

—Bueno, es que supongo que Data es mi personaje favorito, seguido de Worf, pero los capítulos que se centran en Picard son bastante tremendos.

Gabe me miró.

—Yo también soy muy friki —aclaré.

Aunque supongo que descubrir que a mí me encantaba *Star Trek: La nueva generación* era una sorpresa menor que descubrir que le encantaba a Gabe Parker.

—¿Quieres verlo conmigo? —me preguntó con el mando en la mano.

—Debería irme —contesté.

Pero no me moví.

—Puedo llamar a un taxi para que te recoja por la mañana —me dijo—. Venga, quédate a ver un capítulo conmigo.

Vimos tres. El que él tenía puesto, mi favorito y el suyo. Los tenía todos en DVD.

Hizo palomitas: un cuenco pequeño sin nada para la perrita y uno para nosotros al que le echó canela y azúcar.

Todo aquello me resultaba de lo más agradable. Y de lo más normal.

Más normal y agradable que el resto del fin de semana.

—¿Veías *Star Trek* de pequeño? —quise saber.

—Sí —dijo—. A mi padre le encantaba.

Hubo un silencio largo y cargado. Gabe me miró como si me diera permiso.

—¿Quién era su personaje favorito? —le pregunté con cautela.

—Le encantaba Geordi. Creo que porque era un ingeniero de corazón. Le encantaba arreglar cosas.

—¿Te llevabas bien con él? —continué, todavía preparándome para la colisión, para que se cerrase en banda, se girase para no mirarme y me mandase a la mierda.

Pero su expresión se suavizó. Sonrió.

—Sí. Toda la familia nos llevábamos muy bien, pero yo era el único que quería ir a las obras con él. Podía pasarme el día allí, respirando serrín y oyendo cómo martilleaban y soltaban tacos los de su equipo. Viéndolos observar a mi padre. Se le daba muy bien su trabajo; todo el mundo lo admiraba.

—Lo querías mucho.

—Sé lo que estás pensando.

La gente daba por hecho que había algo oscuro y sórdido en la relación entre Gabe y su padre, que la reticencia de Gabe a hablar de él era una forma de esconder algo.

Se recostó en el sofá y subió los pies a la mesita del café.

—¿Qué sabes de él? —me preguntó.

Repetí todo lo que había oído. Solo los datos, las cosas que podrían figurar en su página de Wikipedia.

—¿No os había… abandonado?

Pensé en la grabadora, que tenía en la habitación de al lado, pero sabía que Gabe no me estaba contando todo aquello por el artículo.

—No. Murió cuando yo tenía diez años y era mi héroe, aunque suene cursi. Y, hasta cierto punto, lo sigue siendo. Cuando lo perdí, fue el peor momento de mi vida.

Se pasó una mano por la cara.

—Mi padre tenía treinta años cuando me tuvo —dijo—. Mi edad.

Me daba la sensación de que no tenía que hacer más que escuchar.

—Has escrito muchos artículos sobre famosos —continuó.

No era una pregunta, así que no me molesté en responder. Además, lo de «muchos» era relativo.

—Yo he leído bastantes artículos sobre famosos. Sé cómo va cuando te ha pasado algo así. Se convierte en parte del relato, parte de tu ADN como actor, como figura pública. Mi padre...

Se detuvo. Volvió a pasarse la mano por la cara.

Cada vez que lo hacía parecía un poco más mayor, un poco más cansado.

—Nunca me ha gustado hablar de ello. Hablar de él. Cuando murió, la gente me preguntaba por él, por cómo estaba yo, y siempre me resultaba incómodo. Casi como si todo aquello tuviera un lado extraño y performativo. —Negó con la cabeza—. Sé que no tiene sentido, pero siempre ha hecho que me cueste hablar de él. Y es algo que no ha cambiado ahora que la gente se interesa por mi vida personal. Mi padre es más que una frase en mi biografía —dijo—. Es más que una infancia trágica. ¿Lo entiendes?

Lo entendía. Y sabía muy bien a lo que se refería, porque mi cerebro periodístico ya estaba construyendo el relato.

«Gabe Parker: atormentado por la muerte de su querido padre».

«Gabe Parker: convirtiéndose en el hombre que su padre nunca pudo ver».

«Gabe Parker: lo que gané con la pérdida».

—Mi padre, su recuerdo, es privado —dijo Gabe—. Entiendo que compartir mi vida con el público forma parte de mi trabajo, compartir historias e intimidades, pero es algo que no puedo hacer con mi padre. —Se encogió de hombros—. Sé que es absurdo. Sé que negarme a hablar sobre él lo ha puesto en el punto de mira, pero hay cosas que no son para los fans.

—No es absurdo.

Sabía que, si incluía todo aquello en el artículo, le sacaría un gran beneficio. La gente me prestaría atención. Conseguiría más trabajo.

Porque habría conseguido la historia que nadie más sabía.

Gabe me estudió el rostro con tanta intensidad que me entraron ganas de hacerme un ovillo como un bicho bola, pero me obligué a quedarme quieta. Esperé a que me preguntara si iba a escribir sobre ello.

En lugar de eso, redirigió la conversación a un tema de menos riesgo. Casi como si no quisiera saber la respuesta.

—¿Cómo empezaste tú a ver *Star Trek*? —me preguntó—. ¿Por tu familia?

Negué con la cabeza.

—El primer trimestre del máster fue duro. Me fui a vivir a Iowa sin conocer a nadie y me costó hacer amigos. Alquilaba DVD de Netflix y los veía sola en mi habitación.

Gabe parecía pensativo.

—No me lo imagino —dijo.

—Bueno, es que me costaba relacionarme.

—Eso me lo imagino.

Hice una mueca de falsa indignación y se rio.

—Supongo que me imaginaba que el resto de estudiantes del máster serían igual que tú. Todos con vuestros jerséis con coderas, fumando en pipa y debatiendo sobre la intención del tipo que escribió *Lolita*.

—Nabokov —dije.

Gabe me dirigió una sonrisita de complicidad y me di cuenta de que había caído en la trampa. Otra vez.

—No había pipas.

—¿No?

—Bueno, vale, igual una o dos —admití—. Y algunos jerséis con coderas… Pero yo no tenía ni una cosa ni la otra.

—¿El Novelista y tú no estáis cortados por el mismo patrón?

El tono era sarcástico.

—Jeremy —lo corregí—. Y no.

—Mmm.

Noté el juicio que había detrás de ese simple sonido.

—Es un buen escritor —dije.

—Mmm —repitió.

«Mejor que yo», pensé. Al fin y al cabo, Jeremy tenía agente y había firmado un contrato editorial. Yo hacía lo que podía para escribir publirreportajes de famosos.

La atención de Gabe volvió a la televisión.

—Es esto —dice.

Estaba viendo a una jovencísima y preciosa Famke Janssen explicarle a Patrick Stewart que la habían creado y educado para contentar a su futura pareja, que la complacía ser lo que otra persona quería que fuera.

«Los cubro si satisfago los ajenos», respondió ella a la pregunta de Picard sobre sus propios deseos, sus necesidades.

«¿Y qué pasa cuando no hay nadie más, cuando está usted sola?», le preguntó él.

«Yo me siento incompleta», dijo ella.

Miré a Gabe. Seguía atento a la televisión. El fuerte brillo que desprendía lo hacía parecer más joven y más viejo al mismo tiempo; la luz penetraba en las arrugas de alrededor de los ojos y, a la vez, le difuminaba otras partes del rostro.

—¿Esto qué? —le pregunté.

—Esto es lo que se siente siendo actor.

No dije nada.

—Cuando estoy delante de la cámara, sé quién soy.

—¿Y cuando no hay cámaras?

Se encogió de hombros.

—Patético, ¿verdad? —me preguntó—. Que me sienta más cómodo fingiendo que siendo yo mismo.

—No, no me parece patético.

No me respondió.

Mis ojos se pasearon por la habitación. Parecía bastante limpia teniendo en cuenta que hacía unas horas estaba llena de gente. Había unos cuantos vasos de plástico tirados por ahí, pero, en general, estaba ordenada.

Como en el dormitorio, había pilas de libros y películas por todas partes. Al lado de la tele estaba la serie completa de *Star Trek: La nueva generación* junto a algunos libros con tapa de cuero. Me habría jugado el alquiler del mes a que tenía *Lolita* en algún montón de por allí.

—¿Qué es eso? —pregunté señalando la mesita auxiliar.

Ya sabía lo que era, claro. Yo tenía un montón en una estantería. Conocía el lomo prácticamente de memoria.

—¿El qué, esto? —dijo Gabe con una sonrisa que daba a entender que sabía que yo tenía muy claro lo que era—. Ya te dije que había hecho mis averiguaciones.

—¿Lo has leído?

Me miró.

—Sí —dijo—. Había palabras que me lo pusieron *complicao*, pero al final me lo leí.

Yo ya me había dado cuenta de lo que hacía. Siempre que nos acercábamos al tema de su inteligencia, ponía un fuerte acento y se hacía el tonto.

—Creo que no lo han leído ni mis padres —dije.

—Oh...

Cogí la revista literaria acariciándole la cubierta como había hecho con el primer ejemplar que me había llegado por correo. Había una arruga en el lomo que indicaba que la habían abierto. Las páginas se separaron. La dejé caer en mi regazo haciendo equilibrios junto al cuenco de palomitas.

«El jardín», de Chani Horowitz.

—No se me dan bien los títulos.

—A mí me gustó —respondió él—. Aunque no me esperaba dragones.

Me sonrojé.

En el máster nadie se los había esperado tampoco y, teniendo en cuenta que aquella era la única obra de ficción que había conseguido publicar en mi vida, estaba bastante segura de que mi inclinación por hilar elementos fantásticos en mi ficción naturalista no era algo que la gente clamara por leer. El relato era algo personal, no como mis entradas en el blog, donde solo vomitaba detalles sobre mi vida privada, sino más bien íntimo. Trataba sobre cómo funcionaba mi mente —cómo pensaba, lo que sentía—, como si me abriese el cráneo con una sierra y dejase que la gente mirase dentro.

Y también había dragones.

Era una metáfora.

«Supongo que no lo entiendo», me había dicho Jeremy la primera vez que lo leyó.

—Fue un experimento —le expliqué a Gabe—. Ya no escribo cosas así.

—Qué pena —respondió.

—Seguramente me limitaré a la no ficción.

—Me gusta la no ficción —me dijo Gabe—, pero también me gustan los dragones.

A mí también, pero no eran algo serio. No eran literatura de verdad. No eran buena literatura.

En algún momento, mientras veíamos *Star Trek*, nos habíamos acercado más el uno al otro. Yo no me había dado cuenta; no como en la discoteca, donde había sido casi dolorosamente consciente de todos los puntos de proximidad. Esta vez, sin embargo, había estado distraída pensando en el relato, de modo que, cuando Gabe me puso la mano en la rodilla, no me lo esperaba.

De hecho, di un respingo y lancé al aire la revista y el cuenco que tenía en el regazo y esparcí las palomitas por todos lados.

—Madre mía.

Me llevé una mano al pecho más avergonzada que otra cosa.

—Vaya —dijo Gabe—, creo que no había provocado esa reacción nunca.

—Lo siento mucho.

Me levanté del sofá y me puse a recoger las palomitas que había tirado al suelo.

—Oye. —Gabe estaba arrodillado a mi lado y me detuvo la mano—. Soy yo el que debería disculparse.

Volvimos a sentarnos en el sofá. Sentía la cara caliente y sabía que seguramente se debía a unas manchas rojas muy poco atractivas. Me llevé las manos a las mejillas.

—Qué vergüenza —dije.

—No, tendría que… Bueno, supongo que tendría que haber leído un poco mejor el ambiente.

Lo miré.

—¿El ambiente?

Ahora era él el que parecía algo tímido.

—Pensaba… Pues que, bueno…

Nos señaló alternativamente.

—Ah —dije—. ¡Ah!

Se encogió de hombros en un gesto fugaz.

—No te preocupes, solo pensaba que…

Lo besé. Antes de que pudiera siquiera terminar la frase me abalancé sobre él y le puse los labios sobre los suyos. Con agresividad.

Fue un mal beso. Malísimo. Estampé los labios contra sus dientes, con lo que los ojos se me pusieron llorosos.

Con cuidado, Gabe me puso las manos en los hombros y me apartó.

—Madre mía —repetí—. Lo siento muchísimo.

Cerré los ojos deseando desaparecer.

—Eh —me dijo.

Sentí que me ponía la mano en la barbilla. Me acarició la mandíbula con el pulgar y me recorrió un escalofrío. Abrí los ojos.

Tenía su cara delante. Su perfecta y preciosa cara.

—Eh —volvió a decir.

Olía el whisky en su aliento, pero no me importó. Estaba convencida de que el mío todavía olía a gominolas.

—Eh —susurré yo.

El tiempo avanzó a cámara lenta cuando sus labios se acercaron a los míos. Pensé débilmente que, si pudiera quedarme a vivir en aquel momento, en aquella anticipación tan bonita, sería bastante feliz. Entonces, la boca de Gabe tocó la mía y me di cuenta de que aquello era muchísimo mejor de lo que me había imaginado.

Aquella vez, parecía que sus labios encajaban con los míos a la perfección. Eran cálidos y firmes y suaves y su mano seguía en mi cara y la combinación de las dos sensaciones convirtió mis entrañas en gelatina. Temblé y suspiré y me acerqué más a él.

Estaba besando a Gabe Parker. O, mejor dicho, él me estaba besando a mí y yo le estaba devolviendo el beso.

Llevó la mano hacia atrás y hacia arriba y la enterró en mi pelo. Entonces fue cuando separó los labios y yo le metí la lengua en la boca. Tensó los dedos contra mi cabeza y sentí que contenía la respiración. Como si lo hubiera pillado desprevenido. Como si lo hubiera sorprendido. Me gustaba que eso hubiera pasado ya más de una vez.

Si lo pillé por sorpresa, se recobró deprisa.

Le apreté las manos contra el pecho y noté el murmullo de un gruñido en las profundidades. Unas chispas de calor se me esparcieron por el cuerpo cuando me tiró un poco del pelo para abrir el beso y juntó la lengua con la mía y bajó la otra mano hasta mi cadera para atraerme hacia él.

No me hizo falta que me convenciera para subirme a horcajadas a su regazo. Empujé la cadera hacia delante y la costura de mis vaqueros entró en contacto directo con la cremallera de los suyos… y con lo que había debajo.

Suspiré. Él sonrió. Me aferré a sus hombros y él me apretó el culo.

Notaba el sabor del whisky en su lengua, pero también de algo mentolado. Una pasta de dientes cara. Debían de haber cultivado la menta en el bosque en el que crecían los cedros de su colonia.

Todo iba muy deprisa. El calor se expandía por mi cuerpo a oleadas y cortocircuitaba cualquier pensamiento racional que pudiera surgirme. Porque, si mi cerebro hubiera podido ponerse al tanto de todo, puede que me hubiese dicho que estaba haciendo algo muy malo; que Gabe estaba acostumbrado a que las mujeres se lanzasen a sus brazos; que, si hacía lo que estaba haciendo, sería solo otra fan más deslumbrada por la fama que se acostaba con su estrella de cine favorita, que, si quería tener una relación normal con una persona normal en algún momento, me estaba buscando una decepción tras una experiencia como esa.

Seguramente Jeremy nunca me lo perdonaría.

No era nada profesional.

Pero no pensaba en ninguna de esas cosas.

Pensaba en el placer que me daban las manos y la boca de Gabe y el resto de su cuerpo. Pensaba en que quería arrancarle la ropa desesperadamente y lamerlo como si fuera una piruleta. Pensaba en que era muy pero que muy posible que llegara al orgasmo así.

Gabe me rodeaba el cuerpo con los brazos y yo sentía que le temblaban. Me ponía muchísimo pensar que estaba igual de afectado que yo, que me deseaba tanto como yo a él o, si no, que era un actor increíble.

Apretó la frente contra la mía. Los dos respirábamos con dificultad.

—¿Estás bien? —preguntó.

—Eh, sí. Muy bien.

Se echó atrás lo suficiente como para que le viera la sonrisa. Algo blanda, algo caída.

—Bien —dijo—. Genial.

Y, entonces, antes de que pudiera sacar el tema de cómo de borracho iba, con gran equilibrio y destreza, Gabe nos dio la vuelta de modo que yo me quedé tumbada de espaldas en el sofá y él encima de mí.

—¿Bien también?

—Sí —dije con vehemencia.

Su cuerpo se acomodó sobre el mío. Movía las caderas y me subió la camiseta con una mano. Iba muy deprisa, pero yo no quería que parase. Me decanté por meterle las manos por dentro de la camisa, que se le acumuló a la altura de las axilas.

Cuando lo hice, se incorporó lo suficiente para que pudiera quitársela.

Y ahí estaba su pecho. Su pecho de estrella de cine. A la entera disposición de mis manos. Estaba fuerte. Fibrado. Notaba los vellos incipientes en el pecho como si se lo hubiera depilado o afeitado hacía poco y empezara a crecerle ahora. Era un recordatorio del trabajo que requería tener ese aspecto. Un trabajo por el que yo, en aquel momento, estaba muy agradecida.

Tenía la piel húmeda, el pelo se le pegaba a la frente, que juntó con la mía cuando le arañé la espalda de arriba abajo.

—Otra vez —me ordenó estirándose entre mis brazos como un oso frotándose en un árbol—. Oh, sí. —Su voz era un gruñido grave y lo dijo con la boca cálida puesta en mi cuello.

Bajó la mano para cogerme la pierna y enrollársela en la cadera. Mi cuerpo se abrió a él, que se apretó contra mí. Justo ahí. Y empezó a moverse.

Eché la cabeza hacia atrás con los ojos cerrados.

«Madre-cita-mía».

Seguíamos casi vestidos, pero yo estaba cerca. Cerquísima. Gabe me besaba el cuello, apretaba el cuerpo contra el mío, tan perdido en su propio ritmo que parecía posible que no se hubiera enterado de que había estado a punto de correrme solo con el placer que me daba que nos frotásemos.

—Joder —musitó—. Quiero…

Fuera lo que fuera que quisiera, estaba más que dispuesta a dárselo.

—Joder, qué bien —dijo—. Qué gusto…, cariño.

Fue la pausa lo que me sacó de un tortazo de la neblina sexual. La duda entre su elogio dulce y tórrido y la inmerecida expresión cariñosa que me había susurrado.

Sabía mi nombre. Yo sabía que sabía mi nombre.

Pero algo en ese silencio, en su forma de decir «cariño», en voz baja y vacilante, me había hecho pensar que existía una posibilidad muy real de que en aquel momento Gabe se hubiera olvidado por completo de quién era yo.

Era el jarro de agua fría que necesitaba, aunque no lo quisiera.

De pronto, todos los pensamientos que no me había permitido albergar, todas las razones de peso por las que no debía acostarme con él volvieron como una exhalación.

—Espera —dije.

Lo dije flojito, la palabra se perdió entre el sonido de sus labios sobre mi cuello, el chirrido del sofá debajo de ambos y las respiraciones entrecortadas compartidas (porque el agua del jarro se estaba volviendo a calentar).

Estaba a menos de cinco segundos de volver a abandonarme al placer.

Gabe se frotaba contra mí y a mí se me olvidaba por qué quería parar. Qué bien. Qué gusto.

«Cariño».

Sonó como una campana en mi cabeza.

—Espera —dije.

Esta vez, me oyó y detuvo los brazos y las caderas, apretadas con fuerza contra mí. Bajo las manos noté que un escalofrío le recorría el cuerpo entero cuando enterró la cara en mi cuello. Estaba empapado y todavía me cogía el pelo con el puño apretado.

Soltó un gruñido de decepción.

—Lo siento —dije.

—Joder —respondió él.

¿Se podía saber qué me pasaba?

Ninguno de los dos se movió en un rato largo y, luego, despacio, Gabe levantó la cabeza.

No me miró a los ojos al desenredar los dedos de mi pelo y apartarse de encima de mí. Se me cayó el alma al suelo cuando se alejó.

Nos quedamos sentados uno al lado del otro en el sofá. El silencio era incómodo y arrollador.

—Lo siento —repetí—, es…

Nuestras palabras se pisaron.

—¿Te has…? —empezó a decir, paró y volvió a intentarlo—. ¿Quieres…?

Estaba haciendo una especie de gesto con la mano que yo no entendía bien, pero no me miraba. Tenía el ceño fruncido como si intentase averiguar cómo salir de aquella situación.

—Debería irme —dije deprisa.

—No —respondió—. No, no te vayas.

—No pasa nada.

Tamborileó con los dedos en su rodilla.

—De verdad, no pasa nada. Puedo coger mis cosas.

—Eh... —Apartó la mirada—. Dame un momento, ¿vale?

—Eh, sí, claro —le dije.

Se levantó del sofá y salió de la habitación.

Yo agarré un cojín y ahogué un grito en él. ¿Qué me pasaba? ¿Por qué había parado algo que me estaba gustando tanto, que iba tan bien, por una estúpida palabra? Y por integridad periodística también, pero eso iba unos metros por detrás de mi libido galopante.

¿Y qué si a Gabe se le había olvidado mi nombre en el ardor del momento? Me engañaría a mí misma si pensara que aquello significaba algo para él. Era una estrella de cine. Las mujeres se lanzaban a sus pies y él estaba ahí conmigo. ¿De verdad creía que aquello iba a ser algo más de lo que era?

Tenía una oportunidad con él y la había echado a perder.

Cuando Gabe volvió a la sala de estar, yo estaba sentada muy recta con las manos en las rodillas intentando que se me ocurriera la forma de arreglar la situación.

—Mira —me dijo—, todavía podemos... Puedo... Si quieres...

—Es tarde.

—Sí.

Me puse de pie.

—Me voy.

—No digas tonterías —respondió él poniéndome una mano en el brazo.

Los dos la miramos y él la apartó y se metió las manos primero en los bolsillos de atrás y luego en los de delante.

—Puedes quedarte a dormir en la habitación de invitados y por la mañana llamaré a un taxi para que te recoja.

Asentí.

—Gracias —dije.

—Sí —contestó, y dio media vuelta para irse.

—Gabe.

Se giró y supongo que fue mi imaginación lo que lo hizo parecer deseoso.

—Lo siento —le dije.

—No ha sido culpa tuya.

No supe muy bien qué responder a eso. ¿Íbamos a fingir que no había pasado lo que había pasado en el sofá?

—Podemos hablar más por la mañana.

Me dirigió una sonrisa que parecía sincera pero cansada.

—Vale.

Me fui a la habitación de invitados y cerré la puerta. Me quedé ahí plantada.

—Venga, bonita —oí que decía Gabe, y luego el clic, clic, clic de las uñas de la perrita sobre el parquet.

En la otra punta de la casa, escuché que se cerraba la puerta de su dormitorio.

Film Fans

RESEÑA DE *MÁXIMO RIESGO*
[EXTRACTO]

Helen Price

Es la película de la que todo el mundo habla. Y no por nada bueno. Y es la película que todo el mundo quería ver, pero, de nuevo, no por nada bueno.

Todo el mundo quería saber si las cámaras habían captado el rápido declive de Gabe Parker, su alcoholismo y su aumento de peso.

Si esa es la única razón por la que pensabas ir a ver esta película, me sabe mal decirte que te decepcionará.

La película es buena. No es impresionante —como lo fue *El extraño Hildebrand*—, pero tampoco es mala. No es el desastre que todo el mundo esperaba y (seamos sinceros) deseaba.

Si el altercado entre Parker y el director Ryan Ulrich no se hubiera grabado y filtrado en internet, lo más probable es que, como sociedad, declarásemos el filme como una película de Bond bastante bien hecha, aunque poco espectacular.

Sin embargo, al final ha servido para comprobar dos cosas.

La primera, claro está, es si Parker es capaz de mantener la magia que aportó al principio a la saga a pesar de que las discrepancias evidentes durante el rodaje se hayan hecho públicas.

Sí y no. Si observamos con una mirada crítica, es fácil ver las grietas, la disonancia entre lo que el actor está dispuesto a aportar y lo que quiere el director.

Y, sobre los estragos del alcoholismo de Parker, quien se haya encargado de vestuario y maquillaje se merece un Óscar. Nadie diría que el Gabe Parker que vimos meses después, corpulento y barbudo, paseando por los jardines de su centro de rehabilitación es el mismo que el de la película.

Luego está el hecho de que *Máximo riesgo* es la primera película que se estrena desde la pasmosa admisión por parte de Oliver

Matthias de que, en contraposición a lo que dijeron Ulrich y los productores de Bond al principio, Parker no fue su primera elección. Como bien sabemos, le ofrecieron el papel a Matthias, pero rescindieron la oferta cuando él hizo saber al equipo de Bond que era gay y que no quería seguir en el armario.

Es difícil ver ahora la trilogía de Bond de Ulrich sin pensar en eso, sin imaginar cómo habría sido si Matthias hubiera tenido la oportunidad de encarnar a Bond.

Por lo menos ahora sabemos el contexto del vídeo viral en el que Parker se fue del set de rodaje con unas palabras crípticas y volátiles cuando se volvió hacia Ulrich y casi escupió: «Tenéis al actor que os merecéis».

Ahora

22

Hay un vaso de agua en la mesita de noche.

La vergüenza, en forma de una oleada de calor y un hormigueo, me recorre el cuerpo cuando recuerdo lo que ha pasado.

Gabe de pie delante de mí con la mano en mi pelo y los ojos fijos en los míos.

«Yo podría hacerte feliz», me había dicho.

Yo había querido que me besara. Que me tomara entre sus brazos, me besara y me llevara a la cama.

En cambio, cuando había echado la cabeza hacia atrás y se me habían cerrado los ojos en preparación para que se encontrasen nuestros labios, él había retirado la mano y se había apartado.

«Has bebido», había apuntado.

«No pasa nada», había susurrado yo.

Estaba claro que era lo peor que podía decir. Porque, aunque no estaba borracha, sí que había bebido. El whisky en mi aliento no debía de ser lo que más sexy le parecía a un alcohólico en rehabilitación.

Gabe me había acompañado con amabilidad y cuidado a mi habitación y había cerrado la puerta al salir.

Yo me había quedado dormida y había tenido sueños vívidos y extraños fruto de la tensión sexual no resuelta.

Esas sensaciones siguen quemando ahora en mi interior. Siento el deseo como un picor que quiero rascar.

También tengo sed. Me bebo el agua de un trago, pero no

basta, así que bebo del grifo del baño de la habitación, me lavo la cara y me visto. Noto la piel tirante, como si el deseo fuera un animal salvaje paseándose por debajo.

Estoy divorciada. Y Gabe también.

Le tengo ganas. Y él a mí.

Me pregunto qué pasaría si me desnudara y me metiera en su cama.

Entonces oigo un silbido amortiguado y me doy cuenta de que Gabe ya se ha levantado.

Querrá retomar las cosas donde las dejamos anoche.

Donde las dejamos hace diez años.

Vacilo, mis instintos están en plan doctor Jekyll y mister Hyde. Lo deseo, pero también quiero salir corriendo. Porque sé lo que intenté ignorar anoche: que esto no va solo de un fin de semana. Esto no va de pasar página ni de asuntos por cerrar.

Esto no es el final de algo. Es el principio.

Y eso me aterra.

Cuando salgo de la habitación de invitados, me encuentro a Gabe vestido, bebiéndose una taza de café y con poca pinta de querer pasar el día entero en la cama, sino más bien con el aspecto de alguien que tiene cosas que hacer.

Me siento aliviada y decepcionada.

—Buenos días —dice.

—Buenos días.

—¿Qué tal la cabeza? —pregunta.

La toco con una mano como para comprobar que sigue ahí.

—Bien.

En cambio, mi corazón...

Se me acerca.

—He hecho planes para nosotros hoy —dice.

Estoy bastante convencida, por el tono, de que no son los mismos que estaba haciendo yo en la habitación. De hecho, parece posible que anoche lo estropease todo.

—Lo siento —digo—, me pasé un poquito bebiendo.

—Lo sé.

Me coge del codo y me acaricia el interior del brazo con el

pulgar. Me recorre un calor, un fuego eterno que nunca llegó a apagarse, pero que casi siempre había estado controlado, unas brasas ardientes que me había esforzado por ignorar.

—Yo he hecho cosas mucho más estúpidas estando borracho.

—Lo sé, he visto el vídeo.

Se ríe.

—Ulrich se lo merecía —apunta.

Asiento.

—Vámonos —dice.

—Tengo que ponerme los zapatos.

—Tómate tu tiempo —contesta—. No tengo ninguna prisa.

No habla de los zapatos.

Exhalo. Inhalo. Exhalo.

Me siento en el sofá para ponerme las botas.

Veo un montón de revistas al lado del puzle en la mesita de café. Arriba del todo hay un número de *Broad Sheets*. El número.

Lo sostengo en la mano cuando Gabe vuelve a la habitación. Tengo los cordones de las botas todavía por atar.

—Deja que te lo explique —dice.

—Te pareció una mierda.

No lo digo cabreada, sino dolida. Necesito entenderlo. Necesito saber.

—Chani —dice.

—Fue un buen artículo.

—Sí —admite.

—Pero no te gustó.

—No es que no me gustase —contesta.

No dice nada.

—Entonces ¿qué? —pregunto—. Dímelo.

Me preparo para la verdad. Porque Jeremy sí que me dejó muy claro lo que le había parecido.

—Soy buena en mi trabajo —digo.

Se me rompe la voz.

Gabe frunce el ceño.

—Sí —dice.

Agito las manos delante de la cara como un gato al que acaban de rociar con agua. Quiero respuestas y, al mismo tiempo, no las quiero.

Se acerca y se sienta a mi lado. Nos hundimos en el cuero, cada uno en un cojín diferente del sofá y con un tercero entre nosotros. Dejo la revista justo ahí.

—Yo... —Se detiene—. No me esperaba que escribieras sobre el domingo.

Tardo un momento en darme cuenta de qué está hablando y, cuando lo hago, siento una montaña rusa de emociones que me deja temblorosa y sin aliento.

—No dije nada de...

Pero, mientras lo digo, me doy cuenta de que es una excusa, no una disculpa. Y, como excusa, tampoco es muy buena.

—Lo sé. Y te agradezco que no contaras nada sobre mi padre y... —Hace un gesto señalándonos a nosotros—. Ya sabes.

Suelta un suspiro.

—Se me olvidó que estabas escribiendo un artículo sobre mí.

En aquel momento, me sentí de lo más buena y lista al evitar incluir nada acerca de la conversación sobre el padre de Gabe. Pensé que había podido nadar y guardar la ropa presumiendo de la jugosa anécdota de haber visto *Star Trek* con él sin pararme a pensar en que no eran solo los detalles sobre su padre lo que Gabe quería que siguiera siendo privado.

—Aquella noche, pensé que éramos solo tú y yo, no una periodista y su entrevistado, Gabe Parker. —Abre los brazos como si viera su nombre en un cartel.

Miro la revista y me imagino lo que debió de suponer para él leerla por primera vez. Descubrir que yo había compartido algo que él no tenía pensado compartir con nadie.

—A mi equipo le encantó el artículo —dice—. Estaban encantados. Y se te da muy bien escribir, Chani. —Apoya los brazos en las rodillas—. Casi fue peor que escribieras sobre todo aquello, sobre aquella noche, de un modo que me hizo sentir que volvía a estar ahí. Solo que el mundo entero también estaba ahí con nosotros.

Forma un puño. No lo aprieta, no es intimidatorio, pero lo hace con firmeza. Lo mira.

—Me cabreó —continúa—. Mucho. —Niega con la cabeza—. Que bebiera mucho en aquella época no ayudó, pero, joder, lo leí y me sentí estúpido.

Eso sé lo que es.

—Solo recuerdo a medias ir a Las Vegas —dice—. De lo único de lo que me acuerdo era de que tenía que hacer algo. Tenía que demostrarme algo a mí mismo.

Noto la garganta cerrada.

—¿Y Jacinda...? —Apenas puedo hacer la pregunta.

—Le sorprendió la propuesta, pero accedió casi al momento —explica Gabe—. Quería tomar las riendas de su reputación y casarse le dio eso. Nunca nos mentimos sobre por qué lo hacíamos, pero yo no fui tan sincero como debía. Al menos, no durante un tiempo. Pero siempre dejé claro que aquello podía terminar cuando ella quisiera. Seguiríamos casados mientras nos resultara útil para nuestra carrera. Ese era el trato.

Se mira la mano, que ya no está cerrada.

—Porque tienes razón: en Hollywood se hacen cosas de esas todo el rato. Es más fácil... estar con alguien que entiende por lo que estás pasando, que entiende el juego al que tienes que jugar, que... —Se le apaga la voz—. Da igual. Lo importante es que leí tu artículo y reaccioné como un imbécil alcohólico con el ego herido.

—Te hice daño —digo.

—Sí.

Tiendo la mano y la pongo sobre la suya. Él pone la otra encima de la mía. Nos quedamos así un rato.

—Lo siento —digo.

Levanta la vista para mirarme. Sonríe.

—Y yo.

Cuéntame algo bueno

RESEÑAS

¡Horowitz ha vuelto a hacerlo! Una antología que es una joya. Como en la primera, sus famosas entrevistas aparecen intercaladas con sus artículos más personales. Aborda todos los temas —desde la homofobia de Hollywood hasta cómo gestiona la depresión con la ayuda de los puzles— con su clásica ironía y riéndose de sí misma.

Vanity Fair

Una antología tronchante y, en ocasiones, lacrimógena de artículos y entrevistas. Horowitz es la reina indiscutible de las entrevistas a famosos —¿quién no recuerda la de Gabe Parker?— y este libro es una clase magistral. El regalo perfecto para hacerle estas fiestas a todas tus amigas.

O, The Oprah Magazine

¿Por qué no les da Horowitz a sus lectores lo que quieren de verdad? La historia real de lo que pasó la noche en la que se quedó dormida en casa de Gabe Parker. A nadie le importa lo que piensa de Nueva York o de su matrimonio, queremos saber los detalles escabrosos del artículo que la hizo famosa. Venga, Chani, dales a tus fans lo que te piden.

Goodreads

23

No pregunto adónde vamos. Solo cojo el abrigo que me prestó Katie y me enrollo la bufanda gruesa y calentita alrededor del cuello hasta que me llega a la barbilla, tan apretada que casi podría mantenerme la cabeza en el sitio si no tuviera cervicales. Me ato las botas. Tardo la vida y, cuando termino, me siento un poco como un pingüino que ha comido demasiado preparándose para andar por la Antártica.

Entre Gabe y yo hay cierta liviandad, como si poco a poco fuéramos levantando años y capas de enfado y decepción.

Sé que tengo que preguntarle por la llamada, pero me espero. Ahora no. Aún no.

Gabe chasquea la lengua y Peluche sale a paso tranquilo de su dormitorio y nos regala un estiramiento largo y suntuoso que termina con ella tumbada con la barriga en el suelo con la gracia de cualquier yogui de dos piernas.

—Hoy no vamos a hacer el vago —le dice Gabe—. Venga.

Ella resopla un poco y se levanta arqueando la espalda para seguir con el estiramiento matutino.

—Si alguna vez llego tarde, es por ella —dice Gabe.

Le doy una palmadita en la cabeza a Peluche y ella mueve la cola peluda con lenta satisfacción.

—Para mí, es perfecta —señalo.

—Seguro que ella estaría de acuerdo contigo. ¿Lista?

Le echo el primer vistazo a Cooper, Montana, de día. El pueblo es pintoresco de un modo que resulta casi agresivo, con casas de dos plantas y calles estrechas, todo de ladrillo y piedra. Hay postigos coloridos en las ventanas de las plantas de arriba que indican que hay viviendas encima de las tiendas.

Hace frío, un frío intenso y vigorizante que no parece corresponderse con el sol brillante y el cielo despejado. En algún momento de la noche ha nevado y la luz hace que el suelo resplandezca. Ya han empezado a dolerme las orejas por las bajas temperaturas, así que me pongo la capucha del abrigo de Katie para protegerlas.

Justo en ese momento, pasa un hombre con unos vaqueros y una camisa de franela. Va arremangado.

—Buenos días —dice.

—Buenos días —contestamos Gabe y yo.

Aunque siento el frío a través de los vaqueros, de pronto me parece que voy muy tapada y estoy fuera de lugar.

—¿No tiene frío? —le pregunto a Gabe.

Él, que lleva un abrigo sin abrochar encima de un jersey, se encoge de hombros.

—Debe de ir a hacer un recado. No vale la pena ponerse muchas capas si bajas un momento a la tienda.

Me siento un poco mejor.

—Supongo que nosotros no vamos un momento a la tienda —le digo.

Gabe me sonríe.

—No exactamente.

—¿Hemos quedado con Ollie?

—Él tiene otras cosas que hacer hoy.

Por lo que sé, el único motivo por el que Ollie ha venido a Montana es para pasar tiempo con Gabe, pero no pienso quejarme. Si quiere a Gabe, que venga a por él.

Hasta entonces, es mío.

—Había pensado enseñarte el pueblo —dice—. Los dos solos.

—Vale —digo.

Peluche camina entre nosotros a un paso lento y relajado que agradezco, aunque también me hace ser más consciente de su edad. Del tiempo.

La Acogedora todavía no ha abierto, pero intento echarle un vistazo con disimulo cuando pasamos por delante. Dentro está oscuro, pero ya se ve que le han puesto bien el nombre. Las paredes están cubiertas de estanterías y veo algunos sillones muy abultados repartidos por parejas por el local.

—Luego venimos —me asegura Gabe.

Me lleva a una cafetería en la que ponen el cartel de ABIERTO justo cuando llegamos.

—Buenos días, Violet —dice Gabe.

—Hola, cielo —responde la mujer de detrás del mostrador—. ¿Lo de siempre?

—¿Puedes ponerme un cruasán más? —le pide—. Y lo que quiera beber Chani.

Violet espera paciente mientras miro la carta.

—Un té *earl grey*, por favor.

—*Earl grey*, muy sexy —apunta Gabe, que todavía tiene práctica con el acento británico.

Sonrío mirándome las manos.

Cogemos las bebidas y los cruasanes y seguimos paseando. El cruasán está mantecoso y dejo que Peluche me lama los dedos cuando me lo termino. Tiene la lengua ancha y plana como la de una vaca.

Pasamos por delante de una ferretería con la puerta decorada con luces de Navidad. El té me calienta la garganta y me recubre el interior del pecho. Hay una tienda de juguetes al lado de una joyería. Las dos están engalanadas para las fiestas. Bueno, para una fiesta.

—¿Hay judíos en Cooper? —pregunto.

—Creo que ahora mismo tú eres la única —contesta Gabe.

Todas las luces que veo son rojas y verdes, hay guirnaldas de flor de Pascua y muérdago colgando de las ventanas. Y muchos niños Jesús en sus pesebres.

—Mmm.

—Hay una sinagoga en Myrna —señala Gabe—, a una media hora de aquí.

—Mmm.

—Me encanta este pueblo.

Lo dice como si fuera el principio de algo más, así que me vuelvo hacia él.

—Me encanta este pueblo —repite—, pero me he comprado la casa de Los Ángeles porque no quiero vivir aquí siempre. Sobre todo cuando lo pequeño que es me supera, en muchos sentidos.

Me está diciendo algo sin decirlo.

«No tengo ninguna prisa».

Hay un árbol de Navidad enorme al final de la manzana. La calle está cortada para los coches y el suelo pasa a ser empedrado. Es muy bonito. Nos quedamos delante un rato. Peluche olisquea las ramas que se alejan del tronco.

—¿Ella vive aquí siempre? —le pregunto pensando en que en su casa de Laurel Canyon no había cosas de perros.

—Nah.

Gabe está arrodillado y le rasca la impresionante gorguera peluda.

—Suelo ir a Los Ángeles en coche. Y volver también. La subo al coche y vamos por la Interestatal 15. Le gusta sacar la cabeza por la ventana. Hasta en invierno.

Peluche se sienta en mi pie.

—Paso más o menos la mitad del tiempo aquí y la mitad en Los Ángeles —dice—. La verdad es que allí echo de menos las estaciones.

—Parece que eso en Montana no falta.

—Pues no. Compensa otras cosas. —Hace un gesto—. Como la falta de sinagogas y eso.

—Seguro que en tu familia se alegran de tenerte por aquí.

—Sí —responde—. Sobre todo después del accidente.

Me vuelvo hacia él.

—Siento lo de tu cuñado.

Gabe está mirando el árbol.

—Sí —dice—, fue un mal año.

Alargo el brazo y le cojo la mano. Cuando entrelaza los dedos con los míos, me doy cuenta de que nunca nos habíamos dado la mano antes. No así.

Es de una intimidad sorprendente tener su mano apretada contra la mía, notar las duricias de sus dedos, la calidez de su piel.

—No es un lugar perfecto —dice—. Cooper.

Levanto la mirada hacia el árbol.

—Los Ángeles tampoco —contesto.

Pienso en cuando volví de Nueva York. En que había esperado volver a sentirme en casa, pero no fue así. En que una parte de mí lleva buscando esa sensación sin saber muy bien lo que está buscando.

—Aunque no te lo creas —comenta Gabe—, el árbol no era lo que quería enseñarte.

Tira de mí y me doy cuenta de que todavía vamos de la mano. El breve shock por la intimidad se ha suavizado y se ha convertido en algo cómodo, familiar.

Rodeamos el enorme tronco del árbol y huele a pino.

El pueblo está engalanado de nostalgia.

Gabe se detiene delante del único edificio que no está decorado con acebo y luces de Navidad. Es oscuro, tiene las ventanas entabladas y el cartel roto. Si esto fuera una película de Hollywood, el edificio sería una metáfora del pasado torturado del héroe.

Me echo un poco hacia atrás y veo que es un antiguo teatro.

—¡Tachán! —dice Gabe.

Hay un cartel de SE VENDE en la ventanilla de venta de entradas y una pegatina de VENDIDO encima.

—*Mazel tov* —lo felicito.

—¿Quieres entrar? —pregunta.

—¿Está encantado?

Sonríe.

—Solo hay un modo de saberlo.

Dentro está todo lleno de telarañas y polvo. No hay una pantalla de cine como esperaba, sino que es un teatro teatro. Tiene un escenario y un pequeño foso para una orquesta poco numerosa. Veo por lo menos trescientos asientos y hasta dos palcos de tamaño modesto pero de construcción imponente a un lado y otro del escenario.

—Espero que no hayas pagado mucho por esto —le digo.

Gabe resopla y Peluche estornuda.

—Mujer de poca fe —contesta—, usa la imaginación.

—Me estoy imaginando muchas ratas y ratones usándolo para hacer su versión de *El cascanueces* en la que los roedores son los buenos.

Aunque digo eso, trato de ver más allá de la capa de suciedad que hay en todas las superficies, más allá de las cortinas comidas por las polillas y de la moqueta desgastada, más allá de las molduras rotas y medio caídas de las paredes.

Veo asientos tallados con minuciosidad. Veo un escenario bonito. Y cuando Peluche suelta un ladrido corto y alegre, oigo la increíble acústica.

Es un teatro pequeñito perfecto para un pueblo pequeñito. Con el nombre de Gabe detrás, podría atraer atención y gente a Cooper. Y él podría controlar las producciones tanto —o tan poco— como quisiera.

Podría ser un nuevo clásico.

—¿Qué te parece? —quiere saber Gabe.

—Perfecto —respondo.

VANITY FAIR

EL MARTINI
POR EL FREGADERO:
Gabe Parker habla de la abstinencia
[EXTRACTO]

—

BETH HUSSEY

Nos sentamos a la mesa del restaurante y Gabe Parker pide un vaso de agua muy grande. Es la primera entrevista del ex-Bond desde que dejó la saga de un modo espectacular e ingresó en un centro de rehabilitación. Dos veces. Y ahora está listo para hablar.

«Intento no vivir con remordimientos», dice. «No estoy orgulloso de cómo hice las cosas, pero no puedo arrepentirme. No. Porque, al final, eso es lo que me llevó a buscar ayuda».

Habla del vídeo viral filtrado del set de rodaje de la última película de James Bond, del cual se marchó. La producción tuvo el material justo para poder llevar la película a los cines, pero la última de las cuatro que figuraban en el contrato de Parker se canceló de inmediato y no han llegado más ofertas.

Parker ronda los cuarenta y su carrera, en este momento, está acabada.

Hay rumores, claro, de proyectos en proceso, pero quien lo contrate lo hará bajo su propia responsabilidad.

«Siempre seré adicto, pero, ahora mismo, soy un adicto que controla su adicción», asegura.

Está por ver si los productores también lo creen.

24

Compramos la comida en una sandwichería cercana y hacemos un pícnic en el escenario iluminados solo por la luz testigo montada en un trípode. El teatro es todavía más impresionante desde este ángulo.

—Necesita mucho trabajo —digo.

Gabe se encoge de hombros y le da una loncha de pavo a Peluche.

—Tengo dinero —contesta—. Y un socio que tiene todavía más.

—Ollie.

—Ollie —confirma.

—De eso iba este viaje—digo—, de que Ollie y tú hicierais planes para el teatro.

Tal vez debería sentirme culpable por monopolizar el tiempo de Gabe, pero no.

—Sí y no —matiza—. Esa era la idea original: ir quedando con Ollie en Los Ángeles mientras duraba la promoción y luego venir los dos en avión para discutir los siguientes pasos.

—¿Pero…?

Me mira y me sonríe.

—Apareciste en el restaurante con tus ojos enormes y tus palabras de sabionda…

—¿Y mis preguntas malas?

Todavía sigo un poco picada por eso a pesar de saber que tiene razón.

Alarga el brazo y me da unas palmaditas en la mano.

—Si te consuela, tus preguntas han mejorado mucho.

Pongo los ojos en blanco.

—Gracias, solo es un hobby, no me gano la vida con ello ni nada.

Mastica y traga.

—Sobre eso…

—¿Sobre lo mal que se me da mi trabajo?

Ignora mi provocación.

—¿Qué ha pasado con los dragones? —pregunta.

Mi mano, que iba de la bolsa de patatas fritas a mi boca, se congela por el camino. Se refiere al relato, a la única obra de ficción que me han publicado.

Algo en lo que últimamente cada vez pienso más. Una especie de tortura creativa en la que me flagelo pensando en algo que no puedo tener.

—Me sabe fatal decírtelo… —Intento tirar por un tono informal, relajado—. Los dragones no existen.

—Ja —dice irónico—. Ya sabes de lo que hablo.

Me como las patatas, no tengo ganas de contestar.

—No es lo que la gente quiere de mí.

—¿Estás segura?

—¿Eres mi psicóloga?

La increíble acústica hace que mis cortantes palabras resuenen por el teatro.

—No, solo alguien que piensa que tienes talento —dice Gabe, desactivando mi rabia de una forma bastante efectiva.

Suspiro.

—¿Te imaginas lo que me dirían mi agente y mi editora si, en lugar de escribir la tercera antología de artículos que me han pedido, les digo que quiero escribir ficción? Y ni siquiera ficción seria, sino un libro sobre dragones y brujas y cuentos de hadas.

A mí no me hace falta imaginármelo, ya sé la respuesta.

Pensaron que estaba bromeando, así que les dije que sí, que era todo broma.

—Me imagino que, si fueran la agente y la editora adecuadas para ti, al menos querrían leer lo que escribieras.

Quiero decirle que no tiene ni idea de lo que dice, que no entiende lo que es forjar tu carrera sobre una imagen concreta y que la posibilidad de que eso cambie puede suponer perderlo todo.

Pero sí que lo entiende.

Para él no es una broma.

—A Jeremy no le parecía buena idea —le digo.

Me parece patético decirlo en voz alta, admitir que dejo que mi exmarido dicte lo que debo o no debo hacer con mi carrera profesional, pero no menos patético que dejar que cualquiera me diga lo que tengo que escribir.

—Ah, bueno, si a Jeremy no le parecía buena idea... —dice con un tono cáustico y con cierto desprecio al pronunciar el nombre.

—Es un escritor de éxito —digo.

—Tú también.

Tengo la mirada clavada en el sándwich como si pudiera contener las respuestas a los misterios de la vida en lugar de solo pavo, aguacate y queso.

—Tengo miedo —le digo.

Nunca lo había confesado en voz alta. Apenas me lo había admitido a mí misma.

—Sí —contesta—, asusta.

Se inclina hacia atrás y se apoya en las manos con las piernas estiradas y un teatro entero a su disposición.

—¿Qué es lo peor que puede pasar? —pregunta.

Que descubra que Jeremy tenía razón. En todo.

Estaba borracho aquella noche. Luego me pidió perdón, dijo que no lo pensaba, pero los dos sabíamos que, después de eso, nuestro matrimonio se había roto de forma irreparable.

Fue en una fiesta de un amigo suyo —en Nueva York casi todo el mundo que conocíamos era amigo suyo—, un encuentro en una casa de arenisca de Brooklyn para celebrar la publicación de un libro. Todos los escritores a los que conocía eran escritores «serios» que escribían libros «serios» como él.

Le estaba costando terminar su segunda novela, que ya hacía tiempo que tenía que haber entregado.

—Los plazos de entrega matan la creatividad —decía siempre—. Son los que me impiden escribir.

Llevaba años trabajando en ella. Yo había publicado montones de artículos ya y mi primera antología y estaba preparando la segunda.

—No es lo mismo —me decía cuando intentaba animarlo a pensar en los plazos de entrega como algo motivador.

Había estado de mal humor todo el día. No quería ir a la fiesta.

—El libro ni siquiera es bueno —me dijo.

Habían publicado buenas reseñas sobre el libro que se presentaba y, aunque el suyo había recibido esas mismas buenas críticas, estaba celoso. Estaba convencido de que el resto de la gente recibía la atención que él se merecía.

—Ya te llegará cuando saques este libro —le dije.

—Eso no va a pasar nunca —dijo—. Yo no puedo escribir palabras como churros como haces tú. Todo lo que escribo yo es un producto de artesanía.

Decía cosas como esa a menudo y se había reído cuando le había contado que estaba pensando en escribir ficción.

—Ah, ¿iba en serio? —me había dicho después—. Lo siento, es que no pensaba que pudieras escribir ficción.

Se rio todavía más cuando le dije el tipo de libros que quería escribir.

—Solo te soy sincero —me había contestado.

Al llegar a la fiesta, se había ido directo a la barra libre. Al cabo de tres whiskies con soda, empezó a ponerse irrespetuoso y yo intentaba sacarlo por la puerta cuando el anfitrión nos arrinconó. Una joven con gafas grandes y pintalabios rojo iba detrás de él. Me recordaba un poco a mí misma cuando era más joven. Impaciente. Atrevida.

—Una fan —dijo el anfitrión.

A Jeremy se le iluminó la cara.

—Me encanta tu trabajo —me dijo la joven.

—Gracias —le respondí.

—La madre que me parió —añadió Jeremy.

Las dos nos volvimos hacia él sintiendo diferentes formas de sorpresa. Él agitó una mano borracha como diciendo «seguid».

La joven se lo quedó mirando pasmada y luego se volvió hacia mí esforzándose por recuperar la sonrisa.

—Solo quería decirte lo mucho que me gustó tu libro.

—Gracias —dije.

Jeremy se rio por la nariz, pero las dos lo ignoramos.

—Y el artículo sobre Oliver Matthias fue muy bonito —dijo ella—. Se te da muy bien hacer que alguien inalcanzable parezca normal y cercano.

—Ay, qué maja.

Me había sonrojado de orgullo.

Estaba acostumbrada a que la gente se acercase a Jeremy en fiestas como aquella y a escuchar cuánto significaba para ellos su novela. Y, aunque sentía un pinchazo de celos, sobre todo me alegraba por él.

Supuse que él sentiría lo mismo.

No podía estar más equivocada.

—Y, si me lo permites… —La chica se me acercó y bajó la voz y puso un tono conspiratorio—. Creo que el artículo de Gabe Parker es el perfil de un famoso que más me gusta del mundo.

—Gracias.

—Cómo no —se burló Jeremy.

—Espero que no sea muy atrevido —continuó ella—, pero yo también soy escritora y quería saber si podría preguntarte por…

—Se lo folló —espetó Jeremy—. Está clarísimo.

Se me cayó el alma a los pies como un ascensor roto.

—¿Qué?

—Está clarísimo. Se. Lo. Folló —dijo Jeremy.

Cada palabra era como una puñalada.

La pobre chica se puso nerviosa.

—Yo, eh…

—Eso era lo que ibas a preguntar, ¿no? —le había exigido Jeremy—. Querías saber si había pasado algo entre ellos, aquí

Chani iba a soltarte la misma puta frase de siempre de que no pasó nada, aunque todo el mundo sabe que es mentira. Todo el mundo lo sabe, Chani, y todo el mundo sabe que ese es el único motivo por el que sigues trabajando.

Nunca me había sentido tan horrorizada.

—Lo siento —me disculpé con la joven, que aprovechó la oportunidad para salir por patas.

Me giré hacia Jeremy, que no había terminado.

—No eres mejor que yo —dijo, y salió de la fiesta bajo la lluvia.

Aquella noche, me quedé a dormir en casa de Katie y Jeremy me llamó cuando estuvo más sobrio deshaciéndose en disculpas. Tenía mucho estrés. Estaba borracho. Lo sentía.

Pero nunca me dijo que en realidad no lo pensaba.

Lo peor era que yo ya lo sabía. Sabía lo que la gente pensaba de mí, de mis textos, y era algo que acababa con el poco orgullo que pudiera sentir por mi trabajo. Simplemente tenía la esperanza de que mi propio marido no pensara lo mismo que los demás.

Pero sí.

Y no estaba segura de que se equivocara.

—Chani.

Miro a Gabe. Al motivo de que siga trabajando.

—Te he perdido durante un momento —dice.

—Perdona, me estaba acordando de algo.

—¿Algo que quieras compartir?

—No.

Film Fans

RESEÑA DE *HISTORIAS DE FILADELFIA*
[EXTRACTO]

Chloe Watson

Según a quién le preguntemos, *Historias de Filadelfia* es la mejor comedia romántica de la historia o un desfile de actores con varias tramas cuestionables.

La última adaptación de esta obra clásica convertida en película y más tarde en musical (porque no podemos olvidar *Alta sociedad*) que ha hecho Oliver Matthias tiene la clara intención de honrar a la primera escuela de pensamiento mientras aborda la problemática que plantea la segunda.

Y casi lo consigue.

Aunque logra actualizar la relación problemática entre padre e hija y trata el tema de la violencia doméstica que salpicaba el original, Matthias no termina de clavar el delirio de este.

Ahora bien, al césar lo que es del césar: el reparto es impecable.

Hubo indignación cuando se anunció que el ex-James Bond caído en desgracia Gabe Parker haría el papel de C. K. Dexter Haven. En internet hubo un boom de artículos de opinión que decían que darle un papel de alcohólico en rehabilitación a un alcohólico en rehabilitación era de vagos y de aprovechados.

Deberíamos saber todos ya que Oliver Matthias, en su infinita sabiduría, sabía muy bien lo que hacía al elegir a Parker. El C. K. Dexter Haven de Parker es gracioso, elegante y da en el clavo. Aunque todo el elenco está fantástico —Benjamin Walsh en el papel de Mike Connor es toda una revelación—, es Parker el que se lleva la palma.

25

Accedo a cenar con Gabe y su familia. No hablamos más de mi trabajo ni de Jeremy. Mientras cerramos el teatro, Gabe me cuenta que Ollie y él piensan pasarse los próximos meses rehabilitándolo, contratando personal y planeando la primera temporada.

—Queremos abrir el otoño que viene —dice.

—Qué ambiciosos.

Se encoge de hombros.

—Yo no tengo mucho más que hacer —contesta.

Es un tema que parece que los dos estemos evitando: el futuro.

—¿No hay películas a la vista?

—Creo que todo el mundo espera a ver cómo le va a *Historias de Filadelfia* antes de volver a acogerme oficialmente en Hollywood. Es que te metes en una sola pelea viral con un director de mierda estando borracho y, de pronto, nadie quiere trabajar contigo. A no ser, claro, que puedas hacerles ganar dinero.

Ha vuelto el tono cáustico.

—Tendrías que haberte limitado a los insultos antisemíticos de siempre y a llamar a las mujeres «chochito» y te habrían recibido con los brazos abiertos y premios y todo.

Gabe chasquea los dedos.

—Mierda, ya sabía yo que no lo había hecho bien. ¿Y tu teléfono? Vamos a grabarlo.

Y así, una vez más, hemos esquivado la conversación para la que aún no estoy lista.

Hasta que no se detiene, con el aliento visible por el aire frío, no me doy cuenta de que hemos estado caminando por Main Street en silencio.

—Ya hemos llegado —dice.

Estamos delante de La Acogedora. Con la puesta de sol y las luces de dentro encendidas, le hace honor a su nombre.

Hay una campana encima de la puerta —bonita y antigua como la de Meg Ryan en *Tienes un e-mail*— que tintinea anunciando nuestra llegada. Suenan villancicos por los altavoces de la librería a un volumen bajo.

—Enseguida estoy con ustedes —dice una voz desde la trastienda.

—Solo soy yo, mami —dice Gabe.

«Mami». Llama «mami» a su madre.

El calor de la tienda y un olor a manzana y canela me reconfortan. Hay un carrito al lado de la puerta con una jarra, unas tazas y un cartel que dice SÍRVETE.

—¿Quieres un poco? —me pregunta Gabe.

Lo sirve antes de que pueda contestar (es zumo de manzana caliente) y me tiende una taza. En el estante de abajo hay un contenedor para las tazas sucias.

Todo me resulta extrañamente familiar a pesar de no haber estado aquí antes.

—Es preciosa —digo.

Sonríe.

—No está mal, ¿eh? —Mira a su alrededor con una mano en la cadera y la otra sosteniendo la taza, con cara de que le gusta lo que ve—. Creo que vamos a encargarles a los mismos obreros que renueven el teatro.

—¿Ayudas en la tienda cuando estás por aquí?

Asiente.

—Cuando más me gusta es de noche. Cuando estoy aquí, soy el que se encarga de los pedidos por internet. Me pongo algo de música o un pódcast y al lío. Si crees que se me da bien lo de actuar, deberías verme preparar una caja de envío en menos de un minuto.

—¿Te encargas de los pedidos por internet?

Me dirige una sonrisa cómplice.

—Sí. Siempre sé quién compra.

Eso significa que es probable que sepa la de veces que he pedido libros.

Por suerte, no tengo ocasión de responder porque una mujer con los ojos verdes de Gabe y su mismo hoyuelo emerge de la trastienda. Se le ilumina la cara cuando nos ve.

—¿Es ella? —pregunta.

—Mami, esta es Chani —dice.

Tiene el brazo sobre mis hombros, casi como si me estuviera presentando oficialmente, que supongo que es lo que está haciendo. El momento parece importante y me da miedo.

Sé que Gabe piensa en qué pasará después de este fin de semana. Sé que quiere preguntar.

Yo agradezco que no lo haya hecho porque no tengo respuesta. Todavía no.

—Esta es mi madre, Elizabeth.

—Encantada de conocerte —digo tendiendo la mano.

Ella ignora el gesto y me rodea con los brazos. Yo mantengo la mano en la que tengo la taza de zumo de manzana estirada detrás de ella con cierta incomodidad.

—Nos alegramos mucho de que hayas venido —dice—. Gabe habla de ti a todas horas.

Gabe carraspea incómodo detrás de mí.

—A todas horas no —apunta.

Lo miro.

—Pero sí, mucho —dice, y me dedica esa sonrisa suya.

Miro a Elizabeth y me dirige el mismo gesto.

—La librería es preciosa —digo.

Se le ensancha la sonrisa.

—Muchas gracias —dice antes de mirar a Gabe con unos ojos de «Es la octava maravilla» con los que solo una madre miraría a su hijo—. Tenemos mucha suerte.

Gabe cambia el peso de pierna avergonzado pero complacido.

Peluche bebe de un cuenco que es evidente que está ahí por ella.

—¿Quieres que te haga un tour? —pregunta Elizabeth—. Lauren y Lena están de camino. He pensado que esta noche podríamos cenar en nuestra casa.

—Me encantaría —contesto—. Y gracias por incluirme en la cena familiar.

Elizabeth agita una mano.

—Nos alegramos de conocerte por fin —dice—. Empezaba a pensar que Gabe nunca se pondría las pilas.

—Siempre piensan bien de mí —tercia él.

Elizabeth me coge del brazo y me lleva por la librería. Peluche y Gabe nos siguen.

—Cada estantería tiene un nombre —me explica señalando los carteles de colores—. Cuando la gente pregunta por un libro, le decimos que vaya a la estantería Ursula K. Le Guin, si está en la sección de ciencia-ficción, por ejemplo, en lugar de decirles un número.

La estoy escuchando, pero, sobre todo, lo estoy observando todo.

Las paredes están cubiertas de arriba abajo de estanterías tan altas que hay algunas escaleras corredizas como en *La bella y la bestia* para que los lectores lleguen a los volúmenes que quedan fuera de su alcance. Por el resto de la librería hay más estanterías, pero no me llegan más arriba de los hombros, lo que evita que el local parezca atestado. Hay sillones de cuero muy abultados en todos los rincones y me imagino que, si la tienda estuviera abierta, cada uno acogería el culo de un ávido lector. Hasta hay una mesa al lado de la mayoría, supongo que para que la gente deje sus tazas de zumo de manzana caliente.

Toda la tienda resulta hogareña y cálida.

—¡Tachán! —dice Elizabeth deteniéndose delante de una estantería llena de libros y de tarjetas coloridas.

En la parte de arriba se lee LA ACOGEDORA RECOMIENDA. Y están mis libros. Justo en el centro. En el lugar de honor.

Y debajo hay una nota escrita a mano que dice RECOMENDADOS POR GABE.

«No ficción inteligente, divertida y adictiva —dice la tarjeta en lo que doy por hecho que es la letra de Gabe: cuadriculada y algo desigual—. Te vendrá a la mente tiempo después de haberlo terminado».

—Somos muy fans —me dice Elizabeth con una sonrisa radiante.

Creo que digo «gracias» mientras toco la estantería —y las palabras de Gabe— fugazmente, como si fueran objetos valiosísimos.

Me siento inestable. Emocionalmente agitada.

No puedo mirar a Gabe.

—¿Queréis que los firme? —pregunto.

Elizabeth da una palmada.

—¿Lo harías? Sería maravilloso. —Me da otro abrazo breve, impulsivo—. Voy a buscarte un boli. Puedes sentarte en el mostrador. Ah, ¿y podríamos hacerte una foto?

—Claro —contesto encantada y sobrepasada.

Elizabeth suelta un suspirito de felicidad y se aleja a toda prisa.

—No tienes por qué hacerlo —dice Gabe.

Lo suelta en voz baja, pero se me ha acercado, de modo que siento el calor de su aliento detrás de la oreja.

—¿Inteligente y divertida? —pregunto—. ¿Adictiva?

—¿No estás de acuerdo?

No tengo una respuesta. Opto por decir:

—Los has leído.

—Pensaba que habíamos dejado claro que leo todo lo que escribes.

Es una de las cosas más sexis que me han dicho.

Me vuelvo hacia él poco a poco. No se aparta y mis ojos quedan a la altura de sus labios. Sonríen burlones.

Levanto la vista. Mi mirada se queda clavada en la suya.

—Escribes muy bien —dice.

Corrijo mi pensamiento anterior. Eso es lo más sexy que me han dicho. Sobre todo porque es Gabe. Sobre todo porque siento que la tensión aumenta entre nosotros, tirante como papel film. Sobre todo porque, si doy más o menos un paso adelante y subo unos diez centímetros, mi boca estaría sobre la suya y, aunque hayan pasado diez años, todavía no me he olvidado de cuánto me gustó esa sensación.

—¡Vamos allá! —dice Elizabeth, y Gabe se aparta para dejar pasar a su madre.

Lleva un manojo de bolis en la mano y me los tiende todos.

—No sabía si tenías alguna preferencia, así que te he traído los que tenemos.

—Gracias. —Busco uno sencillo—. Con este valdrá.

Me sonríe y es una sonrisa tan buena, tan cálida y abierta y amorosa, que me doy cuenta de que haría casi cualquier cosa por que no la perdiera.

No me extraña que Gabe le comprara la librería a su madre. Parece una persona maravillosa a la que hacer feliz.

Me coloco detrás del mostrador y empiezo a firmar los libros que me pone delante. Tienen en el inventario muchos más de los que me esperaba. Por lo general, cuando voy a librerías independientes me siento afortunada —y agradecida— si tienen cinco o seis ejemplares en total.

En La Acogedora tienen por lo menos treinta de cada uno.

El día que salió mi primer libro, Jeremy insistió en que fuéramos a todas las librerías posibles para que yo firmara ejemplares. Empezó mal. En la librería del barrio no lo tenían y en la del de al lado tampoco. Había sido una idea amable y alentadora, pero Jeremy había dado por hecho que todos los lanzamientos serían como el suyo. Pensaba que mi libro estaría en todas partes.

En total terminamos encontrándolo en tres sitios en todo Brooklyn y Manhattan. Fuimos a los tres y él me presentó como «la brillante autora novel Chani Horowitz», que no era moco de pavo, porque bastantes libreros lo reconocían. Después fuimos a mi restaurante italiano favorito, un pequeño local en el que solo aceptaban efectivo y en el que servían *limoncello* casero y lasaña vegetal.

Es uno de mis recuerdos favoritos de nuestro matrimonio.

Pero ni en aquel momento Jeremy me miró como me mira Gabe ahora. Con una expresión de enorme orgullo. Y admiración.

Debería hacerme sentir bien.

Pero no.

Porque solo puedo pensar en lo que Jeremy me dijo aquella noche.

«Es el único motivo por el que sigues trabajando».

Y el sujeto de la frase era Gabe. Era la suposición de que me había acostado con él. La naturaleza sórdida del artículo. La obsesión de la gente con la vida privada de los famosos.

Yo me había aprovechado al máximo de todo eso a los veintiséis años. Me había inventado excusas: que necesitaba el trabajo, que era una buena historia, que tenía derecho a contarla.

Ahora no lo veo así.

No es solo que sé lo que le pareció a Gabe, que se sorprendió y le dolió lo que había decidido incluir en el artículo, sino que las palabras de Jeremy hicieron que cuajaran todas y cada una de las incertezas que se arremolinaban en mi interior desde que se había publicado el artículo.

Ignorar a personas desconocidas de internet o a un actor emergente que era un capullo cuando me decían que era una puta mentirosa y poco profesional era una cosa, pero era otra muy diferente que también lo pensara la persona junto a la que había dormido los últimos siete años.

Mi carrera profesional, mi éxito, no se debía a que se me diera bien escribir. Se debía a que me había aferrado a Gabe como una rémora que sigue a un tiburón y se pone fina con lo que él descarta.

Y, si intentase soltarme, me moriría de hambre.

Ahora mismo me veo así, sentada en una librería de la que Gabe es dueño firmando libros que él recomienda.

¿Sabré algún día si mi trabajo era lo bastante bueno por sí mismo?

¿Sabré siquiera si yo era lo bastante buena?

La campanita que hay encima de la puerta tintinea. Peluche, que se había colocado a mis pies, se pone alerta con la cabeza ladeada y las orejas levantadas.

—Ya hemos llegado —dice una voz femenina desde la entrada.

Peluche se levanta y sigue el sonido de la voz.

—Estamos aquí atrás —dice Gabe—, firmando libros.

—Hola, Peluchito —dice otra voz más joven—. ¿Te estás portando bien?

—¿Firmando libros? —pregunta la primera voz acercándose—. Ah, sí.

La mejor amiga de Gabe es igualita a él. Tiene el pelo oscuro salpicado de canas elegantes, una mandíbula marcada y ese rollo amable y fuerte que da ser de Montana. Lleva vaqueros y una camisa de franela. La bufanda que lleva al cuello parece hecha a mano.

—Hola. Soy Lauren, la hermana de Gabe.

Me levanto y le tiendo la mano.

—Chani.

Siento que yo también debería definirme, pero ¿qué puedo decir? ¿Soy la entrevistadora/superfán/amiga/quién sabe de Gabe?

—Esta es Lena —dice Lauren, y le pone la mano en el hombro a su hija.

—Buenas —saluda ella mirando al suelo.

Lleva el pelo oscuro recogido en una trenza que empieza a deshacérsele a la altura de las orejas y le caen pelos sueltos por el cuello, que es largo como el de una jirafa. Está claro que va a ser alta y también que, ahora mismo, no lo soporta. Tiene los hombros echados hacia delante como intentando esconderse.

—Hola —contesto.

—Tengo hambre —dice Lena cuando su abuela sale de la trastienda.

—Yo también —se suma Gabe, y noto que intenta compensar la falta de educación de su sobrina.

A mí no me importa. Puede que para Lena sea un dinosaurio, pero todavía me acuerdo de lo que era tener su edad. Era una mierda.

—No me extraña, cariño —le responde Elizabeth con el abrigo en la mano—. Vamos a cenar.

Cogemos dos coches diferentes para ir a la casa en la que Elizabeth vive con Lauren y Lena. Es un edificio victoriano de dos plantas precioso con contraventanas y molduras azules.

—Se la compré después de la muerte de Spencer —me cuenta Gabe—. Lauren no quería quedarse en su antigua casa y creo que les ha ido bien tener a mi madre aquí.

Asiento como si entendiera lo que es perder a un marido o a un padre.

—Seguro que te están agradecidas por la ayuda y el apoyo —le digo.

Suena trivial, no significa nada.

—Yo estaba pasando por un mal momento cuando murió —dice Gabe—. No fue el peor, pero casi. Conseguí recobrar la compostura para el funeral y durante unos pocos meses, pero no pude aguantar.

Todavía tiene las manos sobre el volante.

—Es verdad eso que dicen de que no puedes dejarlo por otras personas. Porque, si se pudiera, yo lo habría hecho por ellas. Por él.

El coche de Lauren aparca en el camino de entrada y nos quedamos ahí sentados observando cómo las tres van hacia la casa. Gabe no se mueve. Todo es silencio y oscuridad y veo que se encienden luces dentro.

—Nos criamos juntos. Lauren, Spencer y yo. Él iba a mi curso, pero los tres éramos inseparables. Hasta que Lauren y él... —Suelta un suspiro—. Spence conoció a mi padre y eso es importante. Lauren y él estaban tan enamorados que daba asco, pero, aunque no hubiera sido así, aunque no hubieran estado juntos, perderlo a él fue un poco como volver a perder a mi padre.

Le brillan los ojos con una tristeza profunda y pesada. Siento que se ha guardado estos pensamientos dentro y que ahora están rebosando, quizá sin que él quiera. No sé lo que es estar en su situación, pero sé que a veces lo único que necesitas es que te escuchen. Así que lo escucho.

—Tenía la misma edad que yo, ¿sabes? —dice—. Lena. Cuando murió su padre.

No lo sabía. O, por lo menos, no había atado cabos.

—Es raro. No es la palabra correcta, pero...

Se sacude un poco.

—Lauren y mi madre se tienen la una a la otra. Saben lo que es pasar a ser madre soltera de repente. No es exactamente lo mismo, pero es parecido, supongo. Pueden hablarlo. Se entienden. —Se pasa una mano por la nuca—. Yo pensaba que podía ser esa figura para Lena, que habría una comprensión entre nosotros, un lazo. Y al principio fue así. Hablamos mucho. Nuestra relación se volvió muy cercana, pero... —Levanta los hombros, los aguanta ahí y los suelta—. Yo tuve una recaída y rompí cualquier conexión que pudiéramos tener. Ya no quiere hablar conmigo. No quiere hablar con nadie.

Su culpa es patente y Peluche suelta un ladrido suave y triste desde el asiento de atrás y le toca con el hocico el brazo. Él alarga el brazo y le rasca el cuello.

—Es una adolescente —le digo—. Creo que su disposición genética es estar calladas y de mal humor dos años, tal vez tres.

Gabe sonríe un poco.

—Ya —responde—, lo sé. Yo sigo tendiéndole la mano, esperando que sepa que estoy aquí si me necesita.

—Seguro que lo sabe.

—Aun así, me duele. Sigo pensando que debe de haber algo más que pueda hacer.

Pienso en darle la mano, pero este momento ya es tan íntimo, tan crudo, que contengo el impulso. En lugar de eso, le ofrezco un tópico:

—Dale tiempo. Lo único que puedes hacer es estar ahí cuando esté lista.

Suelta una exhalación.

—Sí —dice.

Como si supiera que estamos hablando de ella, Lena sale al porche. Se ha quitado los zapatos y la chaqueta, de modo que está ahí en la oscuridad, con el frío que hace, en calcetines, camiseta y unos vaqueros desgastados y rotos a la altura de la rodilla. Levanta los brazos y nos dirige una cara de exasperación tan lograda que cuesta no quedarse impresionada.

Después de haber comunicado de manera efectiva lo que quería, se da la vuelta y entra en casa.

—Supongo que ya está la cena —dice Gabe.

Es todo casero, desde la lasaña hasta el pan de ajo. La conversación resulta forzada, sobre todo por una pelea que parece haber tenido lugar entre Lauren y su hija, pero que no se menciona.

Lena está enfurruñada en una punta de la mesa con los brazos cruzados y la vista clavada en su plato. Está justo en lo que serán sus años más raros, unos que recuerdo bien. Los rasgos todavía no se le han asentado bien en la cara, todo parece un poco fuera de lugar. Las cejas espesas le caen encima de los ojos marrones oscuros que debió de heredar de su padre, mientras que es evidente que la parte inferior de la cara le viene de su madre. Todas las personas de la mesa menos yo tienen la misma nariz.

Está claro que esta cena es una tortura para ella.

Ensarta la lasaña con el tenedor mientras evita cualquier intento de incluirla en la conversación.

—Lena es una gran lectora —dice Lauren—. Prácticamente nació con un libro debajo del brazo.

Lena hace una mueca, pero no dice nada.

—Siempre hemos tenido más o menos el mismo nivel de lectura —dice Gabe—. Cuando era pequeña, era ella la que me leía cuentos a mí antes de dormir.

Está de broma, claro, pero Lena ni siquiera da muestras de haberlo oído.

—¿Qué tipo de historia te gusta más? —le pregunto, aunque sin esperar ninguna respuesta.

Y, en efecto, no recibo ni un parpadeo.

—A veces la gente me manda copias de libros que quieren que lea —le digo— antes de publicarlos. Podría mandarte algunos, si quieres.

—Qué generoso por tu parte —dice Elizabeth—. ¿No estaría genial eso, Lena?

—Tenemos una librería —contesta Lena.

Podría ser gracioso si no fuera tan incómodo.

El único ser al que le dedica algo de afecto es a Peluche, que se ha colocado a su lado y le lame el brazo como si quisiera decirle «Está todo bien». O tal vez Lena ha metido el codo en grasa de beicon antes sentarse a cenar.

—Gabe dice que estás trabajando en una novela —me dice Lauren.

—No exactamente —contesto—. Sigo escribiendo sobre todo no ficción.

—Tiene un talento enorme —afirma Gabe—. Podría escribir lo que quisiera.

Siento el rubor escalar desde mi pecho.

—Gabe —le dice su madre—, estás avergonzándola a la pobre.

—No, si ya lo sé —responde él.

Me sostiene la mirada mientras se lleva a la boca un trozo grande de lasaña con la sonrisa fija en la cara. Yo pongo los ojos en blanco, pero el calor sigue ahí.

Intercepto una mirada de complicidad entre Lauren y Elizabeth. Se han portado muy bien conmigo. Me caen bien.

Como con Ollie, me preocupa decepcionarlas.

Hasta que vamos por la mitad de la cena y acabo de meterme un trozo bien grande de lasaña en la boca Lena no me dirige la palabra.

—Sé quién eres —dice.

Es una acusación.

—Lena —dice Gabe.

—¿Qué?

Le lanza esa mirada que todos los adolescentes tienen en el arsenal.

La mirada que dice que, si cayeras muerto ahora mismo, le daría completamente igual.

Aunque yo no tengo una adolescente a mi cargo, he estado en una sala llena de hombres convencidos de que tenían que ser los siguientes grandes novelistas del país a pesar de no haber escrito un libro en su vida y que no tenían una pregunta, sino más bien una reflexión.

Soy capaz de soportar las faltas de respeto de los desconocidos. Se podría decir que he entrenado para ello.

—Eres la periodista —dice Lena.

—Sí.

—Leí el artículo.

—¿Y qué te pareció? —le pregunto.

Siento que todas las personas de la mesa contienen la respiración.

—Lena —la advierte Lauren, pero yo la tranquilizo con un gesto de la mano.

—No pasa nada —le digo—. A Gabe tampoco le gustó.

—No es verdad —apunta Gabe cuando su madre y su hermana lo fulminan con la mirada.

—No pasa nada —digo—, he oído cosas peores. Una vez, mientras le firmaba un libro a alguien que me lo pidió, esa persona me dijo que estaba sobrevalorada. Me escribieron una reseña en la que decían que no era lo bastante guapa para estar tan enfadada. Sin embargo, mi favorita es el correo de diez párrafos que me mandó un hombre desgranando todo lo que estaba mal en el primer ensayo de la primera antología que publiqué. Me dijo que esperase la misma crítica de cada uno de los capítulos siguientes. El hombre adjuntaba también una factura por el trabajo que había hecho y una dirección a la que le podía mandar el cheque.

Gabe carraspea para no reírse.

Lena tiene los ojos abiertos por la sorpresa.

—No vas a hacerme daño —le digo—. Y no pasa nada si no te gustó.

—No estaba mal —dice con la cara roja—. Ni fu ni fa, ¿vale?

Empuja la silla con las piernas y esta cae al suelo. Peluche enseguida se levanta con el rabo entre las piernas.

Lena ha salido de la habitación antes de que nadie pueda decir nada.

Me siento fatal.

—Lo siento —digo—. No quería…

—No es por ti —dice Lauren—. Cuando murió su padre, la gente no dejaba de llamar a casa. Muchos periodistas. No todos eran amables.

—Lo siento —repito.

Lauren se encoge de hombros.

—Es lo que toca, supongo. A Gabe le pagan grandes cantidades de dinero por no hacer casi nada y, a cambio, la gente quiere saber cosas de él y de su vida.

—Perdona —dice Gabe—, a mí no me pagan grandes cantidades de dinero por no hacer casi nada, me pagan cantidades de dinero desorbitadas por no hacer casi nada.

Lauren alarga la mano y la pone sobre la de él.

Parece cansada.

Se oye una vibración y los dos hermanos miran el móvil.

Observo a Lauren leer la pantalla del suyo y se le sonrosan las mejillas.

Gabe ensarta la cena con el tenedor mientras ella vuelve a guardar el teléfono en el bolsillo.

—¿Otra vez? —pregunta él.

—No pasa nada.

—Le diré que pare.

Pero ella niega con la cabeza.

—No... No me importa —dice.

Veo que Gabe se sorprende, pero no dice nada, se apoya en el respaldo de la silla con los brazos cruzados.

—Gabe —dice ella—, puedo lidiar con esto. Soy mayor que tú, ¿recuerdas?

—Y él es más joven que tú —contesta Gabe—. Y más joven que yo. Y seguramente más joven que Chani.

Ahora tengo mucha curiosidad.

—¿De quién hablamos? —me atrevo a preguntar.

Los hermanos intercambian una mirada antes de que Gabe le haga un gesto de «díselo».

Lauren baja la cabeza y la mirada.

—Ben Walsh.

Levanto mucho las cejas.

—Ben Walsh —respondo—. ¿Ben, Benjamin Walsh?

Las mejillas de Lauren se han vuelto de un rojo vivo.

—Es... —me cuesta encontrar las palabras.

—Un actor decente —sugiere Gabe.

—Muy guapo —digo—. En plan, tanto que duele. Guapo de

esos a los que no puedes mirar directamente sin marearte un poco.

Lauren suelta una risita ahogada.

—Que estoy aquí —se queja Gabe.

Esta vez es Elizabeth la que alarga el brazo y le da unas palmaditas en la mano.

—Tú también eres muy guapo —lo consuela su madre.

—Entonces ¿Ben Walsh...? —vuelvo al tema, incapaz de resistirme.

Me gusta un poco ver esta faceta de Gabe, con sus celos impostados.

—Lleva olisqueando a Lauren desde que vino de visita al set de *Historias de Filadelfia*.

—¿Olisqueando? —responde ella—. Soy una persona, no un trozo de carne. No te pongas en plan capullo machista.

Gabe parece debidamente amedrantado.

—Lo siento, es que...

—No te cae bien —señala ella—, eso ya lo has dejado más que claro.

De pronto en el ambiente no queda ni una pizca de buen humor. Lauren se levanta de la mesa.

—Disculpad, voy a ver cómo está Lena.

En cuanto se ha ido, Elizabeth le lanza una mirada a Gabe.

—¿Qué? —pregunta él—. Me dijo que no estaba interesada en él.

Su madre niega con la cabeza y desaparece por la puerta de la cocina.

—¿Benjamin Walsh? —pregunto en un susurro, aunque no sé muy bien por qué—. ¿En serio?

Gabe suspira.

—Sí. —Se pasa una mano por el pelo—. A ver si lo adivino, te encantó en *El poder de Kennedy*.

—No. Bueno, sí, claro —respondo, porque ¿a quién no le encantó Benjamin Walsh en *El poder de Kennedy*?

Benjamin Walsh era la versión hawaianoirlandesa de Gabe. O, más bien, del Gabe de hacía diez años, con todo el alcohol y la fiesta incluidos. Guapo, con talento, el chulo surfero de toda la vida traído a la actualidad. Que le hubiesen dado el papel de Mike Connor en *Historias de Filadelfia* iba contra la imagen que se tenía de él. Igual que pasó con Gabe y Bond.

Además, solo tiene treinta y dos añitos.

La hermana de Gabe tiene más de cuarenta.

Y tiene los famosos rasgos de la familia Parker, pero no esconden su edad. Parece la madre guapa de una adolescente, no una treintañera con la piel hidratadísima. Es evidente que es inteligente, interesante y graciosa, pero en Hollywood las cosas no funcionan así.

De pronto, siento mucho más respeto por Benjamin Walsh.

—Me lo imaginaba —dice Gabe, que parece receloso.

—¿Le ha estado mandando mensajes a tu hermana?

Asiente.

—Cree que es maravillosa, y lo es, pero yo sé cuál es su tipo.

—¿Cuál?

—Modelos —responde—. Actrices jóvenes. Tonteó con Lauren cuando vino a verme, pero se acostaba con Jeanine el resto del tiempo.

Jeanine Watterson era la actriz que hacía de Liz. Debía de tener veinticinco años.

—Ya sé que no me incumbe —continúa.

—Supongo que tú sabes mejor que nadie que nosotros, las personas normales y corrientes, necesitamos que nos protejan de las terribles y malísimas estrellas del cine —le digo.

—Si hay alguien aquí que necesita que lo protejan, creo que no eres tú.

Le lanzo una mirada. Él me la devuelve.

Nos quedamos ahí sentados, en el comedor silencioso, escuchando el sonido mortecino de la conversación que viene de arriba o de la otra punta de la casa, no sabría decirlo. Abuela. Madre. Hija.

—Se te da de maravilla vaciar una habitación —apunta Gabe.

—Gracias.

—Creo que se ha acabado la cena —dice.

—Eso parece.

PUNTO POR PUNTO – NEWSLETTER

EXILIADA

L as relaciones son como los países. Las amistades, las familias, los matrimonios. Cualquier relación profunda tiende a crear sus propias costumbres. Su propio lenguaje.

Yo estuve casada más tiempo del que debería. El país que fundé con mi marido estaba lleno de bromas internas, de pequeñas intimidades inadvertidas, de hábitos compartidos. Nos sabíamos la rutina de las mañanas al dedillo.

Él siempre salía de la cama primero. Le gustaba escribir por las mañanas y a mí me gustaba dormir hasta tarde. Él se levantaba antes que el sol, iba directo a su despacho pisando los suelos chirriantes y trabajaba durante horas delante de la máquina de escribir. Esos sonidos —los crujidos del suelo al andar, el tecleo metálico— se filtraban en mis sueños matutinos con frecuencia. A veces, eran imágenes de ratoncitos picando en una mina en miniatura. Otras, era mi abuelo en una mecedora que nunca tuvo en un porche en el que nunca se sentó.

Desayunábamos juntos. Él me contaba lo que había escrito y yo le contaba el sueño que había inspirado. De vez en cuando, mis sueños se colaban en su trabajo. Un personaje de un relato, una joven inocente y grácil (siempre hay jóvenes inocentes y gráciles en sus obras de ficción) tomaba setas con el encantador profesor universitario al que tanto admiraba y alucinaba con una hilera de erizos que bailaban claqué de forma errática.

Me gustaba ver mis sueños en su trabajo. Me resultaba extrañamente apasionante toparme con ellos en revistas literarias, casi como si fuera más emocionante encontrar mi nombre mencionado en los agradecimientos que sostener mi propio libro.

Mi marido me dio las gracias en su primera novela. Me llamó «su musa».

Dudo que me mencione en el segundo. Ese se lo dedicará a la que pronto será su segunda esposa.

No lo digo para avergonzarlos, ni a él ni a ella. Ella no fue el motivo de que nuestro país se viniera abajo.

En todos los matrimonios, como en todos los países, hay conflictos. A veces el patriotismo es lo bastante fuerte para superarlos —al sopesar lo que se comparte y lo que se podría perder—, pero, otras, el conflicto pone de manifiesto que el país se fundó en un terreno inestable.

Besos,

Chani

26

Al final, Lauren y Elizabeth se nos vuelven a unir. La última nos ofrece postre, pero queda claro que esta parte de la noche ha terminado.

Estoy nerviosa cuando nos alejamos en coche. Parece que la enorme camioneta de Gabe se encoge con cada kilómetro que avanzamos. Me han ofrecido vino durante la cena, pero lo he rechazado.

Ni Gabe ni yo decimos nada en el trayecto hasta su piso.

Tengo la mano apoyada en el pecho, con los dedos tocándome el cuello, donde siento el pulso martillear. Tanto Gabe como yo sabemos lo que va a pasar. Parece inevitable e imposible.

Y tengo muchas ganas. Me muero de ganas.

Pero justo cuando está a punto de apagar el motor, tiendo la mano y lo detengo.

—Gabe —le digo.

—Uy, parece algo serio.

—Solo he dicho tu nombre.

—Ya, pero en plan serio.

Está de broma pero no. Lo noto preocupado. Y no puedo culparlo. Estamos tan cerca y a la vez...

—Es que tenemos que hablar de la llamada —le digo.

Arruga la frente.

—La llamada.

Parece tan confundido que, por un momento, pienso que tal vez me lo imaginé todo.

—Me llamaste —le digo—. La noche antes de ingresar en rehabilitación.

—¿Cuál de las dos veces? —pregunta.

El tono es impasible, pero oigo la vergüenza subyacente.

—La primera.

En aquel momento, yo no sabía nada de todo eso, claro. Las cosas entre Jeremy y yo no iban mal, pero tampoco bien. Hacíamos terapia de pareja. Entonces yo solo intuía su rencor borboteando bajo la superficie, pero no conocía la causa.

Era otoño.

Había ido al cine sola, acababa de salir del metro y estaba volviendo a casa cuando me llamó. Ver «Gabe Parker (equipo Los Ángeles)» en la pantalla del móvil había sido un shock. Después de la entrevista, esperé que me llamara, que me escribiera. Hubo veces que entré y leí los pocos mensajes que habíamos intercambiado, pero, después del incidente de Broadway, pensaba que nunca más volvería a saber de él.

Aun así, no había sido capaz de convencerme a mí misma de borrar su contacto.

—¿Gabe?

—Chani —dijo.

Pero no lo dijo bien. La pronunciación había sido impecable, pero los sonidos parecían arrastrados y patosos y, con esas dos sílabas, ya supe que estaba muy bebido.

—Gabe, ¿estás bien?

—Chani, Chani, Chani —respondió—. Ho-la.

—Hola.

—Sigues en Nueva York, ¿no? «New Yooork. New Yooork. It's a hell of a town».

Era surrealista oír a Gabe Parker cantarme borracho desde donde fuera que estuviera.

—Creo que te iría bien beber un vaso de agua —le dije.

—Sí que tengo sed.

Oí el tintineo del hielo y el líquido, pero estaba bastante segura de que lo que bebía no era agua. Tosió un poco y sentí como si mi corazón fuera un trapo mojado que estaban escurriendo: pesado y apretado.

—Chani —repitió.

—Sí —susurré—. Gabe, estoy aquí.

—Dios… Tu nombre. Tus ojos. Como los del gato ese, ¿eh? Tictac, tictac. —Se rio—. Seguro que no te acuerdas, pero yo sí. ¿Te acuerdas de Woody Allen? ¿Sabes que lo conocí? Bueno, más o menos. Lo vi en un sitio. No lo conocí. No quise. Capullo. Capuuullo.

Lo oí dar un trago largo.

—Uy —dijo—, toca rellenar el vaso.

—No —le dije yo—. No me parece buena idea.

—¿Sabes lo que no es buena idea? —me preguntó.

Hubo un silencio largo.

—¿Gabe?

—¿Eh?

Me había sido fácil imaginármelo con esos ojos bonitos y los párpados caídos.

—¿La viste? —quiso saber.

—¿El qué?

—Ya sabes. —Parecía molesto—. Ya sabes.

—¿La obra?

Esa había sido la última vez que nos vimos.

—Nooo. —La palabra había sido larga y estirada—. Bond. Seguro que no la viste. No te gusta Bond. Lo leí.

—Gabe…

—Fuiste amable conmigo, pero te equivocaste. No tendría que haber sido Bond. Y lo sabes. Todo el mundo lo sabe. Tendrían que haber elegido a Ollie. Yo soy el equivocado. El que lo hace todo mal. Me lo merezco. Me lo merezco todo.

En aquel momento, yo no sabía de qué hablaba. Me enteré más tarde, cuando entré a Twitter, descubrí que «Gabe Parker» era tendencia y vi el vídeo de Ryan Ulrich.

—Tienes que beber algo de agua —le dije—. Por favor. Solo un vaso.

—Pero hacíamos buen equipo —dijo—, en el tabú por relevos. Lo hiciste bien. Ganaste. Conmigo. El mejor equipo, ¿eh? Hace tanto que no jugamos... Hace taaanto de todo... ¿Verdad? Si ya lo sabes.

Hubo un silencio. Pensé que había colgado.

—¿Gabe?

—Data era tu personaje favorito, ¿a que sí? Sí. Me gusta Data, pero todas esas emociones humanas que quería tener... Están sobrevaloradas. Sobre-valoradas. ¿Para qué sirven?

Me senté en la escalera de la entrada a mi casa. Hacía frío, pero me quedé en la calle. Lo último que quería era que Jeremy me preguntara con quién estaba hablando.

Al cabo de un rato, pareció que Gabe se había olvidado de que estaba al otro lado del teléfono.

—Lo leí todo —farfulló—. Tooodo. Todas las palabras. Yo no soy tan listo como él. No soy tan listo, pero sé leer. No solo guiones. Libros. Leo libros. Muchos. Deberías verlos. Puedo mandártelos. Todos. Podría llenarte la casa de libros. Podría comprártelos todos. Serías como esa princesa con la biblioteca y todos los libros.

Los dedos se me habían entumecido del frío y no dejaba de cambiarme el móvil de oreja para poder meter la mano libre en el bolsillo.

—Chani —susurró—. Chani, Chani, Chani.

—Gabe.

—Me llamarás, ¿no? Tienes que llamarme. Yo... Tienes que llamarme, ¿vale?

—Sí —le dije, aunque estaba segura de que no me había oído.

Hubo un largo silencio y entonces me di cuenta de que había colgado.

—Madre mía —dice Gabe cuando termino de contárselo.

La expresión de su rostro —de sorpresa y shock— deja claro que no tiene el mismo recuerdo de esa llamada que yo. Parece que, ante el recuerdo, está más viejo, más triste.

—No dejabas de pedirme que te llamara —le digo.

—Pensaba que lo había soñado —dice—. Estaba borracho,

borracho perdido, aquella noche y quería llamarte. Siempre quería llamarte cuando estaba en ese estado, pero nunca lo hacía.

—Excepto aquella vez.

—Excepto aquella vez. —Me mira—. Debió de ser un desastre lamentable.

Aprieto los labios.

—Un poco.

—Joder. ¿Algo de lo que dije tuvo sentido?

—A veces.

—Lo siento.

—Me gustó oír tu voz —le digo.

Eso lo hace sonreír.

—¿Qué pasó la mañana siguiente? —pregunta—. ¿Me llamaste?

—Contestó Jacinda.

—Ah —dice Gabe—. Joder.

—Sí, joder.

Me temblaban un poco las manos cuando lo llamé la mañana siguiente. Esperé a que Jeremy se fuera de casa, lo observé andar hasta el final de la manzana y conté hasta diez cuando desapareció de mi vista.

El teléfono sonó tres veces y entonces respondió una voz de mujer. Una voz de mujer británica.

«¿Está Gabe?», conseguí preguntar.

«No», me dijo Jacinda Lockwood con tono amargo. «Está en rehabilitación. No se permiten móviles».

«Oh», dije yo.

Una parte de mí se sintió aliviada porque la noche anterior había estado tan borracho que me preocupé. La otra estaba egoístamente decepcionada por no haber podido ponerse en contacto con él.

—Solo tengo una pregunta —le digo ahora.

—Dime —responde Gabe claramente avergonzado.

—¿Quién es Tracy?

—¿Tracy?

—Justo antes de colgarme, Jacinda me llamó Tracy.

«No vuelvas a llamar, Tracy», me dijo.

Gabe se queda quieto un momento y entonces se ríe y le da una palmada al volante. Rompe la tensión pesada y sombría que nos sobrevolaba.

—Tracy eres tú —dice, y se gira sobre su cadera para sacarse el teléfono del bolsillo.

Desbloquea la pantalla, arrastra el dedo por ella un momento y vuelve el móvil para que lo vea. Es el contacto de Tracy Lord, la protagonista de *Historias de Filadelfia*.

—Llama —me dice.

Lo hago y me vibra el bolsillo.

Me estoy llamando a mí misma.

Me quedo mirando la pantalla y suelto un resoplido de sorpresa que también es una risa.

—¿Me guardaste como Tracy Lord en el móvil?

Gabe sonríe.

—En aquel momento me pareció ingenioso.

Los dos rompemos a reír. Me río hasta que me duelen los pulmones, llorando solo un poco por lo absurdo que es todo esto. Gabe recuesta la cabeza en el reposacabezas y se vuelve para mirarme.

Me quedo sin respiración.

Porque ya está. Ya no quedan secretos, no hay más momentos olvidados. Estoy vulnerable y expuesta. Como nueva. Lista.

Me observa esperando.

—Vamos dentro —le digo.

PUBLISHERS
WEEKLY

Entrevista a Chani Horowitz

[EXTRACTO]

Aunque Horowitz estudió Ficción en el Taller de Escritores de Iowa, se la conoce sobre todo por la no ficción. Su debut, *Cuéntame algo que no sepa*, es una recopilación de sus últimos trabajos y saldrá en edición rústica este martes.

A pesar de que hay varios artículos personales, Horowitz se hizo famosa por sus perfiles de estrellas y, entre ellos, destaca el que le hizo a Gabe Parker hace unos años, que se volvió viral. «No me esperaba esa reacción», dice. «Nunca te la esperas».

No puedo evitar llevarle un poco la contraria. ¿No pensaba que escribir sobre ir a un estreno con una estrella de cine y quedarse roque en su casa la noche siguiente sería justo el tipo de historia que esta sociedad hambrienta de cotilleos sobre los famosos devoraría?

«La verdad es que no», insiste. «A ver, hay veces que piensas que algo puede tener éxito, pero nunca se sabe».

Le pregunto si algún día escribirá una segunda parte. «En entrevistas como esa, estoy a la disposición de la persona a la que entrevisto. Yo no busco a los sujetos», asegura.

Es evidente que no quiere hablar de Gabe Parker, pero no puedo resistirme a hacerle la pregunta que le hace todo el mundo desde que salió el artículo.

«No pasó nada», dice con una sonrisa. «Ojalá, ¿sabes?».

27

Peluche salta de la camioneta cuando llegamos y va husmeando por detrás del edificio hasta que encuentra un lugar en el que agacharse y hacer pis. Yo llevo el abrigo puesto, pero Gabe lo lleva colgado del brazo. No parece reparar en el frío.

Son solo las siete, pero está todo oscuro como si fuera medianoche. En Montana, por lo que me han dicho, se hace de noche pronto.

Aun así, veo las montañas, con las cimas blancas y ondulantes como una ola espumosa a lo lejos.

Cuando Gabe me pone la mano en la parte baja de la espalda, me inclino hacia él.

—¿Bien? —pregunta.

—Bien.

Una vez dentro, nos quitamos la nieve de las botas con unos golpes y Gabe le limpia a Peluche los pegotes congelados que se le han formado entre los dedos.

Yo me abrazo a mi abrigo y Gabe enciende la chimenea. Sigo de pie en el recibidor cuando termina. Viene hacia mí, me coge el abrigo y lo cuelga.

—Chani —dice.

—Estoy bien —contesto, porque no sé qué más decir.

—No tenemos por qué...

—Yo...

La habitación se calienta. Gabe me pone las manos en los brazos, me acaricia los bíceps con los pulgares como si fuera un animal asustado al que intenta calmar.

Lo cual no es del todo incorrecto.

—No tengo ninguna prisa —dice.

No habla de esta noche. Bueno, sí, pero a la vez no.

Me echo hacia atrás. Me aparto. Solo unos centímetros.

Una sensación de presión, de miedo, de pánico, me aprieta las costillas. Mi seguridad flaquea.

—La última vez que hicimos esto... —Hago un gesto señalándonos alternativamente.

—Sí, sobre eso...

Hay algo en su voz que hace que me detenga. Parece avergonzado y no sé por qué.

—¿Sobre qué?

—Sobre lo que pasó entre nosotros en el sofá —dice—, quería decirte que lo siento.

—¿Lo sientes?

Nos estamos metiendo en un terreno pantanoso. Hemos hablado de cosas relacionadas con aquel fin de semana, pero en ningún momento hemos abordado lo que pasó. O lo que no pasó.

—No tendría que haber... —Se frota la nuca—. Es que... me sentí como un idiota.

Parece que la llamada no era lo único que nos quedaba por hablar, pero esta vez soy yo la que no sabe qué pasa.

—¿Por qué?

—Por eso —dice como si supiera de lo que habla.

—¡¿Por qué?!

Entonces, para mi total y absoluto asombro, veo que el rubor se le esparce por las mejillas.

—Ya lo sabes.

—No.

Levanta la mirada hacia el techo. Por un momento, lo único que se oye es el crepitar del fuego. La habitación está cálida y acogedora.

—Aquella noche —dice—, cuando nos... Cuando las cosas se pusieron...

Yo lo miro a él y él mira las vigas.

—Nos estábamos besando y tú estabas... Bueno, estabas debajo de mí y me puse muy cachondo y... —Se le apaga la voz—. Ya sabes.

No. No lo sé. Está claro que el recuerdo que tengo de aquella noche no es el mismo que tiene él.

Baja la vista y ve la expresión de mi cara.

—Venga, ¿en serio me vas a hacer decirlo?

—No sé de qué me hablas —contesto.

—¿No sabes que me puse tan cachondo que me corrí antes de que pudiéramos hacer nada más?

Me quedo boquiabierta. Creo que es lo último que me esperaba que dijera.

—¿Que qué?

Se lleva las manos a la cabeza. El fuego chasquea.

—Madre mía —dice—. Ay, madre.

Tengo los ojos tan abiertos que estoy convencida de que parezco un bicho.

—Madre mía —digo yo.

—Me cago en mi vida —musita tras sus manos—. Pensaba que lo sabías.

—No. Pensé... Cuando te dije que pararas, pensé que te habías molestado, pero que no pasaba nada.

—Y me había molestado —contesta—, conmigo mismo. Por estar demasiado borracho y descontrolado. Por comportarme como un adolescente salido. Por terminar y no hacer que terminaras tú.

De pronto, la interacción extraña que tuvimos entonces cobra un significado diferente.

—¿Querías...?

—Pues claro —asegura.

—Bueno —digo—, pues no lo sabía.

Sigue sonrojado y es adorable. Siento como si el corazón se me contrajera y se me expandiera al mismo tiempo.

—No sé si debería aliviarme que salga todo a la luz u horrorizarme por habértelo dicho.

—Tiene cierto encanto —digo— que quisieras, pero no pudieras.

—Un momento —contesta Gabe levantando la mano—. Sí que podía.

La indignación en su voz hace que reprima una risa.

—Pero acabas de decir…

Viene hacia mí. La risa se me acaba de golpe, se me seca la boca al ver la expresión de sus ojos. Ya no estamos bromeando sobre algo que pasó hace diez años. No estamos de broma.

—Habría necesitado algo de tiempo, pero no habría sido un problema. No será un problema. —Su voz es un gruñido grave—. No es un problema.

Trago con dificultad.

No estamos hablando solo de algo que pasó hace diez años. Hablamos de lo que está pasando ahora entre nosotros.

De lo que ha parecido inevitable desde el momento en el que acepté el encargo.

—¿No es un problema? —pregunto, aunque sé que estoy tentando a la suerte.

Estoy temblorosa y nerviosa y no estoy segura al cien por cien de que esto no sea un terrible error de los que te cambian la vida, pero, a la vez, sé que ya está.

Puede que Gabe no tenga prisa, pero de pronto yo sí.

Al fin y al cabo, han pasado diez años.

Me mira.

—No es un problema —me dice—. Contigo, yo…

—¿Tú…?

—Te tengo muchas ganas. Desde el primer momento.

Es simple y directo.

—Vale —respondo—. Bien.

Se queda atónito.

—¿Bien?

Asiento.

—Bien.

Nos miramos unos segundos, la tensión crepita entre nosotros. Luego, como si fuera algo que hacemos siempre, Gabe alarga el brazo y me pone la mano en el codo. Basta para que me deshaga. Me rodea con los brazos y me sostiene contra su cuerpo. Mi pecho se aprieta contra el suyo.

Entonces inclina la cabeza y me besa.

Es suave, como lo son los primeros besos. Nuevo. Tierno.

No es nuestro primer beso, pero puede que haya alguna norma sobre nuevos comienzos, sobre hacer borrón y cuenta nueva, que se aplique a las personas a las que no has besado desde hace una década.

Echo la cabeza hacia atrás porque es muy alto. Tiene la palma de la mano plantada con firmeza en la parte baja de mi espalda y pienso en cómo me hizo inclinarme en la discoteca y en que tengo que confiar en él como en aquel momento.

Tengo que confiar en que no me dejará caer.

Me quita una mano de la espalda y me acaricia el brazo hasta el hombro antes de apartarme el pelo para llegar a mi mandíbula. Y guau. Nunca nada me ha gustado más que el tacto de sus dedos sobre la piel sensible de un lado del cuello.

Sus labios siguen pegados a los míos, quietos, sin besarme, pero tampoco sin dejar de besarme. Como si reservara ese espacio. Como una promesa.

Me roza la curva de debajo de la barbilla con el pulgar y suspiro. Eso lo cambia todo.

Chocamos como si hubiéramos estado cada uno en una punta de la habitación y hubiésemos corrido a brazos del otro en lugar de estar ya abrazados como un par de pulpos salidos.

Con la mano que tiene en mi mejilla me ladea la cabeza para colocarme en posición, la inclina con la palma para que nuestros labios puedan encajar como piezas de puzle. Le meto la lengua en la boca mientras le paso las manos por debajo de la camisa, y nada de todo eso me basta.

No es como hace diez años. Ahora no hay titubeos, no hay vacilación. No vamos a parar. Vamos a llegar al final.

Todavía cogiéndome la cara con una mano, lleva la otra por

mi espalda, dentro de los vaqueros y saltándose todo lo que hay debajo, me agarra el culo con una posesividad insoportablemente sexy. Tira de mí hacia arriba y yo me subo encima de él y le enrollo las piernas en la cintura.

Ahora tenemos más años y es evidente que los dos sabemos muy bien lo que queremos y hay algo muy excitante en ello. En ese conocimiento. En esa historia. En esa experiencia.

Gabe está fuerte y noto que se le tensan los músculos y se ajustan a mi peso cuando me lleva por la sala de estar hacia su dormitorio. Casi parece una película hasta que se tropieza y prácticamente me lanza a la cama y cae encima de mí. Me doy con la cabeza contra su clavícula y él gruñe mientras se incorpora con los brazos temblorosos y se ríe cuando tiro de él para que vuelva a bajar.

Nos besamos, nuestras manos suben y bajan encontrando tela y, de vez en cuando, piel, y se mueven una y otra vez como si intentaran encender fuego. Me tiemblan las piernas.

Gabe tiene problemas con mi blusa.

—Es que... estos putos... botones de mierda —musita mientras se pelea con ellos y me roza descuidadamente los pechos con el dorso de las manos, lo cual me hace removerme y, a su vez, dificulta aún más que pueda abrirme la blusa—. ¿Puedo...? Por favor, ¿puedo...?

No sé muy bien lo que me está pidiendo, pero tampoco me importa mucho.

—Sí, vale.

Me dedica una sonrisa a la vez malvada e infantil y, antes de que me dé cuenta de lo que pasa, me coge los dos lados de la camisa y tira. Los botones se esparcen, la tela se raja. Y me quedo sin blusa.

—Siempre he querido hacer eso —dice.

Me he quedado sin aliento de lo que me ha gustado. Gabe me mira desde arriba como si acabara de darle todo lo que siempre ha deseado.

—Solo son tetas —le digo sin ningún motivo.

Me mira a la cara y niega con la cabeza, poco a poco, y el pelo le cae sobre la frente.

—En ti no hay nada de «solo» —dice.

Si no estuviera ya literalmente tumbada debajo de él, con eso habría bastado para dejarme tiesa. Siento que todo el cuerpo me pica y me crepita y se desespera. Quiero más.

Nos quitamos la ropa. Mis vaqueros. La camisa de Gabe. Mi blusa.

Es como en el instituto, pero mejor. Esa anticipación dulce y ardiente de besarnos, de hacerlo como si fuéramos las primeras personas del mundo que descubren los besos, como si fuera imposible que los demás lo hagan así, porque, entonces ¿cómo iban a poder hacer otra cosa en todo el día?

Dejo que mis manos vaguen. Conseguí tocarle el pecho hace diez años, en el sofá de su casa de Laurel Canyon, cuando estaba en forma, haciendo la dieta de Hollywood para Bond, fibrado, musculoso, y ese pecho había visto más cera que los suelos de mi casa.

Sigue teniendo músculos, pero no está tan cincelado como antes. La tableta de chocolate no es tan prominente y tiene unos pequeñísimos michelines en las caderas. Y el pecho: lo tiene cubierto de una fina capa de pelo. Y tiene la espalda anchísima.

Me encanta todo.

Me encanta que el pelo del pecho me haga cosquillas en las palmas de las manos igual que la barba áspera y suave cuando roza mi barbilla. Me encanta sentir el paso del tiempo en su cuerpo, que los dos hayamos cambiado. Este Gabe me parece más real que el Gabe contra el que, en pocas palabras, me restregué en un sofá hace diez años.

Y este es el Gabe que quiero.

—Quítate los pantalones —musito mientras me recorre los costados y las caderas con las manos.

Se me escapa una carcajada cuando se echa hacia atrás y ataca los botones de sus vaqueros desgastados como si se les hubiera prendido fuego. Los tira a la otra punta de la habitación y vuelve a ponerse encima de mí y me quita lo que me queda de risa con un beso.

Esas ganas que tiene bastan para hacerme temblar.

Porque es Gabe. No solo Gabe Parker la estrella de cine, aunque eso también hay que decirlo, sino Gabe. Siento demasiadas cosas a la vez y, por un momento, me sobrepasan. Salgo de mi cuerpo y miro hacia abajo, observo nuestras formas enmarañadas sobre la cama y me pregunto: «¿Cómo coño he llegado aquí?».

Sé que, si hacemos esto, nunca conseguiré olvidarme de él.

Para y se aleja un poco para mirarme. Me examina el rostro.

Estoy enamorada de él.

Pero no puedo decirlo. No puedo.

En lugar de eso, le cojo la cara con las manos y lo beso. Con dulzura y luego con menos dulzura. Él no pierde el tiempo, así que no tardamos mucho en volver a subir hasta ese punto ardiente y tenso de deseo hacia el que hemos estado escalando.

Le recorro la columna con las manos, engancho un dedo a la cintura de sus bóxeres y empiezo a bajárselos. Él cambia de postura para ayudarme, separándose lo suficiente para poder quitarme a mí el sujetador y las bragas.

Y entonces vuelvo a tenerlo encima, besándome con fuerza.

Pienso en una tontería que se decía hace años: «¿Cuál es mi peso ideal? El mío más el de Gabe Parker encima».

Cuánta razón.

Gabe me encuentra la oreja con la boca, cada vez que me roza es como si estuviera descubriendo algo nuevo.

—Por favor —le suplico—. Por favor, por favor, por favor.

Ni siquiera sé lo que le estoy pidiendo, pero, por suerte, lo hace. Arrastra los labios cálidos y perfectos hacia abajo, me mordisquea la clavícula, siento su barba áspera en el vientre.

Entonces su peso y su calor desaparecen. Me rodea los tobillos con esas manos grandes y bonitas y tira hacia él. Los pies me cuelgan de la cama y él me apoya las palmas calientes en las piernas.

—¿Puedo? —pregunta.

Asiento. Siento el latido de mi corazón resonándome por todo el cuerpo.

Él ahí arrodillado delante de mí es lo más sexy que he visto en mi vida.

Y entonces me toca, dibuja círculos con el pulgar en el pliegue de mi rodilla, su barba roza el interior de mi muslo, y soy consciente de que todas las experiencias sexuales que he tenido en mi vida palidecen en comparación con lo que siento cuando Gabe me pone la boca encima.

Siento su lengua cálida y húmeda y ávida cuando se pasa mi pierna por encima del hombro. Y sé que se está esforzando por demostrar algo ahí abajo, que quiere compensar lo que pasó hace diez años.

Sin embargo, es el temblor lo que hace que el corazón me vibre como un yunque resonando, el ligero temblor de sus manos cuando me toca. Y el gruñido que ha soltado cuando se ha arrodillado en el suelo, la forma en la que sus dedos se aferran a mis caderas y me agarran como si tuviera miedo de que fuera a desaparecer.

Tengo la cabeza apoyada en el colchón, el brazo sobre los ojos. La otra mano, sobre su pelo, suave bajo mi palma. Quiero captarlo todo, guardarlo en la memoria para siempre.

La lengua de Gabe provoca un incendio forestal de deseo en mi interior que cada vez se aviva más. Le clavo el tobillo en el omóplato, se me acurrucan los dedos de los pies.

—Ahí… Por favor… Gabe… Por favor… —Soy un disco rayado, incapaz de verbalizar nada que no sean las mismas palabras una y otra vez—. Ahí. Ahí. ¡Ahí!

Cierro los ojos con fuerza como si estuviera en un trampolín a seis metros de altura a punto de lanzarme al agua.

Me doy cuenta de que me estoy corriendo medio segundo antes de que ocurra, ese momento después de saltar en el que todavía estás a punto de sacar el corazón por la boca y no hay más que aire a tu alrededor.

Puede que grite su nombre. Puede que me lo imagine todo.

Cuando vuelvo a la realidad, Gabe está ahí, inclinándose sobre mí con el pelo revuelto en todas direcciones y una gota de sudor bajándole por la frente. Se ríe, pero el brazo, que tiene apoyado a mi lado, le tiembla.

Lo miro desde abajo, estupefacta y extenuada.

—¿Bien? —pregunta, y quiero borrarle esa sonrisa arrogante a besos.

Pero la verdad es que se la ha ganado.

—Bien —digo, algo afónica.

Me lleva una mano a la cara y yo me apoyo en ella, me dejo llevar por el beso que me da, suave al principio. Su sonrisa deja una marca en la mía. Mi deseo me parece como el mar, quieto y tranquilo y, al momento, creciendo.

El beso pasa de suave a desesperado y esta vez son los dedos de Gabe los que se adentran en mi pelo, casi como si se preparase para el impacto.

—Gabe —musito con sus labios todavía sobre los míos.

—Mmm —dice él.

Suena débil y lejano, como si estuviera recitando estadísticas de béisbol o ecuaciones matemáticas o lo que sea que hagan los hombres cuando están demasiado excitados para continuar.

—Ahora —lo apremio—. Ya, por favor.

Le noto la frente empapada cuando asiente y la apoya en la mía. Lanza una mano lejos, buscando algo. Vuelve a traerla con un condón y lubricante. Echa la cabeza hacia atrás mientras se los pone, se toca, y, por un momento, puedo apreciar su cuello estirado y la nuez, que le sube y le baja con fuerza cuando tiendo la mano para tocarlo yo.

—No —dice con voz ahogada—. Es que… no… No puedes…

Me acomodo debajo de él, dejando espacio para su cuerpo. Mezo las caderas contra las suyas y noto su erección.

—Joder —gruñe—. ¿Puedo…? ¿Podemos…? Por favor.

Le agarro por los hombros.

—Sí. Sí, por favor.

Suelta un suspiro de placer y se coloca contra mí y empuja.

Con voz áspera, suelta tacos y elogios mientras entra, lento y hondo, dentro de mí. Le respondería si no me hubiera quedado sin aliento, sin voz. Todo mi ser se concentra en el lugar en el que nuestros cuerpos se unen.

Tiene los brazos apoyados a los lados de mis hombros y no sé de dónde saca la fuerza, porque a mí me cuesta hasta recordar cómo respirar. Espero a que empiece a moverse. Necesito que empiece a moverse.

Pero se queda quieto y suelta una exhalación larga y entrecortada.

—Gabe... —consigo decir por fin—. No pares, por favor.

Antes de que pueda repetirlo, responde. Se aleja poco a poco y luego empuja, más profundo.

—Sí. —Echo la cabeza hacia atrás—. Necesito que... Sí.

Se me escapan las palabras entre dientes cuando él inclina la cadera y vuelve a envestir. Fuerte. Perfecto.

Y luego se pierden entre la cacofonía de gruñidos y jadeos que sale de un lugar profundo de mi interior. Unos sonidos a los que se une Gabe. Niega con la cabeza cuando nuestros cuerpos se encuentran una y otra vez, casi como si no pudiera creerse que esto esté pasando.

Le recorro la espalda con las uñas y él gruñe, esconde la cabeza en la curva de mi cuello, me muerde, me besa, mueve las caderas más deprisa. Los dos perseguimos lo mismo, corremos juntos hacia la misma meta.

—Sí. —Atrapa el lóbulo de mi oreja entre sus dientes—. Sí.

Es una petición. Una orden.

No sé cómo, consigue sostenerse con un solo brazo y cuela la otra mano entre nuestros cuerpos. Tiene los dedos hábiles. Se separa un poco, lo suficiente para cambiar el ángulo de todo, lo suficiente para profundizar más, lo suficiente para rozarme con firmeza con el pulgar.

Lo suficiente.

—Chani. —Su respiración se queda marcada a fuego en mi cuello—. Chani.

Mi nombre en sus labios suena perfecto.

—Joder, me...

Parece que las palabras se le escapan. Sube la mano hasta la mía y la aprieta contra la cama. Entrelazamos los dedos. Se aferra a mí como si intentásemos escapar de una tormenta. No soy consciente de nada que no sean los puntos en los que se encuentran nuestros cuerpos. Las manos. Las caderas. Los labios. Hay un estremecimiento y al principio no sé si es él o soy yo, pero, entonces, me pierdo. Estallo como una estrella.

Gabe tarda mucho en dejar de temblar. La habitación tarda mucho en dejar de dar vueltas. Y, cuando paran, él se echa hacia atrás y me aparta el pelo de la cara. Me acaricia con ternura la mejilla con el pulgar.

Cierro los ojos cuando me besa.

Siento que se me sube el corazón a la garganta. Lo siento pesado. Oprimido.

—Eres tú —dice.

THE RUMOR MILL

RENOBONDO VIEJOS LAZOS

Gabe Parker planea su regreso. Ya hay rumores que apuntan al antiguo James Bond como nominado a los Óscar por su papel de C. K. Dexter Haven el en *remake* de *Historias de Filadelfia* dirigido por Oliver Matthias, todavía por estrenar.

El polémico actor se ha dejado ver por Los Ángeles esta semana y lo fotografiaron comiendo con la periodista Chani Horowitz, quien —como la mayoría de fans recordarán— llegó a la fama por el perfil profundamente personal de Gabe Parker que escribió hace casi una década.

Horowitz relató el fin de semana que pasó con Parker asistiendo a estrenos y posfiestas. El episodio más memorable sobre el que escribió fue cuando se quedó dormida en casa de Parker después de una fiesta privada organizada por él. A pesar de que los fotografiasen juntos en el estreno de *Corazones compartidos*, ambos han negado cualquier relación fuera de lo profesional.

Sus representantes han confirmado que Horowitz está escribiendo una continuación de su primer artículo, pero las fotos íntimas de ambos comiendo dejan entrever lo que la gente lleva años sospechando: que, a pesar de lo jugoso del artículo de Horowitz, hubo muchas cosas que no contó.

Los fans se mueren por saber lo que pasó de verdad aquella noche.

Lunes

BROAD SHEETS

GABE PARKER:
Mezclado, no agitado - Cuarta parte
━
CHANI HOROWITZ

Gabe Parker tiene una habitación de invitados muy bonita. Con una cama grande, sábanas limpias y planchadas y muchas almohadas. Seguro que os preguntáis cómo es dormir en ella, pero voy a decepcionaros, porque no lo hice.

Estaba invitadísima, claro. Gabe Parker fue en todo momento un anfitrión ejemplar, mientras que yo fui un desastre lamentable que tentó los límites de lo profesional en varias ocasiones.

Solo espero que no me lo tenga en cuenta.

Pero, en aquel momento, me avergonzaba demasiado verme cara a cara con él.

Y, por eso, cuando apenas empezaba a clarear, me escapé de casa de Gabe, pedí un taxi y me fui a mi casa.

Hay algo que tendría que haber mencionado al principio del artículo.

Nunca he visto una película de James Bond. No he leído ningún libro. Sé que Sean Connery fue Bond, además de Pierce Brosnan y un montón de gente más, pero hasta ahí llegan mis conocimientos sobre la franquicia.

Puede que algunas personas piensen que eso me incapacita para escribir sobre el próximo —y más controvertido— Bond. Y es posible que tengan razón, pero es demasiado tarde. El artículo ya está escrito y, si habéis llegado hasta aquí, ya lo habéis leído.

Aunque no esté muy familiarizada con el universo Bond, entiendo suficientemente lo que representa como personaje. Es la masculinidad en persona: sofisticado, elegante y de modales impecables. Siempre se queda con la chica… y el martini. Es un icono y es mucho más que el hombre que lo interpreta.

Sabiendo esto, puedo afirmar con toda confianza que Gabe Parker es el Bond que necesitamos. Puede que sea incluso el Bond que nos merecemos.

Hace diez años

28

Conté hasta cien.

Cuando estuve segura de que Gabe se había metido en su habitación y era probable que se hubiera dormido y que la puerta principal estuviera lo bastante lejos para que no me oyera abrirla, recogí mis cosas. Los zapatos, el bolso, el abrigo.

No me los puse. Me encogí cuando la puerta del cuarto de invitados chirrió al abrirla. Aguanté la respiración, pero no me llegó ningún sonido de la otra punta de la casa.

No podía detener la ola de vergüenza que me golpeaba cada vez que pensaba en la cara de Gabe, en su expresión al volver a la sala de estar cuando lo había rechazado. Era como si le hubieran borrado todas las emociones, todos los sentimientos. Como si el momento anterior no hubiera ocurrido.

Me había sentado como una bofetada, pero había sido necesaria.

Necesitaba recordar quién era yo. Quién era él.

Acostarnos habría sido el peor error de mi vida.

Mis pies descalzos no emitieron sonido alguno sobre el parquet y la puerta principal se abrió en silencio.

Tiré despacio hasta que oí el clic mortecino que indicaba que se había cerrado detrás de mí. Me pareció un sonido concluyente. Aunque quisiera volver a entrar, no podía.

Fui con los zapatos en la mano hasta que hube salido de su propiedad. Me senté en la acera y me los puse.

Mientras bajaba al pie de la colina, el sol empezó a iluminar el cielo con una luz ambarina difusa que hacía refulgir las casas a mi alrededor.

Llamé a un taxi y me fui a casa.

Ahora

29

Me despierta el sol en la cara y la vibración del móvil.

Estiro los brazos y no encuentro nada. Las sábanas están arrugadas y la colcha echada hacia atrás parece la esquina doblada de una página. Oigo a Gabe por fuera. Le gusta silbar por las mañanas.

Es raro saber eso y, a la vez, no lo es.

El aire más allá de la colcha es frío. Me da ganas de quedarme en la cama todo el día. Ruedo por el colchón y hundo la nariz en la almohada de Gabe. Tiene un olor cálido, me recuerda al de la zona de detrás de su oreja.

Estoy bastante convencida de que la opresión que siento en el pecho es felicidad.

Encuentro el móvil y me quedo mirando la pantalla estupefacta. Mi agente me ha mandado el enlace a la noticia de *The Rumor Mill*.

«Todo el mundo leerá tu artículo», me dice.

Miro las fotos. Es evidente que alguien las sacó con el móvil a un par de mesas de distancia. Espero que le hayan pagado bien.

Las fotos son bastante inocuas. Nada que ver con las imágenes de Gabe y Jacinda en París que circulaban hace años. Gabe y yo estamos sentados cada uno a un lado de la mesa. Sin tocarnos. Sale sobre todo la cara de Gabe y parte de la mía, porque la foto está hecha desde detrás de mí. A todos los efectos, parecemos dos personas que mantienen una conversación.

Hay una foto en la que sale saludándome, pero hasta esa es inocente. Gabe tiene una mano en mi codo.

Lo que hace que valga la pena publicar todas esas imágenes, que valga la pena prestarles atención, es la expresión en el rostro de Gabe.

Parece enamorado.

Dejo el teléfono bocabajo sobre la cama.

Gabe entra en la habitación sin camiseta. Trae té. Se para en la puerta y no me extraña, porque noto la expresión que tengo en la cara. Seria. Tempestuosa.

Mira donde he dejado el móvil.

—¿Malas noticias? —pregunta.

Le cambio el teléfono por el té. Se sienta en el borde de la cama y va pasando las fotos con el pulgar.

—Vale —dice.

Hay una nota de confusión en su voz. Veo que no entiende muy bien lo que está mirando ni por qué ha desembocado en mi imitación de una máscara de teatro triste.

—Vale —repite—. No es lo ideal, pero podemos arreglarlo.

—Arreglarlo —repito.

Gabe asiente, pero no me está escuchando. Está pensando. Buscando soluciones. Se nota que no es la primera vez que le pasa algo así.

Claro que no.

—Llamaremos a mis representantes. Haremos un comunicado.

La taza está caliente, me quema las delicadas espirales de las yemas de los dedos.

—Un comunicado —digo.

Estoy repitiendo todo lo que dice como un loro, pero parece que él no se da cuenta.

La opresión en el pecho ya no me parece felicidad.

Vuelve a ser esa sensación de estar en unas arenas movedizas que tiran de mí hacia abajo y de que, por más que me resista, voy a ahogarme en la realidad que se me viene encima.

Dejo el té en la mesita de noche de golpe.

—Necesito más tiempo —digo.

«No tengo ninguna prisa», me dijo Gabe ayer.

—Hemos tenido diez años —responde ahora, y esta vez el giro irónico de sus palabras no tiene ninguna gracia.

—No me refiero a eso —contesto.

—Ya lo sé. —Parece un poco arrepentido—. Pero no podemos permitirnos ese lujo. Es mejor sacar un comunicado ahora que no decir nada y que nos acosen los paparazis cuando volvamos a Los Ángeles.

«Los paparazis».

Dicen que es mejor no leer los comentarios.

Cometí ese error tras el primer artículo de *Go Fug Yourself*. Los comentarios no estaban tan mal, pero, en cuanto la noticia se hizo viral y empezó a aparecer en webs en las que no los moderaban, la gente sacó los cuchillos. Estaban enfurecidos por que hubiera ido con él al estreno. Era casi una afrenta personal que me hubieran dejado estar a su lado en la alfombra roja. Cuando salió mi artículo y hubo rumores de que me había follado para tener buena prensa, la rabia arreció. La gente estaba cabreadísima por mi atrevimiento de ser tan poco atractiva y, aun así, haber conseguido que Gabe me hiciera caso.

Al parecer, mi mera presencia cerca de Gabe había roto el continuo espaciotemporal del universo. Ya no había arriba ni abajo, ni bueno ni malo, perros y gatos convivían. Era la anarquía total.

Para ellos, yo no era más que una chica a la que se le daba mal escribir y que había llegado a la fama acostándose con hombres. Era el estereotipo andante de una periodista que se mete en la cama de sus entrevistados. Y lo peor es que había algo de verdad en ello, en lo poco profesional que había sido. En lo insensata. En lo egoísta.

¿Y ahora? Aquella reacción no sería nada en comparación con la que me llevaría si se supiera la verdad. Si esto entre Gabe y yo se hiciera público.

Les estaría dando la razón y estaría admitiendo que soy una mentirosa.

Me hundo.

—No —digo.

—¿No? —Gabe me mira y luego vuelve a mirar el móvil. Frunce el ceño—. ¿Quieres que digamos otra cosa?

—No quiero decir nada.

—Vale —dice estirando la palabra.

Está confuso.

—No puedo hacerlo —digo.

—¿Qué?

—No. Puedo. Hacerlo. —Pronuncio cada palabra como una imbécil.

Por la cara que pone, parece que le haya dado un bofetón.

—Joder, Chani, ¿lo dices en serio? —No grita, pero el tono es firme.

—Gabe —le digo—, lo siento si te has imaginado otra cosa, pero...

—Para.

No puedo.

—Tal vez podría haber pasado algo hace diez años, pero no pasó. Tomaste una decisión, te casaste con Jacinda corriendo mientras todo el mundo cuchicheaba sobre si me había acostado contigo o no...

—Basta —dice.

El impacto de la palabra me hace callar.

Está furioso.

—Me he estado mordiendo la lengua, pero esto ya se pasa de absurdo. No, no tendría que haberme ido a Las Vegas con Jacinda. Sí, tendría que haberte llamado. Sí, podría haber hecho las cosas de otra forma, pero hay algo que se te olvida siempre, Chani: que te fuiste.

—¿Qué?

Gabe me señala con el dedo.

—Te fuiste.

Me aferro a la sábana.

—Cuando me desperté aquella mañana, te habías ido —dice Gabe—. Te fuiste en mitad de la puta noche. No dejaste ni una nota ni un mensaje ni nada. ¿Sabes qué pensé? «Bueno, pues habrá conseguido justo lo que quería, un par de frases buenas en la grabadora y una historia que contarles a sus amigas de cuando se lio con un famoso».

Tengo los nudillos blancos.

—Pues igual tienes razón, igual eso es lo único que quiero.

—Sé que no —dice.

—Apenas nos conocemos.

—Chani —me llama, pero yo sigo hablando.

—En total, hemos pasado tal vez seis días juntos. Eso no es nada. No puedes conocer a alguien en seis días.

—¿No?

Niego con la cabeza.

—Te conozco —me dice.

—No, no me conoces. Podría escribir sobre todo esto. Sobre lo que pasó anoche. Sobre tu familia. Sobre tu relación con tu sobrina. Sobre tu hermana y Benjamin Walsh. Todo eso podría ser para el artículo.

Me entran náuseas solo de decirlo.

Gabe se queda en silencio un largo rato.

—Pues escríbelo —dice.

—¿Qué?

—Ve y llama a tu editora. —Tiende un brazo hacia la sala de estar—. Escribe el artículo.

Nos quedamos mirándonos, jugando al juego más raro de la historia de no parpadear.

—¿No? —dice—. Me lo imaginaba.

Lo fulmino con la mirada.

—No te hagas el listo solo porque te imaginas que soy buena persona.

Niega con la cabeza.

—No entiendo por qué te pones así.

—Porque esto ha sido un error —contesto.

—No. No ha sido un puto error. No lo es. Hace diez años, puede, pero ese fue de los dos. La que está cometiendo un error ahora mismo eres tú. Tú sola.

Me he levantado y me estoy vistiendo deprisa.

—Chani —dice Gabe.

Me pone la mano en el codo, pero yo lo aparto de un tirón.

—No lo entiendes —le digo—. No entiendes nada.

—Pues explícamelo.

Meto las piernas en los vaqueros sin mirarlo.

—¿Sabes lo que pasa en mis firmas de libros? —le pregunto—. A la gente no le interesan mi técnica de escritura ni mi proceso para las entrevistas. No quieren saber nada sobre mi oficio ni sobre la edición de libros. Se compran el libro y se ponen a la cola y todos y cada uno me preguntan lo que pasó en realidad entre tú y yo.

—¿Y qué? ¿Crees que a mí no me preguntan por mi salida de tono en el rodaje o por mi problema con la bebida o por un montón de cosas personales más que se creen con derecho a saber? ¡Ya sabes cómo es! Forma parte del trabajo.

—No es lo mismo —respondo—. Tú puedes recuperarte. Pase lo que pase, sea cual sea el escándalo, sea cual sea el relato que han creado, al final sigues siendo Gabe Parker. Mira lo que está pasando ahora. Ya te han perdonado. Tu carrera está remontando. Siguen juzgándote por tu trabajo, por tu talento.

—Chani...

Niego con la cabeza.

—A mí siempre me conocerán por haber escrito ese artículo. Y esto no hará más que demostrar todo lo que se ha dicho, que soy una farsante. Siempre seré la chica que se folló a Gabe Parker y mintió. La que pensaba que valía para algo. Y nadie me perdonará por ello.

—Eso es una tontería —dice—. Tú escribiste el artículo. Tú decidiste qué incluías. Acepta tu responsabilidad. Deja de hacerte la víctima.

La rabia se aviva dentro de mí. Crece como un tsunami y se sobrepone a cualquier otra emoción.

—Que te den, Gabe.

Me pongo el jersey con tanta fuerza que me quemo la barbilla.

—Ojalá no hubiera escrito el puto artículo.

—Pues sí, mira —dice—. Ojalá.

30

No me molesto en atarme las botas.

Peluche se levanta de su cama moviendo la cola cuando paso por su lado. Cojo el abrigo con los cordones de las botas colgando. Oigo a Gabe salir del dormitorio.

—Chani. —Su voz suena apagada desde dentro del jersey que se está poniendo—. Chani, espera.

Me dejo la bufanda.

Me dejo el bolso. Me lo dejo todo.

Lo único que tengo es el abrigo, unas botas sin atar y el móvil.

Sé que es probable que Gabe salga a buscarme, así que me agacho en un callejón y me escondo. Es absurdo y patético, pero no sé qué más hacer.

Me quedo ahí, encogida al lado de un contenedor hasta que las orejas se me entumecen por el frío.

Entonces me ato los cordones. Despacio. Con cuidado. Pienso en llamar a Katie, pero no es la persona a la que termino llamando.

—Hola, querida —dice Ollie.

Está mucho más despierto y mucho menos sorprendido de lo que habría esperado tratándose de este tipo de llamada a esta hora del día. Apenas son las siete.

—¿Ya te has cansado de Gabe? —pregunta.

—Más o menos —le digo.

—Mmm, ¿voy a por ti?

—Por favor.

Tengo que salir de detrás del contenedor para darle indicaciones de dónde estoy. Lo espero en la acera, helada y sintiéndome tonta, medio esperando que Gabe aparezca en la esquina. Cuando llega Ollie, viene en un coche bueno que huele a nuevo. Cooper está tranquilo, empieza a despertarse cuando nos alejamos de Main Street.

Realmente es un lugar mágico cuando nieva.

Vuelvo a sentir que no encajo. Como me pasaba en Nueva York. Como me pasa en Los Ángeles.

Me pregunto si es que ya no me siento en casa en mí misma.

Ollie me lleva a desayunar a la otra punta del pueblo y no dice nada hasta que los dos hemos pedido y tenemos una taza de té delante.

—Creo que deberías darle otra oportunidad —dice.

—Ni siquiera sabes lo que ha hecho —contesto.

—¿Seguro?

Mira el teléfono debajo de la mesa, sin prestarme toda su atención.

Carraspeo. Él sonríe y lo deja bocabajo encima de la mesa.

—Perdona. Continúa —dice con un gesto benevolente de la mano.

—No quiero hablar del tema.

Miento fatal.

—Entiendo que es por las fotos —se aventura él.

—¿Las has visto?

Asiente.

—No es tu mejor ángulo, pero no está mal. Tienes el pelo fantástico.

Le lanzo una mirada asesina. Él da un sorbo al té.

—Entonces ya sabes lo que parece.

—¿Que Gabe está colado por ti? —pregunta—. Sí, pero para saberlo no me hacían falta las fotos de un paparazi.

A pesar de todo lo que ha pasado, me sonrojo.

—Es una estrella de cine —digo como si eso lo explicara todo.

—Ñe —contesta Ollie—. ¿Seguro? —Se estira y, con los bra-

344

zos abiertos, tiene más envergadura que el asiento para dos—. Yo soy una estrella de cine. Gabe…, bueno, es una estrella de cine en rehabilitación. Y un amigo. Y un socio.

—Ollie, ya sabes a lo que me refiero.

—Lo que sé es que ser una estrella de cine no protege a nadie de tener sentimientos como los de todos los demás —dice—. Podemos sentir cosas. Como amistad. Y amor.

Lo ignoro.

—Yo no he pedido todo esto —le digo.

—¿Y Gabe sí?

—No es lo mismo.

—No —responde—, pero no creo que estés siendo justa con él.

Apoyo la frente en la mesa. Estoy muy cansada.

—Ha estado prestando atención —dice Ollie—. A tu carrera. A ti.

—Entonces sabe cómo me ve la gente —contesto, y mis palabras quedan ahogadas bajo mi pelo.

—Sí —responde Ollie, y suelta un suspiro dramático—. El precio de la fama.

—No vale la pena.

Pero ni siquiera cuando lo digo estoy convencida de que sea verdad.

Me parece diferente que hace diez años. Yo me siento diferente.

—Puede que no —dice Ollie—, pero a mí me gusta tener el jet.

—Al menos tú tienes un jet. Yo solo tengo una reputación: «Escribe a cambio de favores sexuales».

Hay un silencio largo.

—¿De verdad te creíste que Gabe consiguió que echaran a Dan Mitchell porque estaba celoso de su juventud y su vitalidad? —me pregunta.

Levanto la cabeza. Él arquea una ceja.

—El muy imbécil volvió de aquella entrevista presumiendo de haber estado contigo —dice.

El estómago me da el mismo vuelco nauseabundo que cuando Dan fue tan generoso de ofrecerme el privilegio de chuparle la polla.

—Oh —digo.

Me da rabia, a pesar de saber —y lo sé bien— que no hice nada para merecerme aquella proposición grotesca, seguir sintiendo un pinchazo de culpa, de vergüenza.

No se lo había contado a nadie, pero no me sorprendió que Dan lo hubiera hecho. Simplemente, no me imaginaba que le hubiera dicho algo a Gabe.

El restaurante empieza a estar concurrido y la campana de la puerta tintinea detrás de mí y deja pasar una racha de aire frío que me llega a la nuca y me da un escalofrío.

—Gabe sabía que Dan hablaba por hablar —dice Ollie—, sabía que mentía, que tú nunca harías...

—¿Seguro? —le pregunto.

No había hecho lo que había hecho con Gabe para sacar una buena historia, pero nada de aquello había sido un traspié juvenil e inocente. Gabe tiene razón, no fui la víctima. Sabía lo que estaba haciendo y que no era lo más acertado.

Tenía que entrevistar a Gabe, no tirármelo.

—Chani.

Gabe.

Está delante de nuestra mesa, parece nervioso. Miro a Ollie, que se encoge de hombros y da un sorbo al té.

—Un socio —dice—. Un amigo.

—¿Podemos hablar? —pregunta Gabe.

Casi toda la rabia se ha disipado y ha dejado al descubierto una emoción que intentaba evitar. El miedo.

—Vale —contesto.

También está la culpa.

—No te preocupes, yo me como tu desayuno —me dice Ollie.

Cuando salimos del restaurante, Gabe me tiende mi bufanda.

—Se te ha olvidado esto —dice.

—Y unas cuantas cosas más.

Asiente.

En la camioneta está la calefacción encendida, así que no necesito la bufanda. La sostengo hecha una bola entre las manos.

Volvemos a su casa y aparcamos delante. Desde aquí, veo todo Main Street. Veo las montañas y la aguja de la iglesia y la torre de agua y lo que parece ser un viejo hotel a lo lejos. Cooper está tranquilo y frío y una fina capa de nieve lo cubre todo como si fuera glaseado.

Aparto la mirada de las vistas, de Gabe, y miro el contenedor detrás del que me había escondido como una cobarde.

—Te estaba viendo —dice Gabe.

Me vuelvo hacia él.

—¿Qué?

Señala el contenedor y luego hacia arriba.

—Desde la sala de estar.

Hay una ventana encima del callejón. Su ventana. Lo cual significa que Gabe me ha visto ahí agachada como un ladrón de dibujos animados antiguos porque no era capaz de tener una conversación de adultos sobre una decisión de adultos sin que me entrara el impulso de huir.

Peluche no está en la camioneta y me la imagino en el piso, mirando por la ventana.

Tengo tanto calor en la cara y el cuello que me veo obligada a bajarme la cremallera del abrigo. Cada vez es todo más ridículo y estúpido.

—Ollie te ha escrito —le digo.

—Le he escrito yo a él cuando te has ido.

Asiento.

—Un *déjà vu* —dice.

—No es lo mismo —contesto.

—Lo sé.

No dejo de trastear con la bufanda. La hago una bola para que me quepa entre las manos y luego la suelto y se expande en mi regazo.

—No quería que fuera así —señala—. Cuando te dije que teníamos tiempo, lo creía de verdad. Pensaba que podría hacer igual que con mi padre, que podría mantenerte a ti y todo esto lejos de la atenta mirada de la prensa, que esto podría ser algo que no tenía por qué compartir. Por lo menos al principio.

Sé que no es culpa suya.

—Nunca pensé que me mereciera el papel de Bond —continúa—. Ni siquiera antes de enterarme de lo de Ollie.

Fuera ha empezado a nevar. El viento frío atrapa los copos grandes y esponjosos y los zarandea por el aire.

—Yo mismo podría haber escrito todos los artículos y columnas sobre lo inadecuado que era para hacer ese papel. Hasta durante los ensayos estaba siempre a punto de dejarlo.

Oigo cómo cambia de postura, el chirrido del asiento cuando se vuelve hacia mí.

—«Puedo afirmar con toda confianza que Gabe Parker es el Bond que necesitamos. Puede que sea incluso el Bond que nos merecemos».

Me pongo a llorar.

—Pensaba que el artículo te había parecido una mierda.

—No todo —dice—. Y nunca me ha parecido una mierda.

Tengo las manos abiertas y las lágrimas se me acumulan ahí, en la curva de la palma.

—Lo hiciste bien —digo.

—Tú tenías razón —contesta.

—¿Hiciste que despidieran a Dan Mitchell? —pregunto.

Se le tensa la mandíbula.

—Me gusta pensar que lo habría hecho en cualquier otro caso —explica—. Que, si lo hubiera oído hablar así de cualquier mujer, habría hecho lo mismo y habría usado todo el poder que tenía para que lo despidieran... —Levanta un hombro—. Pero hablaba de ti.

—¿Por qué?

—¿Por qué qué?

—¿Por qué yo?

Se toma un momento para responder.

—Creo que fue el relato —dice.

—¿El relato?

—Creo que ahí empezó, cuando leí tu relato.

—No es tan bueno —contesto.

—Entonces, supongo que deben de gustarme los dragones

—dice—, porque, para cuando llegaste a la puerta de mi casa hablando sola, creo que ya estaba medio colado por ti. No fue solo el relato, creo, aunque era bueno. Fue cómo lo escribiste, cómo funcionaba tu cerebro. Eso me gustó. Mucho.

Esa confesión me deja sin aliento.

—Lo que sientes, esa duda, nunca llega a desaparecer. No del todo. Yo nunca sabré si la gente va a ver mis películas por mí o porque piensan que mi vida personal es un desastre que nunca se acaba y esperan ver algo de eso en pantalla.

Me mira.

—Tendría que haberte preguntado qué querías —continúa—. De este viaje, de mí, de nosotros.

«Nosotros».

—Lo gracioso es que creo que lo nuestro habría sido un desastre hace diez años si te hubieras quedado, si yo te hubiera llamado, pero ahora...

Se ha levantado más viento. En la camioneta se está caliente y parece que estemos dentro de una de esas bolas de nieve de souvenir.

—No puedo cambiar cómo te ve la gente. No puedo cambiar que tengas razón sobre lo que dirán de nosotros. De ti. El mundo es injusto. Me perdonarán a mí y te castigarán a ti. La gente será cruel e implacable y habrá veces que no podamos hacer nada al respecto. No puedo hacer que despidan a todos los Dan Mitchells del mundo. No puedo prometerte que valdré la pena.

Dentro de la camioneta solo se oye el silencio.

—Chani.

Tiene la voz áspera.

Lo miro a la cara.

—Quiero valer la pena —dice.

Vuelvo a llorar.

—Pero tú tienes que decidir por ti.

Así de simple.

Gabe continúa:

—Puedes coger la camioneta e irte al aeropuerto. El avión de Ollie te llevará a Los Ángeles.

Las llaves tintinean cuando las deja en el salpicadero.

—O puedes venir conmigo a casa —dice—. Tú decides.

Abre la puerta y deja que entren el frío y la nieve. Esta se posa en el asiento que acaba de dejar vacío. El mundo suena amortiguado una vez que ha cerrado la puerta. Observo cómo se aleja y su figura se desdibuja entre la nieve.

Yo decido.

El corazón me late con fuerza casi como si intentara salir de dentro de mí. Hace diez años, conté hasta cien. Esperé hasta que todo estuvo en silencio.

Ahora todo está en silencio.

Estoy sola con mis pensamientos y emociones y hay una guerra entre ellos. Quiero volver a salir corriendo. Quiero coger la camioneta de Gabe e irme al aeropuerto para volver a Los Ángeles en el jet privado y escribir el artículo y mentirle a todo el mundo sobre lo que ha pasado este fin de semana.

Me paso al asiento del conductor y pongo las manos en el volante. Está caliente. Todavía siento el rastro que ha dejado Gabe. El calor de sus manos. El olor de su pelo.

Sería fácil marcharme.

Pienso en todo lo que se dirá si me quedo. En los artículos, los comentarios, la prepotencia de la gente cuando se confirme que soy tan poco profesional e indigna de todo como pensaban.

Pero me doy cuenta de que, por primera vez en mucho tiempo, me da igual.

Me da igual lo que diga la gente.

Sé lo que quiero.

Cojo las llaves del salpicadero.

El viento ofrece resistencia cuando abro la puerta. Me dejo la bufanda otra vez.

Me adentro corriendo en las ráfagas blancas de nieve y choco con algo. Con alguien.

Gabe me rodea con los brazos. Me ayuda a mantener el equilibrio un momento antes de soltarme. Se oye un ladrido y me doy cuenta de que ha venido también Peluche. Me golpea con la cola mientras da vueltas alrededor de nuestras piernas.

—Iba a por ti —le digo.

—Y yo a por ti —dice—. Se me había olvidado algo.

Me coge la mano.

Tengo el corazón todavía más desbocado. Me da miedo que se me salga por la boca y caiga en la acera si intento decir algo.

—Con ese gesto cinemático de lo más dramático y del todo innecesario, se me ha olvidado decirte lo primero que tendría que haberte dicho.

Me mira.

Mi aliento se vuelve niebla en el aire frío que nos separa.

—Te quiero —dice.

Tenemos los dedos entrelazados y las palmas juntas. Me imagino que puedo notarle ahí el pulso, pero estoy bastante segura de que es el mío. El corazón me late con más fuerza y más deprisa que nunca.

—Me encanta esa cabecita inteligente. Me encantan tu pelo y tu culo. Me encanta lo brillante, lo atrevida y valiente que eres. Me encanta que Peluche te quiera. Y estoy bastante seguro de que mi familia también te quiere. Me encantan tus ideas y lo que escribes. Y, sobre todo, me encantan tus ojos enormes y lo sabionda que eres.

Trago a ver si consigo que no se me salga el corazón.

—¿Y mis preguntas malas?

Sonríe. Me lleva una mano al codo.

—Todo —dice—. Me gusta todo.

Dejo que mi corazón se asiente en mi pecho, donde debe estar.

—Yo también te quiero —le digo—. Y me gusta todo de ti.

Entonces, entierro la cara en el punto en el que se encuentran su cuello y su clavícula. Y lo dejo empapado. Él me deja llorar. Estamos los dos de pie entre la nieve y el frío.

—Quédate —me dice Gabe cuando termino.

—¿Dónde?

—Donde sea —contesta—. Conmigo.

—Vale —le digo.

Me seco la nariz en la manga.

—¿Cómo lo haremos? —pregunto pensando en la logística de nuestras vidas.

—Ya encontraremos la manera. Se lo debemos a ella intentarlo.

Miro a Peluche, que abre la boca y desenrolla la lengua para dedicarme la sonrisa perruna perfecta. Ladra y empuja mi mano con el hocico.

—Es verdad —digo.

Gabe me pone una mano en la mejilla, me acaricia con el pulgar los rastros de lágrimas que empiezan a secarse y me quita la sal que queda. Me besa ahí con ternura. Luego, con la mano en mi barbilla, me besa en la boca. Le rodeo el cuello con los brazos y ya no hace tanto frío.

—Chani —dice.

Me encanta cuando dice mi nombre. Y, esta vez, es una pregunta. Una pregunta para la que por fin tengo respuesta.

—Sí —digo—. Sí.

BROAD SHEETS

Si Montana no va al teatro, el teatro va a Montana

[EXTRACTO]

—

GABE PARKER-HOROWITZ

Me han dado este artículo, este espacio en una página, para promocionar el teatro que voy a inaugurar en mi pueblo. Sé que debería hablar de la temporada que hemos planeado para el otoño, empezando por la producción de *Ángeles en América*. Debería de escribir sobre círculos que se cierran y segundas oportunidades y empezar de cero y todo eso. Igual meter alguna metáfora brillante o alguna lección vital o algo.

Pero lo cierto es que no se me da demasiado bien escribir. Y, sí, soy consciente de que habrá gente que argumente que tampoco se me da demasiado bien actuar.

No voy a hablar de mi alcoholismo ni mi rehabilitación, ni siquiera de mi última película y la buena recepción que tuvo. Bueno, igual de eso sí que hablo un poco.

Pero, sobre todo, quiero hablar sobre una pregunta.

Es una pregunta que me hizo mi mujer cuando acabábamos de conocernos. Sobre triunfar. Sobre cómo lo definía yo.

En aquel momento, no tuve respuesta, pero creo que ahora la tengo.

Era fácil, cuando era joven, pensar que triunfar era conseguir los papeles que conseguía y ganar el dinero que ganaba, los privilegios en los que nadaba. Había triunfado porque era famoso, porque la gente me conocía.

Es curioso cuando la gente cree que te conoce. Y pensar que lo que la gente conoce es lo que eres.

Para mí, actuar era una vía de escape. Cuando salía al escenario o me ponía delante de una cámara, sabía quién era. Me sentía más cómodo fingiendo que siendo la persona que existía cuando se apagaban los focos.

Me sentía más seguro en la fantasía.

Estoy convencido de que no sorprenderá a nadie saber que el alcohol me ayudaba a mantener esa situación. Cuando estaba trabajando o borracho, podía ignorar las voces de mi cabeza —y de los medios— que me decían que, por muchos papeles que me dieran, por mucho dinero que me pagaran, por muchos privilegios que tuviera, nunca estaría a la altura.

Tuve que cagarla ante el mundo entero, tuve que ir a rehabilitación, tuve que pasar por un divorcio y tuve que perder lo que siempre había usado para definirme para darme cuenta de que ya no quería todo eso. Parafraseando a la indomable Tracy Lord, me di cuenta de que no quería tener éxito. Quería que me quisieran.

Pero, cuando te centras en alimentar algo que nunca puede saciarse, te pierdes lo que de verdad quieres.

Hace diez años, no pude responder a la pregunta. No estaba listo.

Ahora lo estoy.

Triunfar es abrir un teatro en el que no tengo obligaciones con nadie más que con mi socio y con el personal. Triunfar es estar ahí para mi familia, en lo físico y en lo emocional. Triunfar es ser Bond y dejar de serlo.

Es bajar del escenario y sentir que sigo ahí, que me merezco estar ahí.

Pero, sobre todo, es ella. Nosotros.

Son los relatos que me lee por las noches cuando se ha pasado todo el día escribiendo y no está segura de si algo de lo que ha escrito es bueno (siempre lo es). Son las mañanas esperando a que hierva el agua para poder tomarnos el té y el café y hablar de qué nos espera. Es sentir que cada día es el día perfecto, aunque no lo sea del todo. Es encontrar los momentos que lo son. Es no poder estar más orgulloso de ella.

Es saber que esto no es una fantasía. Es la vida real.

Agradecimientos

Escribir es algo íntimo y estresante y da algo de vergüenza. Gracias, querido lector, por darme la oportunidad de mostrarme vulnerable contigo.

Gracias infinitas a Elizabeth Bewley, que, además de ser una persona maravillosa, también es una agente increíble (la mejor, me atrevería a decir) y vio algo en este libro antes incluso de que estuviera terminado. Elizabeth, soy muy afortunada de que formes parte de mi equipo.

Estoy más que agradecida a mi editora, Shauna Summers. Es increíblemente poco común encontrar a alguien con quien encajas al instante a nivel creativo. Shauna, trabajar contigo es un regalazo. No hay nada mejor que colaborar con alguien tan brillante y perspicaz. Me muero de ganas por repetir.

Gracias a todo el equipo de Penguin Random House. Gracias a Lexi Batsides y Mae Martinez. Gracias a Kara Welsh, Kim Hovey, Jennifer Hershey, Cara DuBois, Belina Huey, Ella Laytham, Barbara Bachman y Colleen Nuccio. Gracias al increíble equipo de marketing y publicidad y a todo el mundo que ha aportado su talento a este libro.

La novela tuvo varias defensoras tempranas; amigas y compañeras cuyo apoyo valoro. Gracias, Tal Bar Zemer, Katie Cotugno, Zan Romanoff, Maurene Goo, Robin Benway, Sarah Enni, Brandy Colbert, Margot Wood, Jessica Morgan, Alisha Rai y Kate Spencer. Tenéis tanto talento como belleza (y sois todas preciosas).

Gracias a mis padres por llevarme a la biblioteca siempre que necesitaba renovar los montones de novelas románticas de bolsillo. Mamá y papá, nunca restringisteis lo que podía leer, por lo que las escenas de sexo son culpa vuestra y de nadie más. Gracias.

Adam y Abra, no os cambiaría por ningunos otros hermanos en todo el mundo. Os aseguro que ni se me ha ocurrido intentarlo.

John, eres mejor que cualquier protagonista romántico sobre el que haya podido leer (o escribir), porque eres real. Y eres espectacular. Te quiero.

«Para viajar lejos no hay mejor nave que un libro».

Emily Dickinson

Gracias por tu lectura de este libro.

En **penguinlibros.club** encontrarás las mejores
recomendaciones de lectura.

Únete a nuestra comunidad y viaja con nosotros.

penguinlibros.club